4의 재판

도진기 장편소설

4의 재판

황금가지

차례

바의 테이블은 텅 비어 있었다. 양길과 지훈 두 사람은 굳이 카운터 앞에 앉아 위스키를 기울였다.

벽면에 비스듬하게 걸린 'Heaven's Door'라는 네온 문자가 붉은빛을 내뿜었다. 형형색색의 엘이디가 커다란 문 모양을 그리고 있다. 그 아래로 계단을 올라가는 사람의 형상이 이어졌는데, 문에 다다르는 부분이 깨져 있다. 천국의 문에는 결국 도달하지 못해, 하며 냉소하는 걸까.

밝은 곳은 그쪽뿐이었다. 네온이 뿜어낸 불빛은 길게 뻗지 못하고 홀의 어둠 속으로 빨려 들어갔다. 바의 공간은 동굴처럼 침침했다. 메탈 체인에 매달려 길게 늘어뜨려진 푸르스름한 조명 몇 개만이 술잔을 비추고 있었다. 자칫 가라앉을 수 있는 분위기지만 떠다니듯 리듬을 타는 재즈 사운

드가 약간의 흥을 더해주었다.

바텐더는 미소를 띠고 진열대에 들어찬 위스키병을 하나씩 꺼내 흰 헝겊으로 능숙하게 닦았다. 필리핀 세부의 샹텐부르 호텔 지하 바에 삼십 대 후반의 한국인 남자들은 그리 드물지 않은 듯했다.

양길은 우락부락한 인상에다 골격이 굵다. 음성까지 걸걸하니 사람을 위압하는 분위기가 있다. 그가 바텐더에게 말했다.

"요즘 원래 이렇게 손님이 없어?"

바텐더는 병을 닦던 손을 멈추고 눈을 동그랗게 뜨고는 머리를 흔들었다. 못 알아들은 모양이었다. 샌님처럼 앉아 있던 지훈이 멋쩍은 웃음을 띠고 양길에게 말했다.

"야, 필리핀 사람이 한국말을 알아듣겠냐. 그러고……."

아마 반말을 한 친구를 탓하려 한 듯한데, 양길의 눈치를 보더니 뒷말을 삼켰다.

"아, 지랄. 한국인 상대 장사하면서 한국말도 모르나."

양길은 바텐더를 향해 표정으로는 웃음을 보내면서 거친 말을 입에 올렸다. 지훈은 입을 다물고 어깨를 으쓱했다. 흰 낯빛에 어딘가 무기력함이 새겨져 있다. 양길은 팔을 뻗어 짐빔병을 치켜들고 지훈의 빈 잔에 콸콸 따랐다. 지훈이 황급히 잔 위로 손을 내저었다.

"아……. 이제 그만 마셔야겠다. 슬슬 취한다, 야."

양길은 병을 든 채 활짝 웃는 얼굴로 지훈에게 말했다.

"야, 술맛 떨어지게. 친구야! 주는 대로 좀 마셔라."

지훈은 움찔하고는 손을 치웠다. 양길이 다시 병을 기울여 잔을 넘치기 직전까지 채웠다. 이어 양길은 자신의 술잔을 들었고, 지훈도 친구의 몸짓에 휩쓸리듯 단숨에 잔을 기울였다

한국어를 알아들을 리 없는 필리핀인 바텐더는 양길의 웃는 낯만을 보았고, 두 사람이 자아내는 분위기가 좋다고만 생각했다. 여느 때와 다름없는 밤. 평범한 손님들이었다.

바를 떠난 양길과 지훈은 호텔 밖으로 나왔다. 지훈은 곧장 방으로 돌아가고 싶어 했지만, 양길이 "양주는 성에 안 차지 않냐? 한국 술 사 와서 한잔 더 하자!"라며 이끌었다. 두 사람이 근처 편의점에서 파는 한국의 소주와 맥주를 사서 호텔방으로 들어간 때는 새벽 2시 5분경이었다.

나란히 놓인 싱글베드 사이로 조그만 테이블을 끌어다 놓았다. 타국의 밤을 흘려보내지 못한 두 사람만의 술자리가 이어졌다. 컷글라스에 소주가 가득 담겼다.

야심한 그 시각에도 양길은 생생했다. 반면에 지훈은 눈꺼풀을 껌뻑껌뻑하는 것이, 등만 닿으면 곧 쓰러져 잠들 것

같다. 그도 그럴 것이 원래 양길 쪽이 술이 셌지만 이날은 지훈이 더 마셨다. 양길이 "친구야! 같이 여행 오니까 좋다!"라고 외쳐대며 연신 술잔을 부딪쳐 댔고, 지훈은 그때마다 잔을 비우다시피 마셨다.

누군가 잠깐만 관찰해도 두 사람의 역학관계를 알 수 있었으리라. 양길 쪽이 강자였다. 체격도 양길이 컸지만, 그보다는 두 사람이 가진 야성이 달랐다. 지훈은 양길의 눈치를 보았고, 하자는 대로 따랐다. 양길이 주로 말했고, 지훈은 들었다. 지훈은 양길의 기세에 밀려 양식장 송어처럼 이리저리 내몰리고 있었다. "양길이가 사자면 난 가젤 정도지 뭐." 언젠가 지훈은 여자 친구 선재에게 그렇게 말했었다.

"잠깐, 화장실 좀."

지훈이 자리를 비웠을 때, 양길의 몸짓이 달라졌다. 침침한 조명 아래 순간적으로 눈빛이 번득였다. 어스름 눈밭에 숨어 먹이를 노리는 이리의 그것이었다.

양길은 지훈이 모습을 감춘 화장실 쪽을 주시하며 뒷주머니에 손을 넣어 무언가를 꺼냈다. 여러 겹으로 접힌 종이 뭉치였다. 테이블 위에 놓고 풀자 흰 가루가 모습을 드러냈다. 양길은 조심스럽게 종이를 들어 지훈의 잔 위로 기울였다. 화장실 쪽을 계속 경계하면서 한 알도 흘리지 않으려는 듯 마지막까지 털어 넣었다. 그러고는 잔을 왼손으로 가리고 오른손으로 커피용 스푼을 들고 휘휘 저었다. 오늘 그가 보인 몸짓 중 가장 작고 조심스러웠다. 흰 가루는 가득 담긴 소주에 녹아들어 금세 자취를 감추었다. 양길은 스푼을 원래 자리에 놓고 아무 일 없었던 듯 자세를 고쳐 앉았다.

2분쯤 지났을까. 지훈이 화장실을 나와 자기 침대 위에 도로 앉았다.

"속 안 좋냐?"

양길이 말했다. 화장실에 기껏해야 2분 정도 있었으니 토하지 않았던 게 분명하건만 양길은 굳이 물었다.

"아냐. 그냥 소변봤어."

"그래. 그럼 더 마셔야지."

양길이 손을 들어 지훈의 잔을 가리켰다. 지훈은 찰랑찰랑하는 잔을 보더니 고개를 옆으로 기울이고 한숨을 쉬었다.

"야, 근데……. 인제 진짜 더 못 마시겠다."

양길이 눈을 부릅떴다.

"야, 이 새꺄, 그냥 마시라면 좀 마셔!"

조금 전 바에서는 웃는 낯으로라도 말했지만 지금 양길의 표정은 뒷골목에서 마주친 건달을 방불케 했다.

"모처럼 여행 와서까지 기분 잡쳐야겠냐!"

양길이 한 번 더 쐐기를 박았다. 하지만 이 말을 덧붙일 필요도 없었던 듯하다. 지훈은 양길의 말이 끝나기도 전에 잔을 집어 들었다.

"하하하, 알았다, 알았어."

지훈은 억지웃음을 지었다. 일그러졌던 양길의 입술이 제자리로 돌아왔다.

"마지막으로 이거 쭉 마시고 끝내자!"

양길이 앞에 놓인 잔을 들고 단숨에 목구멍으로 털어 넣었다. 무언의 신호다. 너도 단번에 마셔. 그러지 않으면 기분 상한다. 알아서 해. 망설이던 지훈의 표정이 변했다. 그래, 어차피 마실 거, 친구 기분 맞춰주자. 게다가 마지막 잔인데 뭐. 힘들면 이대로 내일 늦게까지 자면 되지……. 그런 마음을 먹은 듯했다.

지훈은 손을 뻗어 유리잔을 거머쥐었다. 조심스레 입가로 가져가서 양길이 그랬듯이 단번에 입안으로 털어 넣었다.

한꺼번에 많은 술이 흘러 들어간 탓일까. 식도가 뜨끔하며 무언가 올라오는 듯했지만 지훈은 눌러 삼켰다.

침대를 더럽힐 수야 없지. 무엇보다 여기서 토하면 친구가 얼마나 실망할까. 생전 처음 같이 떠나온 해외여행인데…….

그런데 몸이 왜 이렇지…….

눈이 가물가물했다.

역시 소주가 좀 과했나…….

봄날의 눈사람처럼 근육이 녹고 흐물흐물해져 갔다.

지훈은 침대에 털썩 누웠다.

어떻게 된다는 감각도 없이 의식이 꺼져갔다. 희미하게 감기는 눈꺼풀 사이로 천장의 조명이 번지듯이 스며들었다.

그것은 지훈이 생의 마지막에 본 빛이었다.

*

선재가 서울중앙지방법원 제320호 형사법정 앞에 도착했을 때는 마침 박재열 검사가 법정 출입문을 열고 막 들어가려는 참이었다.

"아, 한선재 씨."

검사는 선재를 알아보고 눈인사를 했다.

선재는 지훈의 유족 자격으로 검사를 몇 번 만났다. 결혼을 약속했던 여자 친구라면 가족이라 불러도 무방할 것이다. 울먹이는 통에 대화가 거의 불가능한 지훈의 모친을 대신해 선재가 검사와의 소통 통로가 되었다. 슬픔을 안으로 꾹꾹 눌러 담는 선재를 두고 어떤 이는 매정하다며 수군거렸지만 이성적인 그녀의 태도는 검사에게 신뢰를 주었다. 박재열 검사는 우호적이었다. 선재 또한 사건을 맡은 이가 박재열 검사여서 다행이라고 여겼다. 패기 있는 이 젊은 검사는 첫인상이 날카로웠지만 유족에게는 친절했다. 그의 태도가 정의감의 발로이든 성과를 내고자 하는 공명심의 발로이든 간에 나쁠 건 없었다.

검은 법복을 입은 박재열은 검사실에서 보았을 때와 인상이 달랐다. 마치 산사의 사천왕상처럼 커 보였다. 지훈의 한을 풀어줄 유일한 사람이었다.

선재는 고개를 숙이며 말했다.

"잘 부탁드립니다."

뻔한 인사지만 간절함이 담겨 있다. 검사는 눈으로 인사를 받고는 문 뒤로 사라졌다.

법정 안에 들어서자 방청석에 지훈의 모친이 보였다. 피해자의 유족이니 당당히 앞에 앉을 법도 하건만 노인은 눈에 잘 띄지도 않는 뒤쪽 자리에 숨듯이 앉아 있었다. 축 처진 어깨, 퀭한 눈, 짚풀 같은 머리카락. 허수아비를 데려다 놓은 것 같다. 평생 경찰서조차 가본 적 없다고 했다. '관'은 무서운 곳이라 여기며 살아온 노인이었다. 그런데 아들이 죽은 일로 법정까지 오게 됐으니, 얄궂은 운명이다. 선재는 즈용히 그 옆에 가 앉았다.

선재를 본 노인의 얼굴은 막 울음이라도 쏟을 것처럼 일그러졌다. 마지막 힘을 짜내 버티고 있다가 그만 무너진 모양이다. 하지만 눈물은 이르다. 악인의 단죄는 이제 시장이다. 선자는 옆에 가 앉으며 노인의 손을 살포시 쥐었다. 나무 껍질 같은 노인의 손등이 파르르 떨렸다.

판사 세 사람이 들어와 자리에 앉고서부터 분위기는 일변했다. 옆 사람의 침 삼키는 소리도 들릴 만큼 긴장감이 내려앉았다. 장송곡이라도 흘렀다면 차라리 숨이 덜 막혔을까. 법정은 원래 조용한 곳이겠지만 이 순간을 누르는 유독 깊은 적막은 살인사건의 무게이기도 했다.

법정 옆 출입구가 열렸다. 교도관 두 명 사이에 끼어 회색 수의를 입은 양길이 걸어 들어왔다. 착, 착. 고무신 소리가 강하게 울렸다. 바닥에 새겨지는 발걸음 소리는 방청객들의 귀에 끟혔다.

죄인이라기에 그의 걸음걸이는 너무도 당당했다. 벌어진 어깨, 건장한 체구를 한껏 뽐내며 마치 무대의 주인공처럼 들어오고 있었다. 꼿꼿한 허리는 어떤 정당성마저 부여하고 있었다. 마치 난 무죄야, 라며 온몸으로 항변하는 듯했다.

선지는 이해할 수 없었다. 양길은 살인자다. 재판이라는 절차는 껍데기일 뿐, 그가 지훈을 죽였다는 건 법정에 매달린 저 형광등보다 분명하다. 그런데 저 뻣뻣한 태도는 뭘까. 사람이 사람을 죽였으면 아무리 거짓을 밀어붙인다고 하더라도 내면으로부터 위축되는 법 아냐? 적어도 그게 인간이라고, 선재는 믿어왔다.

그런데 눈앞의 이 해괴한 인물은 거기서 아득히 벗어나 있었다.

무엇이 그에게 자신감을 주고 있는 걸까.

＊

동행했던 양길이 부고를 지훈의 모친에게 전해왔다. 호텔 방에서 술을 마시다가 같이 잠들었는데 아침에 일어나 보니 움직이지 않았고, 응급번호로 전화해 병원으로 갔지만 이미 심정지 상태였다고 했다.

지훈이 갑자기 여행을 떠나겠다고 할 때부터 탐탁지 않았었다. 차라리 혼자 가겠다고 했으면 괜찮았을 텐데, 양길과 함께라고 했다. 양길은 지훈의 고등학교 동창이었다. 비록 선재는 좋은 느낌을 받지 못했지만 지훈은 유달리 양길을 의지하는 눈치였다. 마침 그 양길이 모처럼 시간이 났다며 지훈과 여행을 떠나고 싶어 한다는 거였다. 행선지는 필리핀 세부.

선재는 사격선수 출신이었다. 국가대표까지 했지만 일찍 은퇴했고, 그 후 스포츠 전문 잡지사에 취직했다. 원소속 실업팀의 홍보물을 발주했던 인연도 있었고, 어릴 때부터 책 읽기를 좋아했던 선재의 취향에도 맞았다. 열심히 일했고,

발로 뛰며 취재도 많이 다녔다. 하지만 지훈이 회사를 그만 두겠다며 퇴직금에 대출을 더해 조그만 사업을 같이 하자고 말해왔던 날, 곧바로 자신도 잡지사를 그만둘 결심을 했다. 사표를 낼 때는 신이 났다. 돈을 더 벌 거라는 기대보다는 지훈과 같이 있을 수 있다는 설렘이었다. 그러던 중에 지훈이 여행 이야기를 꺼냈다.

"양길이가 나하고 여행 가고 싶어 해. 어떡할까?"

친구와 여행을 가겠어, 라고 통보했다면 화를 내며 막았을지 모른다. 하지만 늘 그랬듯이 지훈은 쭈뼛거리고 미안해했다.

선재의 마음은 그만 또 약해져 버렸다. 필리핀은 선재도 지훈과 같이 두 번이나 다녀왔다. 한 번쯤은 친구하고 떠나 보고도 싶겠지. 생각은 지훈을 이해하는 쪽으로 흘러갔다. '나하고는 앞으로도 얼마든지 기회가 있으니까' 하며 서운한 마음을 스스로 달랬다. 결국 얼마 후 선재는 공항버스 정류장에서 지훈을 배웅하고 있었다.

지훈은 학교폭력을 당하던 때 자기를 구해준 친구가 양길이라고 했다. 선재는 고개를 갸우뚱했다. 선재가 만났을 땐 질이 썩 좋아 보이지 않았기 때문이다. "친구 아이가!" 사투리 흉내를 내며 지훈과 친한 척할 때까지는 좋아 보였다. 하지만 양길이 막돼먹은 인물이라는 걸 깨닫는 데에는 시간이 얼마 걸리지 않았다. 양길은 '난 솔직한 사람'이라는 말로 자신의 무례함을 포장하고 있었다. 우정을 명분 삼아 선을 넘고 있었다. 문제는 그렇게 하는 쪽은 양길뿐이라는 데에 있었다. 지훈의 역할은 양보였다. 그 뒤 셋이 함께 만나는 자리는 더 없었다. 선재 쪽이 피하지는 않았으니, 양길이 만만하지 않은 선재를 어려워한 모양이었다. 아무튼 양길이 살인자임을 알게 된 지금은 그가 예전에 지훈을 도왔다는 기억도 무언가 잘못되었다고 확신하고 있다.

성격의 화학반응이란 게 있다면 선재와 지훈은 이상적인 조합이었다. 선재는 할 말을 해야 직성이 풀렸고 마음을 정하면 딴 길로 새지 않았다. 늘 남 눈치를 살피고 우유부단한 지훈은 선재의 그런 면을 좋아했다.

언젠가 선재가 사격 연습하는 걸 본 지훈은 엄지를 내밀며 말했다. "넌 사격에 타고났어. 한번 물면 안 놓치잖아!" 내가 사냥개야? 라며 선재는 눈을 흘겼지만 기분이 나쁘지 않았다. 그건 지훈 방식의 칭찬이었다. 은근히 듣기 좋은 말을 에둘러 했다.

선재는 자그마한 몸집에 비해 유독 이목구비가 뚜렷했다. 눈매, 턱선, 입매 모두 강한 인상을 준 탓인지 학창 시절에는 또래의 남자아이들이 다가오지 않았다. 한동안 외모에 민감했었던 선재지만, 점차 둔해졌다. 상당한 정도는 지훈

덕분이었다. 이유는 조금 엉뚱했다. 지훈은 선재를 가끔 '자칼'이라고도 불렀는데, 그게 뭐냐고 물으니 킬러라는 거였다. 세계 제일의 암살자. 저격수. "뭐? 그게 여자 친구한테 할 말이야?" 그러면서 선재는 깔깔 웃어넘겼는데, 자신의 그런 이미지를 상상하는 게 은근히 나쁘지 않았다. 그러고 보니 자신의 다소 인상 강한 외모도 맘에 들었다.

나중에 생각해 보면, 지훈은 그런 장난스러운 말들을 통해, 선재의 콤플렉스였던 '강한 인상'을 캐릭터로 만들어 오히려 자신감을 심어주려던 게 아닐까, 싶었다. 반면에 지훈은 스스로를 바보 캐릭터에 빗대 '영구'라고 자주 불렀다. 그런 면도 선재와는 반대였다. 비록 장난이더라도 선재는 하지 않는 종류의 자기 비하였다.

선재가 마음만 먹었다면 얼마든지 지훈을 쥐락펴락할 수 있었다. 하지만 그러지 않았다. 지훈이 내성적인 만큼 더 배려했다. 말을 자르지 않았고, 가능하면 거절하지 않았다. 이번 여행도 마찬가지였다. 그렇게 가고 싶다는데야. 동성 친구가 어떨 땐 더 편하기도 하겠지. 나하곤 여러 번 갔잖아. 지훈이 즐겁다면. 그렇게 자신을 이해시켰다.

그러다 돌연한 파국이 찾아왔다. 여행에서 돌아온 건 환하게 웃는 지훈의 얼굴이 아니라 싸늘한 시신이었다. 아니 시신다지 아니었다. 유골 가루였다. 술 마시다 죽었다는 양길의 거짓말에 속아 현지에서 화장해 버린 탓이었다.

못 가게 할걸. 배려하지 말걸. 선재는 처음으로 깊이 후회했다.

시신을 한국으로 옮기는 일부터 도무지 엄두가 나지 않았다. 비용도 엄청날 뿐 아니라 말이 통하지 않는 타국 땅의 시신을 어찌해야 할지 막막했다. 그런데 마침 양길이 현지에서 화장하고 유골을 가지고 오겠다고 했다. 지훈의 모친은 고마워하며 그러라고 했다. 하지만 그건 양길이 짠 악랄한 계획의 일부였다. 유족은 깜빡 속아 넘어갔다는 사실을 얼마 뒤 알게 되었다. 그리고 수사가 시작되었고……

양길이 지훈을 살해했다고 믿게 된 결정적인 계기는 보험이었다. 유골만의 장례를 치르고 나서 얼마 지나지 않아 지훈의 모친은 낯선 전화를 한 통 받았다.

"송지훈 씨가 생명보험에 가입했던 건 알고 계십니까?"

보험사로부터 온 전화였다.

"예? 걔가 보험에 가입했심니꺼? 모르는데예."

"사망보험금이 배양길 씨 앞으로 나오게 되는데, 그건 알고 계십니까?"

"그게 무슨 말인교?"

아들이 객지에서 병사했다는 생각만으로 이루 말할 수

없는 슬픔에 빠져 있던 노모는 기겁했다. 보험사 직원은 지훈이 질병이나 사고로 사망한 경우 특약으로 합계 19억 원을 받을 수 있는 보험에 가입했다고 알려주었다. 가족 아닌 타인이 보험금 수령자인 해괴한 계약에 수상함을 느껴 연락한 것이었다.

정상적인 계약 같지 않았다. 37세의 건강한 청년이 거액의 사망보험에 가입했다는 사실부터 이상했다. 게다가 그렇게 효자였던 지훈이 가족이 아니고, 심지어 약혼녀도 아니고, 친구를 보험금 수익자로 한다? 월급 실수령액 300만 원을 조금 넘던 처지에 매달 150만 원이 넘는 막대한 보험료를 내면서까지? 그리고 하필 그 보험계약을 체결한 지 두 달 만에 이 사건이 벌어졌고?

유족은 곧바로 양길을 살인으로 고소했다.

＊

검사가 범죄 내용을 요약한 진술을 이어가고 있었다.

"…… '헤븐스 도어'라는 호텔 지하 바에서 같이 상당량의 술을 마셔 피해자를 취하게 만든 다음, 1126호 호텔방으로 돌아온 피고인은 졸피뎀과 플루니트라제팜, 알프라졸람 성분이 든 수면제를 몰래 피해자의 소주잔에 넣어 녹인 후 피해자에게 마시게 했고, 피해자가 정신을 잃자, 베개 등 부드러운 무언가로 코와 입을 눌러 질식케 하여 살해했습니다."

구체적인 살인 방법은 선재도 처음 듣는다. 검사는 사건의 내막을 유족에게도 알려주지 않는다. '피해자의 가족'이라는 특별한 지위는 고소장을 제출할 때까지만이다. 이후의 수사에서는 철저히 배제되고, 기소한 후에도 정보가 제공되지 않는다. 뉴스에서 사건을 보고 듣는 다른 이들과 같은 입장이다. 피해자조차 신문에 난 기사를 읽고 '내 사건이 이렇게 되었구나' 하고 고개를 끄덕이는 데 만족하라는 시스템이 마음에 들지 않았지만, 도리가 없었다. 검사의 말이 이어졌다.

"피고인은 피해자로 하여금 거액의 사망보험에 가입하게 하고는 피해자를 속여 그 보험금 수령인을 자신으로 해두었습니다. 그로부터 두 달 후 필리핀으로 유인해 살해했습니다. 즉, 거액의 보험금을 노린 계획 살인입니다."

"피고인은 공소사실을 인정합니까?"

가운데에 판사가 양길의 변호사를 향해 물었다.

"부인합니다. 피고인은 피해자를 살해하지 않았습니다."

변호사가 고개를 꼿꼿이 들고 말했다. 지켜보던 선재의 마음이 차갑게 내려앉았다. 양길이 범행을 부인한다는 건 뉴스를 읽어서 안다. 그래도, 혹시 법정에서 눈물을 쏟으며 친구에게 몹쓸 짓을 했다고 참회를 해주지 않을까 하는 실낱같은 기대를 했다. 하지만 역시 그런 일은 일어나지 않았다. 어차피 개연성 없는 드라마였다.

판사의 요청으로 검사가 증거목록을 제출했다. 변호사가 일어서서 "증거 인부를 하겠습니다." 하고는 뭔가 알 수 없는 법률 용어를 읊기 시작했다. 다 알아들을 수는 없었지만, 이의 없이 증거로 받아들일지에 관한 절차인 듯했다. 변호사는 증거에 대부분 동의한다고 했는데, 오히려 불길했다. 자신이 있다는 얘긴가.

'증거 인부'라는 절차가 끝나자, 법원 직원이 검사의 책상에서 기록 더미를 받아 와 판사들이 앉은 법대 위로 올렸다. 수사한 기록과 증거물이 검사 측에서 법원으로 전달되는 절차인가 보다. 벽돌 두 장 정도 두께의 기록을 보며 선재는 안심했다. 알맹이는 알 수 없지만 적어도 저 부피만큼 양길의 범행을 입증하는 서류가 있다는 이야기겠지. 양길의 몰락을 바라는 간절한 마음은 작은 단서 하나에도 이리저리 움직였다.

"증거에 따라 보충 설명을 하겠습니다."

검사가 앉은 채로 말했다.

"출국 며칠 전, 피고인은 다니던 병원에서 '제주도에 가서 한 달 살기 할 예정이다'라고 거짓말하고는 30일 치 수면제를 타 갔습니다. 피해자의 옷에서 알프라졸람, 졸피뎀, 플루니트라제팜의 세 가지 성분이 검출되었는데, 피고인이 산 간 약에 위 성분이 동일하게 들어 있습니다. 또한 트라조돈 성분도 들어 있습니다. 피고인은 사건 전 휴대전화로 '알코올에 수면제가 녹는지'라며 검색을 한 사실이 밝혀졌습니다. 거기에 '캡슐은 껍질의 젤라틴 때문에 잘 안 녹음'이라는 답변이 달려 있었습니다. 피고인이 산 수면제 중에 트라조돈만은 코팅된 캡슐 형태입니다. 그 답변에 따라 피고인은 캡슐인 트라조돈을 제외한 나머지 약을 알코올에 녹여서 피해자에게 먹인 것입니다. 이하 증거로 제출된 해당 병원 의사의 진술서, 처방전, 스마트폰 검색 내역, 국과수의 피해자 의류 분석보고, 해당 약물에 관한 제조사 회보서로 확인됩니다."

검사의 말투는 마치 글자를 읽어주는 프로그램처럼 무심했다. 하지만 선재의 말아 쥔 주먹은 분노로 움찔했다. 실로 치밀하게 준비된 살인 아닌가.

한편으로는 안도했다. 양길이 무죄를 받을지도 모른다는 불안감이 가라앉는 것 같았다. 살인에 쓰인 수면제까지 미리 준비한 사실이 드러났다. 달리 둘러댈 여지가 있을까?

"필리핀 현지에서는 병사로 처리되었는데, 어떻게 피해자의 옷에서 약물을 검출했습니까?"

판사가 물었다.

"현지 영사협력원의 노력으로 현장이 밀실처럼 보존되어 있었고, 덕분에 최소한의 수사자료를 확보할 수 있었습니다. 사체는 현지에서 화장되어 버려 부검할 기회가 없었지만, 현장에 남은 옷가지와 술병, 잔 등을 수거했고, 국과수 분석에서 약물 반응이 나왔습니다. 몰래 준비한 수면제를 피해자에게 먹인 후 살해한 사실이 확인된 것입니다."

검사의 대답이 끝나자 판사는 변호사에게 눈을 돌렸다.

"이 점에 대한 피고인 입장은 어떻습니까? 피해자가 사망할 당시 현장에 있었던 사람은 피고인뿐이지 않습니까?"

추궁하는 듯한 말투였다. 저 판사는 우리 편이야. 선재는 괜히 희망을 가져보았다. 판사의 말이 끝나자마자 거의 끝을 물듯 변호사가 대답했다.

"피고인은 자살하러 필리핀에 간 거였습니다."

자살하러? 이건 또 무슨 헛소리야? 예상치 못한 답변에 선재가 멍해 있는 사이, 변호사의 말이 이어졌다.

"마지막 길이 쓸쓸해서 오랜 친구였던 피해자와 동행했던 겁니다."

"피해자에게도 알리고 같이 갔나요?"

"그렇지는 않습니다. 죽겠다는 확고한 의지가 있었다기보다는 막연하게 자살을 생각하고서 수면제를 처방받아 갔던 거였습니다. 물론 피해자는 그 사실을 알지 못했습니다."

수면제가 자살하려 산 거였다고? 어처구니없는 말이 더 튀어나올 것 같은 강한 예감에 선재의 가슴이 쿵쿵 뛰었다.

"그래서요?"

판사의 음성에 미심쩍은 기색이 묻어 있지 않아서 더 놀라웠다.

"그날 밤 둘이 술을 마시다가 피고인은 신세 한탄을 했습니다. 그러다 술김에 그냥 죽어버리자는 생각이 강하게 들었고, 수면제를 피해자 몰래 자신의 글라스에 넣고 단번에 마시려 했습니다. 그걸 본 피해자가 과음하지 말라면서 다급하게 손을 뻗어 말렸습니다. 그 바람에 약이 든 술이 쏟아져 피해자 옷에도 묻었던 겁니다. 그 후 피고인은 기어이 피해자 몰래 수면제를 삼켰고, 이내 잠들었습니다. 아침에 깨어나 보니 피해자는 자기 침대 위에 누워 있었습니다. 그런데, 피고인이 흔들어도 미동도 없고 숨을 쉬지 않았습니다. 놀란 피고인이 호텔 프런트에 연락해 구급대원과 경찰을 불렀습니다. 병원에서는 알코올 중독으로 인한 심장사로 진단을 받았습니다. 피고인은 자신의 슬픔도 가누지 못할 만큼 힘든 상황임에도 현지에서 친구의 시신을 화장하고 한국으로 유해를 모시고 오는 수고를 해주었습니다."

말도 안 돼! 선재는 마음으로 소리쳤다. 당장 이유는 댈 수 없지만 저 말이 거짓이라는 데에 무엇이든 걸 수 있을 것 같았다. 지훈의 모친은 듣기 힘든 듯 손을 가슴에 댄 채 숨을 몰아쉬고 있었다. 쉬지 않는 거짓의 입을 보면서 아무것도 할 수 없다. 그 무력감은 큰 고통이리라.

변호사는 마치 애도하듯 고개를 조금 숙였다. 양길도 같이 고개를 떨어뜨렸다. 모든 행동이 한 편의 짜여진 연극같이 느껴졌다. 변호사는 고개를 들고 말을 이어나갔다.

"살인이 아니라 병사입니다. 현지의 이 진단서로도 확인됩니다."

변호사는 실물화상기에 서류를 한 장 놓았고, 벽면 스크린에 영상이 비쳤다. 영어로 작성된 진단서와 한글로 번역하고 공증한 문서가 나란히 비쳤다.

"피해자가 사망한 직후에 병원 의사가 작성한 진단서입니다. 보시는 바와 같이, 사망원인은 직접 원인으로 급성 심장사. 선행 원인으로는 알코올 중독으로 되어 있습니다. 어디에도 목을 졸랐다든가, 질식사했다는 기재가 없습니다. 피고인이 피해자의 코와 입을 막아 살해했다는 검사의 주장은 전혀 근거가 없습니다. 의학적으로 말이죠."

변호사는 '의학적'에 힘을 주었다.

흠, 하며 판사는 영상에 한동안 시선을 고정한 채 턱을 문질렀다. 이윽고 검사를 향해 고개를 돌렸다.

"질식사했다는 기재가 없네요. 검사 입장은 어떻습니까?"

검사가 일어섰다.

"저 진단서야말로 피고인이 철저히 준비한 계획 살인의 일환이었습니다. 병원에 가자마자 피고인은 굳이 '피해자가 술을 많이 마시고 심장마비로 죽었다'고 말했고, 현지 의사는 그대로 진단서에 기재한 겁니다. 그래서 부검도 없었습니다. 피해자를 굳이 먼 필리핀으로 유인해 살해한 이유도 여기에 있습니다. 한국에서는 저렇게 진단서가 작성될 리도 없고, 돌연사의 경우 대개는 부검이 이루어지니 살인이 드러날 위험이 크다고 판단했던 거죠."

"하지만 그렇다고 피고인이 피해자를 살해했다는 증거는 안 되지요."

변호사가 이죽거리듯 말했다.

"아무튼 직접증거는 없다는 거네요."

판사가 변호사의 반박에 힘을 실어주듯이 말했다. 검사가 반박했다.

"직접증거가 없다는 그 점이 바로 피고인이 노린 바입니다. 하지만 간접증거나 정황만 있더라도 충분히 합리적이라면 살인 입증이 가능하다는 게 대법원의 확고한 판례입니다.

우선 피해자의 옷에서 검출된 수면제를 주목해 주십시

오. 알코올의 흔적과 함께 검출되었습니다. 피고인이 한국에서 거짓말하고서 처방받아 간 그 약물입니다. 피해자에게 약을 탄 술을 먹였다는 증거입니다. 직접증거가 아니라 해도 증명력은 충분합니다. 게다가 피고인은 이 사실을 철저히 숨겼습니다. 국과수가 피해자의 옷에서 약물 반응을 분석해 내기 전까지는 말이죠. 또 피고인은 사건 전에 휴대전화로 '알코올에 수면제가 녹는지' 검색을 했습니다. 미리 살인을 준비하고 계획했던 겁니다.

가장 의심스러운 점은 보험계약입니다. 피해자는 겨우 37세입니다. 그런데 매달 150만 원의 무리한 보험료를 내면서까지 질병이나 사고 사망의 경우 합계 19억 원을 받는 보험에 가입했습니다. 그런데 놀랍게도 보험금 수령자는 가족이 아니라 바로 피고인이었습니다. 그리고 보험계약을 체결한 지 두 달 만에 피해자는 죽었습니다. 피고인이 19억 원의 불로소득을 얻는 죽음입니다. 범행의 동기나 정황으로 이보다 명확할 순 없습니다.

피고인은 그 밖에도 수많은 거짓말을 했습니다. 현지 병원에 갔을 때 피해자가 술을 마시다가 심장마비를 일으켰다고 했는데, 오늘 법정에서조차 피고인은 아침에 일어나 보니 피해자가 침대에 누워 움직이지 않고 있었다고 했습니다. 심장마비라고 말한 건 그 당시 기준으로도 거짓말이었습니다.

또, 피고인은 시신을 한국에 송환하지 않고 굳이 현지에서 화장을 해버렸습니다. 한국에서 사체를 부검할 기회를 원천적으로 없앤 겁니다. 피고인의 거짓말은 모두 범행을 숨기기 위해서였고, 그 모두는 한 방향, 즉 살인을 가리키고 있습니다."

검사는 잠깐 쉬었다가 덧붙였다.

"현장에 흉기가 없었고, 수면제를 먹였고, 현지 의사가 특별한 외상을 발견하지 못했습니다. 이런 점들을 모아보면 입과 코를 틀어막아 질식시켜 살해했다고 강력히 추정됩니다."

변호사는 더 반론을 하지 않았다. 표정이 느긋했다. 재판은 많이 남았다. 일일이 기를 써 반박하며 힘 뺄 필요 없다고 판단한 모양이다.

선재는 입술을 지그시 깨물었다. 판사는 우리 편일 거라고 생각했다. 그는 죄를 심판하는 사람이고, 양길은 죄를 지었으니까. 그런데 지켜보노라니 어딘지 생각과 달랐다. 처음에는 판사의 말을 유리하게만 해석했다. 하지만 정신을 차려보니 판사는 싸늘한 표정으로 중간 지대에 서 있었다. 아니, 오히려 직접증거가 어디 있냐, 진단서에 근거가 없지 않느냐는 등 거의 트집을 잡고 있었다. 재판이 이런 거였나.

애당초 양길이 등장할 때부터 배알이 틀렸다. '주인공

등장' 같은 태도. 방청객과 판사, 검사를 들러리로 만들어버리는 뻔뻔함. 살인자가 감히. 선재라면 그 불쾌감만으로도 사형을 내릴 기분이었다. 하지만 판사의 시선은 또 다른 모양이었다.

이날 공판은 그 정도에서 끝이 났다.

판사는 한 달 후로 다음 기일을 잡았고, 그때 증인신문을 하겠다고 했다.

선재는 법정을 나서는 박재열 검사를 빠른 걸음으로 따라잡았다.

"어떻게 될 거 같으세요?"

선재가 뒤에 대고 말을 던지자 박재열은 걸음을 멈추고 돌아보았다.

'재판 다 보셨죠? 그대롭니다."

'배양길이 너무 뻔한 거짓말을 하던데요."

'저렇게 나올 줄 예상했습니다만."

"판사님이 직접증거가 없다 그랬잖아요. 괜찮을까요?"

박재열은 듣는 사람이 없는지 복도를 한 번 휘이 둘러보고는 말했다.

"물론 목격자나 DNA, 흉기, CCTV 화면 같은 건 없습니다. 그래도 아까 법정에서 말했듯이 간접증거나 정황으로도 유죄판결이 가능해요."

"우리 사건도 그렇단 거죠?"

"물론입니다."

검사는 작게 웃음을 지어 보였다. 선재는 안심했다. 검사
가 된다는데야. 조금 전만 해도 사천왕상처럼 보였던 박재
열이 지금은 인자하게 미소 짓는 보살상 같다.

선재는 돌아서다가 문득 생각난 일이 있어 다시 등을 돌
렸다.

"참, 수사 기록 복사 신청한 거 있잖아요. 그거 아직 안 되
었던데……."

피해자 측은 사건기록을 복사할 수 있다. 선재가 찾아본
법률로는 그랬다.

기록을 읽어보면 양길이 어떻게 범행을 준비했고 무슨 짓
을 했는지, 증거는 무엇인지 알 수 있을 터였다. 검사가 알아
서 한다지만 그래도 불안하다. 아무래도 남 일이잖아? 꼼꼼
히 안 보고 놓칠 수도 있어. 직접증거가 없다는데……. 기록
을 읽고 또 읽으면 재판에 도움이 될 것 같았다. 양길을 그
가 가야 할 곳으로 꼭 보내고 싶었다. 그리고 무엇보다, 유족
은 알고 싶은 것이다. 진실을.

"아, 기록은 법원으로 넘겼으니까 재판부에 신청하시면
될 겁니다."

일찌감치 검사에게 복사를 신청했는데, 법원으로 가라고? 왜 미루는 걸까. 의아했지만 왠지 더 캐묻기가 어려웠다. 검사가 머쓱해했고, 무언가 말을 피하는 느낌이 들었다.

박재열 검사는 서둘러 멀어져 갔다.

법원 건물 뒤편 주차장 벤치에 앉아 지훈의 모친이 숨을 고르고 있었다. 곧바로 차에 오를 만큼 안정이 되지 않은 듯했다. 선재는 옆에 가 앉았다.

'괜찮으세요?'

노인은 선재를 보더니 길게 숨을 내쉬었다.

'나는 모르겠다. 뭔 재판을 저렇게 길게 하노. 저런 놈 거짓말은 왜 다 들어주고.'

'원래 재판이 다 그래요. 일일이 듣고 화내실 필요 없어요.'

"설마, 저놈 말에 판사가 넘어가진 않겠제?"

"그럼요. 판사가 얼마나 똑똑한 사람들인데요."

"그라믄 다행이고. 내사 마, 듣고 있을라니까 도저히 참을 수가 있어야제. 나중에는 뭔 말들을 하는지도 모르겠고."

"오늘 보셨으니까, 이젠 재판 나오지 마세요. 건강 상하시겠어요."

"아이다. 꼭 나와볼 끼다. 저놈이 벌받는 걸 꼭 봐야지. 그래야 내가 반분이라도 풀릴 거라."

노인은 반쯤 감았던 눈을 뜨고 힘주어 말했다. 그러다가
는 하늘을 올려다보다가 다시 푹 고꾸라졌다.

"지훈이는 내 전부다……, 하나뿐인 자식. 내가 우예 보내
노……. 얼마나 착한 아들이었는데……."

노인은 마치 혼잣말하듯 읊조렸다. 그러다 꺼이꺼이 소리
를 내며 울었다. 지나가는 이들이 힐끔거렸다. 아무래도 정
서가 불안하다.

고개 숙인 노인의 목덜미가 메마른 나무껍질을 연상시켰
다. 물끄러미 내려다보던 선재는 노인의 손을 꼭 잡았다.

'내 전부'라는 말이 그저 표현만은 아니란 걸 선재는 안다.
남편 없이 홀로 키운 아들이었다. 순하고 착하다고, 입버릇
처럼 말했다. 가야 한다면 살날이 얼마 남지 않은 자신 쪽
이 먼저라고 철석같이 믿었었다. 아들을 먼저 보낼 거라곤
꿈에서도 생각해 보지 않았으리라. 그 심정이 어떨지 가늠
할 수 없었다. 그저 견디라고 말하는 건 잔인하다. 이 또한
지나간다는 말도 힘이 없다. 어떤 말도 건넬 수 없다. 그저
곁에 있을 뿐이다. 그리고, 무너진 노인 대신 선재라도 정신
을 바짝 차려야 했다.

"어떻게 될 거 같습니까?"

뒤에서 굵은 음성이 들렸다. 돌아보니 마호가니빛으로 피

부가 그을린 남자가 서 있었다. 홀쭉한 뺨 아래 입가에는 잔뜩 주름이 잡혀 있다. 송형식. 지훈의 사촌 형이었다.

형식은 음료수를 사러 갔던 모양이다. 식혜 캔을 노인에게 건넸다. 노인은 힘없이 고개를 가로저었다. 형식은 캐리어에서 커피를 뽑아 선재에게 건네고, 자신도 하나 집어 들었다. 선재는 커피를 받아 들며 말했다.

"감사해요. 근데 왜 법정에 안 들어오시고."

"재판은 봐서 뭐 하나요. 어차피 판사들 헛소리 들어봤자 복장 터질 게 뻔한데."

형식이 못마땅한 표정으로 커피를 들이켰다.

형식은 필리핀 마닐라에서 한인 상대로 소규모의 렌터카 사업을 하고 있었다. 지훈이 선재와 첫 해외여행을 필리핀으로 떠난 이유도 사촌 형인 형식이 거기 있어서였다.

거친 남자. 마닐라 공항에 마중 나온 그를 보았을 때 받은 인상이었다. 우락부락한 얼굴, 쉰 목소리뿐만이 아니었다. 몸짓도, 말소리도 컸다. 선재는 내심 긴장했다. 하지만 경계심은 금방 풀렸다. 형식은 투박했지만 호방하고 스스럼없었다. 게다가 내성적인 지훈과 외향적인 형식이 어쩐 일인지 죽이 잘 맞았다. 세 사람은 그날 같이 밥을 먹고 술을 마셨다. 형식이 선재에게 부쩍 친밀감을 보인 건 그녀가 사격선

수 출신이라는 걸 알고부터였다.

"와아, 국가대표! 최곱니다."

그 이야기가 나온 건 마닐라의 번화가 마카티의 한 술집에서였다. 형식은 눈을 반짝이며 양손 엄지를 치켜세웠다.

"뭘요."

"아뇨. 전 머리 쓰는 인간보다 몸으로 사는 사람이 좋거든요. 몸은 거짓말을 안 하잖아요!"

사격선수가 어지간히 신기했던 모양이다.

"야, 우리 영구가 이런 분을 다 만나고! 재주도 좋네."

형식이 팔꿈치로 지훈의 옆구리를 툭 치며 말했다. 지훈이 종종 자신을 '영구'라고 했던 게 형식에게서 나온 거였나. 어쩐지 별명이 구식이었어. 선재는 빙그레 웃었다.

"내가 좀 재주가 좋긴 하지."

지훈이 고개를 끄덕끄덕했다. 형식은 쉬지 않고 선재에게 질문을 퍼부었다.

"국제대회도 나가셨겠네요."

"아시안 게임은 나갔는데……."

"메달은요?"

"동메달 땄어요."

우와, 아시안 게임 메달리스트! 하면서 형식은 또 엄지를 세웠다.

"올림픽 나가는 게 꿈이었는데……."

"왜요? 안 나가셨습니까?"

"못 나갔죠."

"왜요?"

"눈이 좀 안 좋아졌어."

형식의 질문 세례를 보다 못한 지훈이 끼어들었다. 더 복잡한 사정이 있었는데 대충 얼버무린 것이었다. 실제로 눈이 급격히 나빠지기도 했다. 표적에 온 시신경을 집중하는 사격의 특성상 눈 질환이 많았다. 빛 번짐이 심해 병원에 갔더니 녹내장과 원추각막 진단을 받았다. 그러면서도 빛 번짐 증상은 원인을 찾아내지 못했다. 이 상태로 선수 생활을 이어갈 수 있을까, 회의가 들었다. 하필 그 무렵 지방에서 혼자 지내던 선재의 모친이 쓰러졌다. 그 일이 선수 생활을 그만둔 하나의 계기가 되었다. 저울의 양팔 위에서 아슬아슬 균형을 잡고 있던 중에 모친의 건강 문제가 선재를 한쪽으로 툭 밀어버린 셈이었다. 큰 갈등 없이 길을 선택하게 되어 차라리 시원하다고 선재는 생각했다. 하지만 지훈은 꿈을 접었다며 꽤 안타까워했다. 그래서인지 지훈은 선재가 그 기억을 떠올리지 않도록 늘 조심했다.

"아이구, 이런! 아깝네요!"

형식은 주먹을 불끈 쥐었다. 큰 몸짓이 몸에 배어 있다.

"아쉽진 않던데요."

선재는 웃으며 말했다. 실제로 그랬다.

총을 처음 잡은 건 중학교 1학년 가을 무렵이었다. 선재는 원래 책 읽기를 좋아하던 조용한 소녀였다. 운동을 하게될 거라고는 생각해 보지 못했다. 대개 운동선수들이 그렇듯 계기는 체육 시간이었다. 선재가 진학한 중학교에는 사격부가 있었다. 체육 시간에 수행평가 삼아 총을 쏘게 한 일이 있었다. 총신이 길쭉한 소총이었다.

"집중력이 대단한데."

코치가 혼잣말처럼 중얼거렸다. 사격이 끝난 후 코치는 선재를 따로 불러 방과 후에 총을 쏘러 오라고 했다. 과녁에 총구멍이 옹기종기 난 모양이 그저 재밌었던 선재는 코치의 말대로 했다. 한 달이 지났을 때 코치가 말했다.

"너 사격 제대로 해보지 않을래?"

그렇게 시작되었다. 출발은 소총이었지만 주 종목은 권총이었다. 사격에 푹 빠진 그 모습을 모친도 좋아했고, 지원해 주었다. 선재는 높은 경쟁률을 뚫고 사격부가 있는 대학까지 진학했다. 졸업 후 금융회사의 실업 팀에 들어가기까지 선수 생활이 이어졌다. 국가대표로 선발되고 아시안 게임에서 메달을 딴 때가 절정이었다. 시상대에서 어린아이처럼 좋아하며 메달에 몇 번이고 입을 맞추었다. 그 충족감이 컸던 덕분일까, 눈에 이상이 생기고 모친까지 쓰러지면서 사격을 그만두게 되었지만 이상하게도 큰 아쉬움은 없었다. 어쩌면 마음의 추는 선재 자신도 모르는 사이 기울고 있었는지 모른다.

"사격선수는 자기 총도 갖고 있나요?"

호기심 어린 형식의 물음에 선재는 웃었다. 그 단순함이 나쁘지 않았다.

"네. 선수들은 허가를 받을 수 있거든요."

"설마, 공기총 같은 건 아니죠?"

"하하하, 정식 화약총이에요. 수입업체가 따로 있어요."

"와아, 그러면 가격도 상당하겠습니다."

"한 2, 300만 원 해요."

"존나, 아니 엄청 멋지네요! 필리핀도 총을 구할 순 있지만 순 싸구려, 모조품뿐이거든요."

형식은 거듭 감탄했다. 이어 필리핀 현지에 총이 얼마나 흔한지, 어떻게 구할 수 있는지 따위를 열을 올리며 이야기했다. 급기야 지훈에게 이렇게 말했다.

"제수씨한테 총만 주면 필리핀도 접수하겠는데."

지훈도 거들었다.

'응, 그럴 거야. 무서운 여자거든."

그 말에 선재가 노려보며 웃었다.

"국제대회 하는 거 직접 봤는데, 거의 자칼이야. 킬러."

신이 난 지훈은 기어이 선재의 별명을 입에 올렸다.

"관중들이 소리 지르고, 부부젤라까지 막 불어제꼈거든. 근데 눈 하나 깜짝 않더라고. 그때 눈빛 봤어야 해. 과녁이 다 뭐야, 바늘구멍도 꿰겠더라."

"이야! 제수씨 멘탈이 강철입니다!"

형식이 맞장구쳤다.

"형이 콜트 하나만 구해 와."

"그럼 제수씨가 여기 애들 쓸어버리고."

"우리가 갱단 두목이 되는 거지."

두 사람은 그런 이야기를 진지하게 하는 것이었다.

선재는 황당한 나머지 피식 웃고 말았다.

2박 3일간 형식은 두 사람을 이곳저곳으로 안내했다. 산 아구스틴 성당, 리잘 공원, 마카티를 구경했고, 팍상한 폭포도 갔다. 보트를 타고 강물을 거슬러 올라가는 모험 같은 여행도 같이 했다.

형식과의 화기애애한 만남은 그때가 마지막이었다.

그 뒤 형식을 만난 건 지훈의 장례식 때였고, 이번이 세 번째였다.

선재는 공판에서 있었던 일을 간단하게 말해주었다.

"…… 그런 식으로 딱 잡아떼더라고요."

"더러운 놈."

"재판이 좀 길어질 모양이에요."

"뻔하죠. 판사는 그 헛소리 또 들어주고 있을 테고요."

형식이 입술을 일그러뜨렸다. 선재는 그가 시니컬한 이유를 알고 있다. 처음 만났을 때 그가 털어놓았다. 예전에 한국 성인오락실에서 일하다가 사건에 말려들어 집행유예형을 받았다고. 초면에 전과를 밝히는 바람에 오히려 선재가 당황했다. 하지만 그는 벌게진 얼굴로 변명을 덧붙였다. 월급 받고 일한 종업원일 뿐이었다, 그런데 업주가 승률 조작 프로그램을 사용했다고 해서 자신도 도매금으로 유죄판결을 받았다, 그래서 억울하다, 그런 얘기였다. 재판 내내 그 사실을 몰랐다고 주장했지만 판사는 듣는 척도 하지 않았다고 한다. 그 후 형식은 필리핀으로 이주했다. 한국에 정이 떨어진 결정적인 계기가 그 사건이었다. 그래서인지 형식은 재판을 불신했다. 법정은 치가 떨려 했다. 여기까지 와서도 법원 건물 안에는 들어오지 않았다.

"그래도 재판이니까 그런 절차는 갖추어야겠죠."

"만에 하나 그 자식이 풀려나면 한국은 정말 희망 없는 겁니다."

형식의 눈빛이 이글거렸다. 사촌 동생의 사건에서 촉발된 분노가 일반론으로 변해 뻗어가고 있었다. 법정에서 울분을 삼켰던 자신의 쓴 기억을 대입하고 있는 듯했다. 판결이란 유죄가 되든 무죄가 되든 어느 쪽엔가는 응어리를 남기는 모양이다. 선재는 대화의 방향을 돌렸다.

"배양길이 거짓말을 단단히 준비했더라고요."

"변호사하고 짠 거죠."

"유죄가 분명…… 하겠죠?"

선재가 애매하게 말해보았다.

"물론입니다."

형식은 단호했다.

"의사가 병사라고 해버려서 좀 문제가 되나 봐요."

"전 필리핀 밑바닥부터 올라왔거든요. 그러다 보니까 험한 애들을 좀 알아요. 공무원, 경찰 커넥션도 있고요. 그쪽 사정이 그렇습니다. 그러니까, 외국 관광객 한 명 죽은 거, 신경도 안 쓴단 거죠. 귀찮게 되었네, 정도예요. 대충 사고사 처리하고 끝낸 겁니다."

"그런 거 노리고 일부러 필리핀으로 유인했을지도 모르겠네요."

"그런 범행 계획 같은 건 다 조사돼 있지 않을까요."

"그렇길 바라야죠. 근데 기록이나 증거물은 검사가 갖고 있어서요. 수사가 어떻게 되었는진 잘 몰라요."

'우린 알 수 없습니까? 피해잔데."

형식이 황당하다는 듯 입을 벌렸다.

'…… 그래서 수사 기록 복사를 신청해 놓았어요."

"예."

형식은 짧게 대답하곤 입을 다물었다.

"검사는 장담하던데, 그래도 좀 불안하더라고요. 그래서 저도 기록을 한번 보려고요."

"잘하셨어요. 제수씨는 똑 부러지는 사람이니까. 검사보다 나을 겁니다."

형식은 고개를 끄덕였다.

*

며칠 후, 법원에 사건기록을 복사하러 간 선재는 당황했다.

검사가 재판부에 넘긴 기록은 두툼했었다. 법정에서 분명히 보았다. 벽돌 두 장 정도의 두께는 되었다. 하지만 선재에게 건네진 건 달랑 몇 장이었다. 준비해 온 큰 가방이 무안할 정도였다.

공소장이 그나마 쓸모 있는 유일한 서류였다. 그것 말고는 선재가 보고 싶었던 서류가 한 장도 없었다. 복사해 갈 수 있는 서류는 유족이 낸 고소장, 유족의 진술서, 유족이 낸 탄원서뿐이었다. 하지만 이런 거라면 굳이 복사할 이유가 없다. 어차피 이쪽이 제출한 문건이니 가지고 있다. 경찰에서 어떻게 진술했는지도 기억하고 있다.

"이런 건 우리가 낸 거니까 이미 갖고 있어요. 다른 건 못 보나요?"

선재가 물었다.

"허가 난 거 말곤 못 드려요."

법원 직원이 무심하게 대답했다.

"피고인 신문조서나 참고인들 진술을 받은 조서, 다른 증거물, 서류들, 이런 게 필요하거든요."

"안 된다고 했잖아요. 본인이 낸 서류 위주로만 복사가 가능해요."

직원의 말투에 짜증이 섞였다.

"왜 그렇죠? 법에 그런 얘긴 없던데."

선재는 직원의 심기를 건드리지 않으려 억양을 골랐다. 하지만 직원은 인상을 팍 구기며 하, 하고 작게 한숨을 쉬었다.

"그런 건 판사님이 허가해야만 복사할 수 있어요. 무슨 법을 보고 오신 건지 모르겠는데, 법이 그래요."

"그러니까 왜 허가를 안 해주시는지……."

"피고인의 인권, 개인정보보호 그리고 재판상의 필요. 여기 그렇게 쓰여 있는 거 안 보여요?"

그러다 너무했다 싶었는지 직원이 톤을 누그러뜨리고 덧붙였다.

"그쪽만 그런 거 아니고요. 원래 다른 서류는 거의 복사 안 해줘요."

"그래도 판사님이 허가해 주면 되는 거……."

직원이 말을 잘랐다.

"다른 판사님들도 다 그렇다니까요."

그렇다는데야 직원을 상대로 더 캐물을 여지는 없었다. 선재는 하릴없이 법원을 나왔다.

덜컹거리는 전철 손잡이에 몸을 맡기고 집으로 돌아오는 길, 선재는 짙은 당혹감에 사로잡혔다.

재판이란 거, 기대하곤 다르다. 그런 기분이었다. 피해자의 유족은 철저히 국외자였다. 뉴스 기사에서 사건을 접하는 제삼자 시민과 하등 다르지 않았다. 이 냉정한 절차에서 위로까지는 바라지 않았지만, 이런 대우라니.

기록 복사가 어떻게 되었냐는 선재의 물음에 움찔하던 박재열 검사의 모습이 생각났다. 어차피 쓸데없는 자료밖에 안 나오니 본인도 민망했던 거였어. 그래서 차일피일 결재를 미루었고, 법원에 기록을 넘기고 난 뒤 거기서 복사해 가라고 했었던 거야.

아무튼, 답답했지만 어쩔 도리가 없었다. 선재만 거절당한
게 아니라 피해자 대부분이 거절당한다니까. 제도가 그렇다
는데야. 판사가 그렇게 하겠다는데야.

'그래, 굳이 수사 내용까지 우리가 알아야 해? 검사가 알
아서 잘해주겠지.'

선재는 그렇게 스스로를 위로했다.

*

검사가 애써주었네.

다음 공판 기일에 검사가 법정에 세운 증인을 보고 선재
는 고개를 갸웃했다. 어떤 증언을 시키려는 건지, 감이 오지
않았다.

증언대에 오른 사람은 전상오. 지훈의 고등학교 동창이었
다. 양길의 동창이기도 하다. 얇은 입술에 찢어진 눈을 가진
그는 증언대에서 선서하며 한쪽 다리를 까딱거리고 있었다.
법정인데도 그렇다면 밖에선 어떨지 짐작이 갔다.

검사가 질문을 시작했다.

"증인은 피해자와 피고인의 고등학교 생활에 대해 잘 알
고 있지요?"

"그렇죠. 고1 때 같은 반이었습니다."

"송지훈과 배양길 중 누구와 더 친했습니까?"

"양길이 쪽하고 가까웠었죠."

양길과 친했던 친구인데 검사가 증인으로 불렀다면. 무언가 양길에게 불리한 이야기를 끄집어내려는 걸까.

"증인은 고등학교 1학년 때 송지훈 씨를 폭행한 적이 있지요?"

이 사람이 지훈을 폭행했다고?

"네. 잠깐 때렸죠."

전상오의 대답은 거리낌 없었다. 잠깐 때렸다? 무슨 표현이 저따위……. 그때 선재의 머릿속을 스치는 기억이 있었다. 언젠가 지훈은 고등학교 때 학교폭력을 당했다고 말했다. 그게 이 인간이었나. 선재의 마음에 동요가 일었다.

"그 일에 관해 자세히 증언해 줄 수 있습니까?"

"저만 그런 건 아니고요, 김한기, 신창수라고 셋이서 좀 놀았어요. 거 왜 있잖습니까. 반 뒤에서 좀 그런 애들. 그래도 뭐 우리끼리 밖에서 담배 피우고 클럽 다니고 했지, 애들은 딱히 안 괴롭혔거든요. 비리비리한 쪽이랄까? 그랬어요. 근데 어느 날인가, 4월쯤이었나, 양길이가 우리한테 와서는 그러더라고요. 지훈이 손 좀 봐주라고. 왜 그러냐니까 그냥 하래요."

"배양길이 뭔데 그런 일을 증인한테 시키는 거죠?"

"사실 양길이는 반에서 보스 격이었거든요. 뭐 반장이야 있지만 그건 겉이고, 뒤에서 따로 잡는 애들 있잖아요. 덩치도 그렇고, 성격도 좀, 아니 겁나고."

 "증인은 어떻게 했습니까?"

 "우린 뭐, 시키는 대로 했습니다. 길게는 안 했어요. 한 이 주일 애들 안 보는 데서 좀 때렸죠, 뭐. 교실 빌 때나, 귀갓길이나, 어떤 땐 화장실에서 뭐 대충. 지훈이가 좀 만만했어요. 체격이 딱히 작은 건 아니었는데, 거 왜 있잖아요. 얼굴 곱상하고, 애들 눈치 많이 보고. 성격적으로다가 온순하고 표현 못 하는 애들. 한두 대 패도 어디 까발리지, 아니 어디 말도 못 하고 혼자 괴로워하는데, 사실 하다 보니 은근히 재미도 있더라고요. 물론 표 나면 안 되니까 상처 안 나게는 했죠. 그러니깐 더더욱 딴 데 가서 얘기 못 했던 거 같아요."

 자신의 비행을 술술 털어놓는 태연한 모습에 기가 막혔다. 어쩌면 잘못했다는 의식 자체가 없는 건지도 몰랐다. 전상오의 말이 이어졌다.

 "마지막 날인가, 또 지훈이를 화장실에 데리고 가서 돌아가며 머리 한 대씩 때리고 있는데, 양길이가 들어왔어요. 그러더니 지훈이 앞에 떡하니 막아서서 '하지 마.' 이러는 겁니다. 우리는 알았어, 그러고는 꼬리를 내린 척했지요."

 "왜 갑자기 폭행을 그만둔 거죠?"

"사실 그거 그렇게 하기로 양길이하고 약속된 거였어요. 양길이가 다 시킨 거죠. 연기가 엄청 어색했는데, 지훈이한 텐 먹히더라고요. 의심을 1도 안 하는 거 같았어요."

"그 사건 이후로 송지훈은 배양길에게 많이 의지했겠 군요."

"지훈이는 양길이한테 착 달라붙었죠……. 아니, 달라붙 었다기보다 우상처럼 숭배하는 수준이었어요. 양길이 말이 면 무조건 다 듣고, 하라는 대로 하고. 나중에 양길이가 그 러더라고요. 새 학기 들어와서 딱 보니 지훈이가 젤 만만하 더라. 그래서 찍었다고요. 꼬붕 하나 만들어서 학교생활 편 하게 할 거라고. 재밌지 않냐고. 그런 식으로 지훈이를 구 해주는 척 연출하고는 1년 내내 주물럭거린 거죠. 부하처럼 부리면서요. 빵, 음료수 심부름은 기본이고, 숙제도 대신 하 고, 선생님이 시킨 청소도 대신, 하여간 다 했어요. 뭐 눈치 봐선 용돈도 꽤 받아 간 거 같고요. 양길이 새끼, 아니 양길 이야 1년간 편하게 지냈죠. 말년 병장처럼요. 양길이가 언젠 가 그랬어요. '저 새끼, 나중에 지 여자도 달라면 줄걸.' 그러 면서 씩 웃는데, 그땐 저도 좀 소름이더라고요. 고등학교 때 그러다 끝난 줄 알았지, 사회 나가서도 둘이서 여전히 만나 고 있는 줄은 몰랐습니다."

전상오의 말은 일사천리였다. 검사와 합을 맞추어 이야기를 준비했겠지만 원래 달변이기도 한 듯했다.

선재는 머리털이 쭈뼛 서는 충격을 받았다. 양길의 사악함에 분노를 넘어 서늘함을 느꼈다. 겨우 고등학교 1학년생이 거짓 연극을 하고 그걸로 친구를 조종했다니. 지훈은 양길을 의리 있는 친구라고, 학교폭력에서 자기를 구해주었다고 철석같이 믿고 의지했다. 죽을 때까지 그의 맨얼굴을 알지 못했다. 양길은 자기 말이라면 뭐든지 하는 꼭두각시 지훈이 갈수록 우습고 쉬워 보였을 것이다. 마침내 보험 살인의 재료로 써먹었을 만큼.

전상오의 증언은 선재의 기억을 불러일으켰다. 양길을 처음 만났던 날. 지훈과 양길 두 사람의 관계가 정상적이지 않다는 인상을 분명히 받았었다. 그래서였구나. 의리라는 이름으로 위장한 서열, 아니 착취관계. 훨씬 예전부터 잘못 꿰어져 있었다. 지훈이 왜 약혼녀인 자신을 제쳐두고 황금 같은 휴가를 양길과 보냈는지, 술이 약한 지훈이 그날 왜 그렇게 술을 마셨는지, 비로소 알 것 같았다. 양길은 지훈을 장악하고 있었다. 지훈은 비참하게도 그것이 양길의 우정에 대한 보답이라고, 의리라고 믿었으리라. 석연치 않았던 지훈의 행동, 개운하지 못한 사건의 전개. 거기에는 이유가 있었다. 이제 이해가 갔다. 살인 계획의 비었던 고리가 동창의 증언으로 채워지고 있었다.

선재는 시선을 옮겨 양길의 표정을 살폈다.

흔들리고 있어.

그렇게 느꼈다. 전상오는 분명 그가 예상치 못한 증인이었다. 그리고 불리한 증언을 했다. 유들유들한 양길에게 큰 타격을 주었다. 선재는 속으로 쾌재를 불렀다.

변호사가 일어났다.

"증인은 지금 피고인하고 송사가 있죠?"

"네. 민사소송 중입니다."

"어떤 사건입니까?"

"양길이가 그러더라고요. 법인 하나 만들어서 통장하고 인감, OTP를 자기한테 주면 대출받아서 그중에 3000만 원을 저한테 주겠대요. 그래서 만들어줬는데, 돈을 안 줬어요. 그래서 소송을 건 겁니다."

"증인도 오직 대출용으로 허위 법인 만든 거니까 떳떳할 건 없겠네요."

"양길이가 먼저 제안했어요! 대출받아 주기로 약속했으니까요! 실컷 부려먹고!"

전상오는 곧장 언성을 높였다. 도발에 쉽게 넘어가는 꼴을 보니, 양길이 시키는 대로 연극을 했다는 그의 증언에 더 믿음이 갔다. 어쩌면 역할만 달랐을 뿐, 지훈뿐 아니라 전상오도 양길의 손바닥 안에 있었는지 모른다.

"그래서 배양길이 아주 밉겠군요."

"네?"

전상오는 되묻다가 그 뜻을 깨달았는지, 이내 발끈했다.

"그렇다고 제가 없는 일을 지어내겠습니까?"

"그렇다면 위증이죠."

변호사가 받아치자 전상오는 움찔했다.

"20년 가까이 지난 어린 시절 일입니다. 그리고 현재 자기를 속였다고 화가 나 소송하고 있는 친구에 관한 내용이고요. 과연 제삼자의 믿을 만한 증언일까요? 최소한의 객관성이 있는 증인입니까? 극도로 윤색되지 않았다고 장담할 수 있습니까?"

변호사의 말은 증인에게 던지는 질문을 가장한 변론이었다. 그 발언은 논리로서야 그럴듯했지만 설득력은 없다고 선재는 여겼다. 전상오의 말은 지어내기에는 너무 구체적이었다. 전상오는 법률 분쟁 중인 양길이 물론 미울 것이다. 하지만 그렇기에 이 법정에서 증언하러 온 것이지, 증언 내용을 꾸며내기까지 했을 리는 없다.

당연히 판사도 그렇게 생각하겠지?

선재는 판사를 힐끔 보았다. 표정은 없었다.

이번에는 박재열 검사를 쳐다보았다. 눈이 마주치지 않았지만 선재는 일방적으로 눈인사를 건넸다. 고마웠다. 필요한 증인을 찾아내 주었어. 이걸로 양길에게 한 방 먹였어. 결정적이야.

검사는 양길이 민사소송 중이라는 사실을 우연히 알게 되었던 모양이다. 상대방은 하필 고등학교 동창이었다. 지훈과도 동창이 된다. 그를 만나보고, 적대적인 진술을 들었다. 검사는 속으로 쾌재를 부르지 않았을까. 그의 증언은 단순한 학창 시절의 에피소드를 넘어 이 살인이 어떻게 성립할 수 있는지를 설명해 주는 것이었다. 검사는 그를 법정에 세웠다. 전상오가 증언대에 오르기까지의 과정을 선재는 그림처럼 알 것 같았다.

박재열 검사가 일어섰다.

"증언대로, 피고인은 성인이 되어서도 피해자를 심리적으로 지배하는 관계였습니다. 피고인은 그 상황을 이용해서 살인 계획을 세웠습니다. 자신을 수익자로 하는 보험을 들게 했고, 필리핀으로 유인했으며, 인사불성이 되도록 술을 먹였습니다. 그러고는 범행을 저질렀습니다."

검사의 말이 거의 끝나기도 전에 판사가 말했다.

'지금 그 주장은 무슨 의미입니까?'

'네?'

검사가 의아해서 되물었다.

'심리적으로 지배했다는 그 말 말입니다."

"범행 방법을 설명드린 겁니다. 피해자를 심리적으로 장악하고 지배해 온 상황을 이용해 범죄를 저질렀단 겁니다."

"가스라이팅 살인을 주장하는 건가요?"

왜인지 판사의 말끝에 신경질이 묻어 있다고 느꼈다. 그제야 검사가 무언가를 깨달은 듯 황급히 말했다.

"아니, 그렇지는 않습니다. 다만 피고인과 피해자가 친구라지만 두 사람의 역학관계에 주목해 주십사 하는 겁니다. 피고인은 피해자를 심리지배, 아니 큰 영향력을 행사하고 있었습니다. 이런 살인이 가능했던 이유가 거기에 있습니다."

검사의 말이 끝나자마자 이번에는 스프링처럼 변호사의 반박이 튀어나왔다.

"애매합니다. 법정에서 인과관계나 사건의 본질을 흐리는 모호한 이야기가 등장해서는 안 됩니다. 심리지배나 가스라이팅 살인을 우리 판례는 인정하지 않습니다. 눈에 보이지 않기 때문입니다. 재판정은 마음의 소리를 듣는 곳이 아닙니다. 이런 물건이 법정에 오르면 그때부턴 재판이 아니라 주술이 되는 겁니다."

주술이라니. 지나치게 공격적인 표현이었다. 단어 사용에 주의를 줄 만도 하건만 판사는 가만히 있었다. 거부감조차 없는 듯했다. 마치 해야 할 말을 했다는 듯한 표정. 선재는 판사의 태도가 '양길 쪽으로 살짝 기운 중립'이라고 느껴졌고, 마음에 들지 않았다. 그렇지만 선재는 상황을 냉정하게 이해해 보려 애썼다. 판사가 편파적일 이유는 없다고 가정해야 한다. 그렇다면, 변호사의 말이 적어도 법으로는 틀리지 않은 모양이다. 판사가 아까 검사에게 가스라이팅 살인을 주장하냐고 물었을 때 묻어 나온 예민함도 같은 이유였던 것 같다. 아무튼, 변호인이 이만큼 반발한다는 건 가스라이팅 구도가 양길에게 불리하다는 뜻 아닐까?

"이 부분은 재판부에서 판단하겠습니다. 증인신문은 사실관계를 듣는 절차니까 평가나 변론은 다른 기회에 해주시죠."

판사가 뒤늦게 손을 위아래로 저으며 공판을 끝냈다.

이날의 긴 공판이 끝나고 선재에게 찾아든 감정은 서글픔이었다. 인간사의 진실을 엿본 쓸쓸함이랄까. 세상은 착한 이들이 보상받는 곳이 아니야. 알고 있었잖아. 애써 외면해 왔을 뿐.

동창이 전해준 예전 이야기는 슬펐지만 왠지 지훈이라면 그럴 법하다는 생각이 들었다. 그에게 일어나도 이상하지 않은 일들이었다. 착함과 약함은 얼추 비슷하게 취급되는 법이니까. 지훈 주변에 저런 인간들이 꾀어든 건 어쩌면 피할 수 없지 않았을까.

　세상은 지훈을 유약하다며 이용했을지 모르지만 그런 지
훈이었기에 선재는 좋아했다. 지훈은 그녀에게 연인 이상이
었다.

　커피숍 창가에 앉아 저녁이 내린 거리로 시선을 보냈다.

　초점이 맞지 않았다.

　아이스라테의 얼음이 녹아 묽어지고 있었지만, 선재는 손
을 뻗지 않았다.

　그녀의 눈은 창밖 너머 붉은 기운이 거의 사라진 노을 속
풍경의 어딘가를 좇고 있었다.

　추억, 혹은 기억이라는 이름의 풍경을.

*

　선재의 모친은 충청북도 영동에서 홀로 지냈다. 기초연금
에 선재가 보내주는 약간의 용돈으로 살고 있었다. 그해 여
름 무얼 잘못 먹었는지 선재 모친은 시름시름 아팠다. 그러
다 갑자기 중태에 빠졌고 대전의 대학병원으로 실려 갔다.
선재는 다급하게 내려갔고, 지훈도 만사 제쳐두고 동행했다.

　"패혈증입니다."

　의사가 선언하듯 말했다.

'패혈증이요?"

선재는 놀랐지만 의사의 그다음 말에는 절망했다.

'당장 수혈해야 합니다. 아주 많이요."

그 말을 건네며 의사는 난감해했다. 그 병원에는 모친에게 수혈할 수 있는 피가 준비되어 있지 않았기 때문이었다.

모친의 혈액형은 Rh⁻B. 하필이면 한국에 1퍼센트도 안 되는 희귀한 형이었다. 사고로 다치기라도 하면 수혈이 어렵고 생명이 위험하다. 조심하는 수밖에 없었다. 선재는 모친이 다칠까 봐 될 수 있으면 차도 못 타게 했었다. 그런데 엉뚱하게도 음식에 당하고 말았다. 패혈증에 막대한 수혈이 필요한지는 몰랐다. 게다가 이 큰 병원에 준비된 혈액이 없다니. 최악의 상황이었다. 예전 칼에 실수로 크게 베였을 때 엄마의 죽을 고비를 한 번 본 적 있었지만 어찌어찌 넘겼었다. 이번엔 정말 마지막 같았다. 눈앞이 캄캄했다.

"어떻게 혈액을 구할 수 없을까요?"

의사는 지방 소재 병원이라서 더 구하기 힘들다고 했다.

"글쎄요. 워낙 드문 피라서. 일단 더 알아보겠습니다."

그렇게 말하며 의사가 막 돌아서는데, 같이 따라왔던 지훈이 열띤 목소리로 말했다.

"제가 헌혈하겠습니다! 제가 Rh⁻O형이에요!"

하늘에서 내린 복음이 이보다 반가울까.

"정말이야? 할 수 있겠어?"

선재는 거의 비명을 질렀다.

"응. 당연히 해야지!"

지훈은 마치 금광이라도 발견한 사람처럼 볼이 발그레 상기되어 있었다. 그 순간 그 뺨이 그렇게 예뻐 보일 수 없었다.

의사도 반색했다.

"아, 잘되었네요! Rh⁻O형이면 누구에게도 피를 줄 수 있습니다!"

하지만 수혈 전 혈액검사를 마친 의사의 낯빛이 어두워졌다.

"왜 그러세요, 선생님?"

선재가 불길한 예감을 안고 물었다.

"아무래도…… 이거 좀…… 지훈 님이 30에 60이에요. 심각한 저혈압입니다. 이런 경우 수혈은 너무 위험해요."

의사는 고개를 가로저었다.

"아……."

선재는 안타까움에 지훈을 돌아보았다. 엄마가 너무나 소중하지만, 그렇다고 연인에게 차마 생명의 위험을 무릅쓰고 수혈해 달라고 할 수는 없었다.

그런데 지훈이 주저 없이 말했다.

"할게요. 전 괜찮으니까 수혈해 주세요."

조금의 망설임도 없는, 단호한 말이었다.

"아니. 그러지 않아도 돼……."

선재는 말렸지만 그 사양에는 힘이 없었다. 갈등 상황이지만 엄마의 생명 쪽으로 기우는 마음은 어쩔 수 없었다. 지훈은 '위험'이지만, 엄마는 '확정적 죽음'이 예약되었으니까.

"아니. 할 거야. 하게 해줘. 이 상황에서 만에 하나 어머님 돌아가시기라도 하면 내가 네 얼굴을 어떻게 보냐."

지훈은 끝까지 고집했다. 의사는 마지못해 '사전에 위험을 충분히 고지했으며, 어떤 일이 일어나도 책임을 묻지 않겠다'는 서약서까지 쓰게 하고는 수혈을 감행했다.

선재도 더 반대하지 못했다. 다가올 엄마의 죽음 앞에 염치는 잠시 접어두기로 했다. 거부하다가 정말 잘못된 결과가 발생했을 때 지훈과 자신의 관계는 엉망이 될 게 분명했다. 지훈은 그러기보다 위험을 감수하고라도 수혈을 택했다. 이런 때에는 자신을 향한 지훈의 사랑을 받아들이는 쪽이 차라리 예의라고 생각했다. 그게 지훈이 정말 원하는 선택이라고 여겼다.

다행스럽게도 결과는 좋았다. 수혈은 성공적이었고, 모친은 회복되었고, 지훈에게도 건강상의 문제가 생기지 않았

다. 의사는 "하늘이 도왔습니다."라고 말했는데, 단지 겸손해
서 그런 말을 한 것 같지는 않았다. 다들 낮은 확률이라고
했었다. 운도 물론 좋았겠지만, 선재는 지훈의 마음을 하늘
이 돌봐준 거라고 여겼다.

선재는 지훈을 안고 눈물을 펑펑 흘렸다.

엄마의 생명을 빚졌어. 자신의 목숨도 위험했었는데.

"의리 지킬게."

정작 선재의 입에서는 엉뚱한 말이 튀어나와 버렸다.

"의리? 사랑이 아니고?"

지훈이 선재를 안았던 팔을 풀며 어이없다는 듯 쳐다보았
다. 그러다 입술을 실룩이더니 한마디 했다.

"하긴, 영구 주제에 무슨 사랑이야."

둘은 눈물범벅이 된 채 마주 보며 킬킬 웃었다.

눈물을 멈추고 올려다보았을 때, 행복해하는 지훈의 얼굴
이 있었다.

그때 선재는 마음먹었다. 평생 이 남자와 함께하겠다고.

그때, 그 절망의 시간에 지훈이 내민 손은 무엇보다 단단
했다.

선재만은 지훈의 진정한 강함을 알아보았다.

하지만, 세상의 악당들은 지훈의 그런 순수를 이용했을

뿐이었다.

　인간의 어두움을 엿본 오늘, 기억을 떠올리는 선재의 마음은 한없이 가라앉고 있었다.

* * *

　다음 공판 기일에는 눈에 띌 만한 진전이 없었다. 핵심 증인이라 할 만한 전상오는 저번 기일에 나왔고, 더는 새로운 서사도 없어 보였다. 이날 증인 중에 그나마 시선을 끈 증인은 지훈이 문제의 보험을 든 보험설계사였다.

　'계약서를 작성할 때 피해자는 물론 배양길도 같이 자리해 있었다. 하지만, 분명 피해자가 원해서 보험계약을 체결했다.'

　양길의 변호인이 끌어낸 증언이었다. 검사가 정말 지훈 본인의 의사였는지, 계약서에 도장을 찍은 사람이 양길이 아니라 지훈이 맞는지, 거듭 캐물었지만 증언은 바뀌지 않았다.

　지훈 본인의 의사로 보험을 들었다는 증언은 그다지 반갑지 않았다. 하지만, 보험설계사 입장에서는 사실이 아니더라도 그렇게 말할 수밖에 없지 않을까. 본인 의사를 제대로 확인하지 않고 계약을 했다면 자신의 책임이 커지니까. 여기서 주목할 부분은 그 자리에 굳이 양길이 같이 있었다는 사실일 듯싶었다. 아무래도 일반적이지 않다. 보험이 겉으로는 지훈의 의사였지만 실은 양길이 지훈을 조종했다는 정황으로 받아들여지지 않을까. 그래서일까, 검사도 그 점을 물었다.

"계약당사자도 아닌 배양길이 그 자리에 있었다니, 이상하지 않습니까?"

"…… 글쎄요, 흔한 일은 아니지만 그래도 배양길 씨가 보험수익자로 되어 있었으니까 그런가 보다 했습니다."

이렇게 답하면 또 의심은 흐릿해진다. 선재는 마음을 졸였고, 증언이 하나하나 나올 때마다 그 마음은 엎치락뒤치락했다. 이후 신문에서 검사는 다소 유리한 증언 몇 가지를 끌어냈다.

'그 정도 수입에 월 150만 원의 보험료를 내는 계약을 한 경우는 없었다. 19억 원의 사망보험금도 파격이다. 적어도 자신이 다룬 보험계약 중에는 최고 액수다. 보험수익자를 가족 아닌 친구로 한 경우도 지금껏 보지 못했다.'

이런 내용이었다. 사례가 드물수록 혐의는 짙어진다. 이 증언에서 선재는 확신을 다졌다.

판사의 표정을 살폈다. 심드렁했다. 선재는 위화감을 느꼈다. 상식이 있다면 이상하다고 느끼지 못할 리가 없지 않나?

관심 없다는 듯한 저 얼굴은 무얼까. 하지만 이내 고개를 흔들어 의문을 지웠다. 아직 재판 중이잖아. 심판이 서툴게 벌써 어떤 신호를 내보일 리 없어. 판사는 일부러 포커페이스를 유지한다는 이야기를 어디선가 읽은 기억이 났다.

검사는 경찰에서 제안한 거짓말탐지기 조사를 양길이 거부했다는 말도 슬쩍 흘렸다. 변호사가 반발했지만 그뿐, 판사의 귀에 들어간 이야기는 남는다. 정식 증거는 못 되더라도 의혹을 키울 수 있다. 양길의 변명이 진실이라면 거짓말탐지기 조사를 거부할 리가 없잖아? 그런 효과를 기대한 모양이다.

검사가 발언해도, 변호사가 반발해도 판사는 내내 별 반응이 없었다. 거의 무슨 상관이냐는 듯한 얼굴이었다. 판사의 표정이 살아날 때는, 자신이 어떤 질문을 던질 때뿐이었다. 본인의 관심사만 관심 있다는, 그런 태도. 선재는 그것이 판사의 무심함이 아니라, 중립으로 보이기 위한 의도적 제스처이기를 바랐다.

이날 판사가 검사에게 던진 이 말이 선재의 귀에 남았다.
"검사 측은 질식시켜 살해했다고 주장하셨는데, 그건 추정인 거지요?"

"추정입니다만, 정황으로 보아 거의 단정적으로 말해도 므
방하다는 판단입니다."

검사가 당황하는 모습을 보였다.

"어쨌든."

판사는 검사의 말을 막듯이 팔을 들었다.

"증거는 없는 겁니까?"

왠지 그 말이 뼈아프게 다가왔다. 증거. 선재도 그 단어를
모를 리가 없다. 그리고 그 단어가 법정에서 얼마나 큰 의미
를 갖는지도 서서히 알아가고 있다. 판사가 말을 덧붙였다.

"아시다시피, 범행 방법은 특정되어야 하고 검사가 입증해
야 합니다. 여기에 관해 신청할 증거 있습니까?"

검사의 대답은? 선재는 박재열 검사를 보았다.

검사는 머뭇거리다가 대답했다.

"다음 기일까지 입증을 준비하겠습니다."

"어떤 입증이요?"

판사가 물었다. 불신하는 기색이 묻어났다.

"증인을 찾아보겠습니다."

"증인요……."

판사는 말을 끌며 고개를 갸웃했다.

선재는 초조해졌다. 증인을 통해 범행 방법을 입증한다?
현장에 두 사람 말고는 없지 않았나? 어떤 증인이 있을 수

있다는 걸까? 의아했다. 그나마 판사의 말에 검사가 대답을 하고는 있다는 것만이 위안이었다.

불안을 안고 이날 재판은 끝이 났다.

"오늘 공판은 좀 지지부진했지?"

"졸려 죽는 줄 알았네."

앞서 나가던 법조 출입 기자들의 대화가 어깨너머로 들렸다.

아니. 선재는 마음으로 고개를 저었다. 지지부진한 정도였다면 차라리 나았으리라. 선재는 조금은 더 예민하게 느꼈다. 좋지 않은 쪽이었다. 궤도를 조심조심 따라가던 전차가 돌부리에 툭 걸린 느낌이었다. 살해 수법이 무언지를 밝혀줄 증거가 있는가 하는 판사의 마지막 말이 못내 마음에 걸렸다. 결국 선재는 검사실로 걸음을 옮겼다.

박재열은 법복을 벗어두고 의자에 널브러져 있었다. 재판이 끝나자 피로가 몰려온 모양이었다. 선재를 보더니 난감한 빛을 띠었다. 선재가 다그치듯 물었다.

"판사님이 살해 방법을 입증할 수 있냐고 하던데요."

"그랬죠."

박재열은 의자 등받이에서 몸을 뗐다.

"방 안에 두 사람밖에 없었는데, 증거가 있을 수 있나요?"

"직접증거는 없죠."

"그럼 어떻게……?"

"간접증거나 정황을 찾아야죠. 범행 방법을 추정할 수 있는."

"간접증거나 정황요? 어떤 게 필요할까요?"

선재는 추궁하듯 질문을 퍼부었다. 검사는 설명을 해줘야 하나 말아야 하나 고민하는 듯 잠시 입을 닫고 있었다.

"…… 제일 먼저 생각할 수 있는 게 의사예요."

뜸을 들이던 검사는 결국 입을 열었다. 적당히 둘러대서는 선재를 막을 수 없다고 생각한 듯하다. 최소한의 대답이라도 들려주고 빨리 돌려보내고 싶었는지 모른다.

"의사라면……, 아! 지훈 오빠가 병원으로 실려 갔을 때의 현지인 의사. 그 사람을 말하시는 건가요?"

"눈치가 빠르시네요. 맞습니다."

"도움이 될까요? 진단서는 대충 심장사라고 썼잖아요."

"그 진단서가 문제인 거죠. 배양길 측이 무죄 주장을 하는 제일 강한 근거잖아요. 그래서 그걸 작성한 의사를 불러서 이것저것 물어보면 어떨까 하는 겁니다. 뭔가가 나올 수도 있고, 아니면 적어도 진단서가 그렇게 믿을 만한 게 아니라는 인상만 판사님한테 주어도 좋은 겁니다."

선재는 눈을 반짝였다.

'다음 공판에는 그 의사가 증인이란 거죠? 잘 모르지만 크게 도움 될 것 같아요!'

'아니, 그게 말처럼 쉽진 않아요.'

선재의 기세에 움찔한 듯 검사는 몸을 뒤로 조금 물렸다.

"왜요?"

"외국인이잖아요."

"외국인이면 왜요? 증언에 무슨 문제라도……?"

검사는 가볍게 한숨을 쉬고는 말했다.

"법적인 문제가 아닙니다. 사실상의 어려움인 거죠. 그 사람한테 연락은 진작 취해보았습니다. 하지만 곤란하답니다. 그 의사도 필리핀 현지에 자기 일이 있고 바쁘잖아요. 한국 재판 일정에 맞춰서 휴가를 내고 여기까지 오기 쉽지 않은 거죠. 게다가 관광이 아니라 법정에 증언하러 오는 거니……. 그렇게까지 할 사람은 잘 없는 겁니다. 그 의사를 나무랄 수도 없어요."

"비용 문제일까요?"

"그건 아닐 겁니다. 충분하진 못해도 증인 출석에 필요한 비용은 법원에서 지불됩니다."

"법원에서 부르면 증인은 가야 하는 거 아닌가요?"

"한국인이라면 그렇죠. 법원에서 출석을 강제할 수도 있습니다. 안 나오면 과태료도 몇백만 원씩 매기고요. 하지만 외국에 사는 외국인인데, 그럴 수 없는 거 아니겠습니까. 선재 씨라면 갑자기 어디 동남아 법원에서 증언하러 오라고 한다면 가겠어요?"

"아······."

선재는 안타까움에 입술을 깨물었다. 그 의사를 불러 진단서의 신뢰성을 공격할 수만 있다면 필시 재판은 유리해진다. 양길이 기대고 있는 굵은 지팡이를 걷어차 버릴 수 있다. 하지만 외국에서 벌어진 사건이고, 증인도 외국인이다. 한국 법원이 마음대로 오라 가라 할 수 없다. 검사는 다음 공판에 맞추어 출석할 수 있을지 다시 연락해 볼 거라 말했지만, 한 번 거절했는데 새삼스레 출석할 가능성은 낮아 보였다.

"만약 그분이 다음에도 안 나온다면 어떻게 되나요. 오늘 판사한테 증인을 세우겠다고 했는데, 거짓말한 게 되잖아요."

"뭐, 거짓말까진 아니라도 좋은 인상은 못 주겠죠."

선재는 실마리를 더듬으려는 듯이 잠시 생각에 잠겼다.

"저라도 증인으로 나가면 어떨까요?"

불쑥 엉뚱한 말이 튀어나왔다. 답답한 마음이 앞선 탓이었다. 박재열은 곧바로 고개를 저었다.

"한선재 씨는 사건 현장에 있지 않았잖아요."

"그래도······."

'감정이 아니라 팩트가 필요해요. 사건 자체에 관해 말해 줄 수 있는 사람 말입니다. 현장에 있었거나, 적어도 그 의사 처럼 사건 시간대 앞뒤로 인접했던 사람들 말이죠. 한선재 씨가 그렇지는 않거든요. 유족의 마음은 이해하지만……."

검사는 말을 줄였다. 그가 덧붙이고 싶은 말은 이랬으리라. 증언대가 유족의 한풀이 장소는 아니라고.

검사실을 나오며 선재는 괜한 서운함을 느꼈다. 하지만, 나중에는 박재열 검사의 이 결정에 결과적으로 크게 고맙 게 여기게 된다.

∗

'여깁니다!'

마닐라 공항 입국장을 나서자 형식이 손을 크게 흔들고 있었다. 선재는 카트를 미는 손에 힘을 주었다.

'고생하셨죠?'

형식이 카트 손잡이를 잡으며 말했다.

'아뇨. 네 시간밖에 안 걸렸는데요, 뭘."

선재는 카트를 건네지 않으려 했지만 형식에게 힘으로 뺏 겨버렸다.

'요 앞 주차장에 차를 대놨습니다. 우리 회사 렌터카 중에 깨끗한 걸로 하나 갖고 왔어요."

형식은 카트를 가볍게 밀며 성큼성큼 앞서 나갔다. 휘적휘적 걷는 그의 뒷모습을 보며 새삼 고마움을 느꼈다. 형식이 비록 지훈과 친형제처럼 지냈다고는 하나 엄밀히 따지면 선재와는 이제 남이다. 그래도 선재가 필리핀에 온다고 하니 열 일을 제쳐두고 공항에 마중 나와 주었다. 선재가 미리 전화로 용건을 알리며 조심스럽게 "괜찮을까요?" 했을 때, 형식은 일 초도 생각하지 않고 돕겠다고 나섰다.

레온 토레스.

병원으로 실려 간 지훈의 사체를 처음 보고 진단서를 작성했던 세부 현지 의사의 이름이었다. 진단서는 법정에서도 변호사가 실물화상기에 띄웠었지만 박재열도 검사실에서 선재에게 따로 보여주었다. 선재는 의사의 이름을 적어두었다.

"그 의사의 증언이 필요해요."

선재가 형식에게 다짜고짜 국제전화를 걸어 말머리를 꺼냈다.

"의사가? 왜요?"

"검사가 그러더라고요. 우리한테 필요한 증인이라고. 근데 한국에 오지 않으려고 한대요."

선재는 간단하게 덧붙였다. 검사 전화 한 통으로 외국인이 한국까지 증언하러 오지는 않는다. 선재가 직접 찾아가서 성의를 보이고 설득을 하든 회유를 하든 해서 법정에서 증언하게 하고 싶다고.

"이야, 정말. 제수씨도 집념입니다, 집념!"

형식은 연신 감탄하더니 물었다.

"아니, 근데 왜 그렇게까지 하려고 해요? 재판은 검사 일인데."

"제가 할 수 있는 일 같아서요."

"할 수 있는 일요?"

"만약 결과가 안 좋았을 때, 그 의사의 증언만 있었다면, 하고 후회한다면 못 견딜 거 같아요. 할 수 있는 데까지는 했다면 나중에 마음이라도 편하겠죠."

"제수씨답습니다. 암튼 그런 일이라면 백번 도와야죠! 저한테 맡기세요. 여기 필리핀은 제가 꽉 잡고 있어요. 대사관보다 나을 겁니다!"

그렇게 해서 공항에 부리나케 마중 나온 형식의 차를 타고 도착한 곳은 마닐라 교외에 있는 렌터카 사무실이었다. 벽에 매미처럼 매달린 에어컨이 굉음을 내는 너저분한 방이었다. 형식의 이름이 쓰인 빛바랜 사업자등록증이 책상 위에 놓여 있었다.

"이리로 조금 이따가 누가 올 겁니다."

형식이 말했다.

"누구요?"

"이쪽 공무원이에요. 소방 쪽."

"공무원이요?"

"사업하려면 원래 공무원들하고 사바사바가 잘돼야 합니다. 한국도 그렇지만 여기도 마찬가지거든요. 평소에 기름칠 많이 해두었죠. 저하고는 아주 친한 사입니다. 이런 때 필요할 줄은 몰랐지만요."

형식이 말을 마칠 때를 기다렸단 듯이 사무실 문이 열렸고 한 남자가 들어왔다. 작은 곰 정도의 덩치에 볼살이 늘어져 욕심이 가득해 보이는 인상이었다. 허리 부분이 터질 듯이 부푼 하와이안 셔츠는 잘 어울리지 않았다. 형식이 말한 그 공무원인 모양이다.

"오랜만이야, 라파엘!"

"형식, 잘 지냈어?"

두 사람은 크게 양팔을 벌리고 포옹을 했다. 이어 서로의 등을 야단스레 두드렸다. 마치 어릴 적 헤어진 형제를 상봉한 듯하다.

"지난번에 걔들 땜에 애먹었지?"

형식이 몸을 떼며 말했다.

"와우, 고생했어. 내가 그렇게 관광객은 건드리지 말라고 경고했는데 말이야. 사고를 내가지고."

"그쪽 애들도 몇 명 들어갔지?"

"언론까지 타버려서, 도리가 없지."

"역시 걔들 관리가 쉽지 않아."

"나머지는 어느 정도 봐줘야 해. 그래야 평소 말을 듣거든. 필요할 때 부려먹을 수도 있고."

라파엘은 엄지와 검지를 재빠르게 맞비비며 덧붙였다.

"내 용돈도 받는 새끼들이 말이야. 하여튼 걔들 관리하려면 돈도 필요해."

관광객을 건드렸다? 언론을 타고, 누군가가 들어갔다? 도대체 무슨 일이 어떻게 되었다는 얘긴지 종잡을 수 없었다. 형식과 라파엘은 두 사람만이 아는 대화를 나누고 있었다. 그 가운데 유독 '돈이 필요하다'는 라파엘의 말과 손짓이 걸렸다. 분명 형식이 알아서 자신을 좀 챙겨달라는 뉘앙스다. 명색이 공무원이라는데, 선재가 있는 자리에서 대놓고 그런 말을 꺼내니 듣고만 있어도 당황스러웠다. 그리고 불안해졌다. 부패, 범죄 업체의 대부, 그런 단어들이 스쳤다. 터무니없는 인물과 인연을 맺게 되는 건 아닐까.

선재의 불안을 조금도 눈치채지 못한 형식은 그저 껄껄 웃고는 라파엘에게 선재를 소개했다.

"내가 얘기했던 분이야. 동생 약혼자. 라파엘이 좀 도와줘."

잠시 후 코피코 커피 석 잔이 테이블 위에 놓였다. 선재는
조심스럽게 이야기를 풀어나갔다. 세부에서 약혼자가 죽었
다, 용의자는 한국에서 재판을 받고 있는데, 세부 현지 의사
의 증언이 매우 중요하다, 그런데 일정 때문에 한국 재판에
오지 않으려 한다, 도와주면 감사하겠다, 이런 내용이었다.

라파엘이 꺼림칙하기는 했지만 어쨌든 형식과는 좋은 관
계다. 그 생각이 두려움을 없애주었다. 영어를 미리 준비해
왔기에 더듬거리지는 않았다.

조금 전까지 위험한 단어를 주워섬기며 떠들썩했던 라파
엘이 이번에는 자못 심각한 표정으로 듣고만 있었다. 선재
의 말이 끝나자 표정은 더 진지해졌다.

"우리나라에서 그런 일이 생겼다니, 무어라 위로를 드려야
할지 모르겠습니다. 타국 재판이지만 협력하는 게 도리라고
생각합니다. 세부 현지의 보건부 쪽 친구와 연락해서 도울
수 있도록 해보겠습니다."

의외로 멀쩡하고 예의 바른 라파엘의 대사에 선재는 조금
놀랐다. 일종의 '공수전환'이 능한 인물 같았다. 라파엘은 바
로 휴대전화를 꺼내더니 전화번호를 검색했다. 세부 현지의
지인에게 연락을 취해보겠다는 거였다.

라파엘에게 가졌던 경계심이 허물어져 갔다. 오히려 고마

워졌다. 물론 평소에 그에게 '기름칠'을 해온 형식의 사촌 동생이 피살자인 재판이니 외면할 수 없었겠지만, 어쨌든 타국의 남 일에 이 정도로 신경을 써준다는 건 쉽지 않다. 그가 부패 관리인지 어떤지 모르겠지만 그쪽 사정이었고, 선재에게는 캄캄한 우물 바닥에 내려온 밧줄이었다.

필리핀 국내선 항공으로 마닐라에서 세부까지는 약 한 시간 반 정도가 소요되었다. 선재는 "일도 바쁘실 텐데 괜찮아요. 혼자 갈게요." 하며 사양했지만 형식이 기어이 동행하겠다고 우겼다. 선재도 내심으론 다행이다, 싶었다. 세부 현지의 공무원한테 라파엘이 이야기해 놓았다고 하지만 필리핀 사정을 잘 아는 데다 라파엘의 친구이기도 한 형식이 동행해 주면 아무래도 일이 더 쉽다.

세부 시내의 한 커피숍 앞에서 라파엘의 지인이라는 보건부 직원을 만났다. 케네스 율로라고 이름을 밝힌 그는 라파엘보다 체구가 작고 나이는 좀 더 들어 보였다. 여유 넘치는 표정과 몸짓이 라파엘 못지않았다.

간단한 인사와 함께 대화가 오갔다. 찾아온 이유는 라파엘이 미리 언질 준 터라 이야기가 쉬웠다. 형식도 큰 도움이 되었다. 그도 율로와 초면이기는 마찬가지지만 라파엘의 지인이고 현지에서 사업을 하는 처지라 대화가 매끄럽게 이어졌다. 라파엘은 자기만 믿어라, 잘 아는 사이다, 도와줄 거다,

큰소리를 쳤는데, 나중에 보니 허언이 아니었던 것 같다.

　레온 토레스라는 그 의사가 일하는 곳은 세부에서도 손
꼽히는 대형 병원이었다. 선재와 형식, 율로는 병원 접수처에
들러 토레스를 불러달라고 한 뒤 대기실에 앉았다. 다른 환
자들이 힐끔거렸는데, 아무래도 환자 같지 않은 외국인들이
와 있으니 눈길을 끈 듯했다.

　15분쯤 후, 흰 가운을 입은 토레스가 선재 쪽으로 왔다.
까무잡잡한 피부에 나지막한 키, 뿔테 안경을 썼다. 그는 선
재 일행과 율로를 보더니 눈가를 움찔했다. 업무 외의 방문
자에 긴장한 눈치다.

　선재는 인사를 한 후 사정을 설명했다. 한국에 꼭 와달라.
억울한 죽음을 밝혀달라…… 선재는 인정에 호소했다. 토
레스는 올 의무가 없고, 오지 않는다 해도 어떠한 불이익도
없으니까.

　"…… 그래서 선생님의 증언이 꼭 필요합니다. 부탁드립
니다."

　선재는 깊숙이 허리를 숙였다. 토레스의 경계하는 눈빛은
사라졌지만, 대신 난감한 기색이 떠올랐다.

　"여기까지 힘든 걸음 하신 건 잘 알겠습니다. 하지만, 보시
다시피 병원 일이 너무 바빠서요."

그러면서 토레스는 환자 대기실을 눈으로 쭉 훑었다. 봐라, 진료를 기다리는 이 사람들을. 그런 뜻 같았다. 토레스는 이어 말했다.

"한국 검사한테서도 일전에 연락을 받았는데, 그때도 거절했습니다. 지금도 마찬가집니다. 거기까지 가는 건 곤란합니다."

"경비는 한국 법원에서 지불할 겁니다. 물론 부족한 부분은 제가 얼마든지 드리겠습니다."

그러자 토레스는 불쾌한 듯 말했다.

"돈의 문제가 아닙니다. 무엇보다 저는 사건을 잘 모릅니다. 그날 아침에 그분은 사망한 채로 병원에 왔고, 저는 시신을 보고 진단서를 작성했을 뿐입니다. 죄송하지만 병원에서는 그다지 특별한 일이 아니었습니다. 일상에 불과해요. 저는 부검을 한 사람도 아니었습니다. 뭔가 법의학자처럼 중요한 증언을 해줄 입장이 아닙니다."

"그렇지 않습니다. 선생님이 재판에 큰 도움이 될 거랍니다."

"누가 그래요?"

"한국 검사가요."

토레스는 잠깐 생각하더니 무언가를 깨달았다는 듯 말했다.

"혹시, 저한테 위증 같은 걸 바라시는 건가요? 그쪽에 유리하도록?"

선재는 급히 양손을 펴서 내저었다.

"절대 아닙니다! 그런 실례되는 일을 부탁하러 온 게 아닙니다. 정말 있는 대로만, 보신 대로만 말씀해 주세요. 이런 말씀은 뭣하지만, 죽은 사람의 한을 풀고 싶어서입니다. 어떻게 죽었고, 누가 죽였는지, 진실을 알고 싶을 뿐이에요."

토레스는 팔짱을 끼고 잠깐 침묵했지만 이내 고개를 저었다.

"사정은 딱하지만, 아무래도 어렵겠습니다. 여기 병원은 인력 사정이 넉넉지 않아요. 제가 며칠 빠져버리면 환자를 볼 사람이 턱없이 부족해집니다. 그 책임은 누가 지겠습니까?"

타인의 생명을 떠맡은 사람의 입에서 나온 말. 그 무게를 무시할 수 없었다. 선재는 난감해졌다. 그래도 증언해 달라고 무작정 졸라대기엔 명분이 약했다. 이쪽 사정만 생각해 달라는 이기적인 부탁밖에 안 되었다. 그때 율로가 나섰다.

"선생님, 잠깐만 이야기 좀 하실까요?"

"누구십니까?"

토레스가 당신은 또 뭐야, 하는 듯이 불쾌한 빛을 띠고 물었다.

"보건부에서 나왔습니다."

율로는 공무원 신분증을 내밀었다. 토레스의 표정이 변했다.

"조용한 곳으로 가서 잠깐만 이야기 나누시죠."

율로는 그렇게 말하며 토레스를 데리고 어디론가 갔다. 그들의 뒷모습이 보이지 않게 되자, 형식이 말했다.

"잘될 겁니다."

"그럴까요?"

"여기 사람들은요, 공권력을 좀 무서워해요. 좋게 말해서 존중한다고 할까요. 한국하곤 좀 다르죠."

"네에."

한국의 공권력이 문제라는 뉘앙스가 묻어 있다. 형식이 한국 사법부를 얼마나 싫어하는지 아는 선재는 화제가 다른 데로 샐까 봐 더 말을 잇지 않았다.

20여 분이 지났을까. 그들이 사라졌던 곳에서 다시 그들이 보였다. 이쪽으로 걸어오고 있는 모습을 보며 선재는 이야기가 잘되었기를 간절히 바랐다. 기대감을 품고 보아서인지 토레스의 표정이 어딘지 벌레 씹은 듯했고, 율로는 득의만만했다. 설득되었을까?

율로가 한 걸음 앞서 다가오더니 선재에게 말했다.

"한국에 가신답니다. 증언하러."

"정말요?"

선재는 토레스를 향해 거듭 확인했다. 토레스는 고개를 끄덕였다.

"네. 가겠습니다. 있는 대로 증언하고 오죠. 다행히 재판 무렵에 병원 일이 조금 덜 바빠요."

"감사합니다. 감사합니다!"

선재는 연거푸 머리를 숙였다. 고맙다며 식사라도 대접하겠다고 했지만 토레스는 손사래를 쳤다.

"괜찮습니다. 법정에서 증언하는데 한쪽의 밥을 먹기도 좀 부담스럽네요."

그의 말이 맞다고 생각한 선재는 더 권하지 않았다.

토레스가 떠나고 나자 율로가 자신의 수고를 자랑하듯 말했다.

"저 친구 있는 자리에서 여기 병원장한테 전화 한 통 넣었어요. 한국 법정에 가야 하니 휴가 좀 주라고. 병원장이 바로 오케이했고, 저 친구 입장에서야 거절할 수 없게 되었죠."

"아, 그렇군요. 신경 써 주셔서 감사합니다."

선재는 율로를 향해서도 깊이 허리를 숙였다.

마닐라로 돌아온 선재와 형식은 라파엘에게 저녁을 샀다

'어떻게 보답을 해야 할지 모르겠어요.'

선재의 말에 라파엘은 크게 손사래를 쳤다.

"노, 조금도 신경 쓰지 마십시오. 공무원으로서 한국의 재판에 협조해야죠."

이렇게 멀쩡한 말도 남겼다. 그가 화장실에 가기 위해 잠시 자리를 비웠을 때, 형식이 손가락으로 동그라미를 만들어 보이며 말했다.

"보답은 제가 하죠. 걱정 마세요."

＊

세부 살인사건의 아마도, 마지막 공판 기일이었다.

공판 전 박재열 검사와의 통화에서 그가 말했다.

"다행입니다. 현지 의사하고 통화했는데, 오늘 증언하러 와주겠다고 했습니다."

선재는 필리핀에서 토레스를 만나 증언해 달라고 부탁했다는 사실은 말하지 않았다. '위증을 부탁하려는 거냐'던 토레스의 말이 떠올랐고, 오해받을 수 있겠다는 생각이 들었기 때문이었다.

"다행이네요. 수고하셨어요."

모른 척 검사에게 그렇게 말했을 뿐이다.

법정에 자리를 잡은 선재는 방청석을 휘휘 둘러보며 토레스를 찾았다. 토레스가 방청석 맨 뒤에 말쑥하게 정장을 입고 앉아 있었다. 선재는 안심했다. 현지에서 와주겠다고 약속을 했고, 검사도 그렇게 확답을 받았다지만, 어디까지나 약속이고 그의 마음에 달린 거였다. 결국 토레스는 자신의 말을 지켰다. 선재는 토레스에게 무언의 눈인사를 건넸다. 잔뜩 뻣뻣하게 있던 토레스는 선재를 발견하고는 약간 화색이 돌았다. 그나마 아는 얼굴을 보니 조금은 긴장이 풀린 듯했다.

"증인 레온 토레스 씨 나오세요."

그가 증언할 차례가 되었다. 이목이 쏠렸다. 법정에 선 외국인은 눈길을 끈다. 선재는 기대감을 갖고 지켜보았다.

"피해자 송지훈의 사망진단서를 작성한 의사시지요?"

검사가 물었다.

"네. 맞습니다."

토레스가 영어로 말했고, 옆자리에 앉은 이가 한국어로 통역해 주었다.

증인석 옆에 누군가 앉아 있어 선재는 뭘까 궁금해했었는데, 그제야 통역인 자리란 걸 알게 되었다. 절차상 외국인은 통역을 거치도록 하는 모양이었다. 토레스에게 말할 때나 토레스가 말할 때마다 통역인이 알려주는 식이었다.

검사는 사건 당일 지훈이 병원에 실려 왔을 때까지의 상황을 간략하게 물었고, 토레스는 열심히 대답했다. 여기까지는 다 아는 사실이고 피고인도 다투지 않는다. 문제는 그 다음부터다.

"이 사망진단서는 증인이 작성했지요?"

검사는 스크린에 진단서 영상을 띄우고서 물었다.

네, 하고 토레스는 고개를 끄덕였다.

"사망진단서에 직접 원인으로 급성 심장사, 선행 원인으로는 알코올 중독으로 되어 있는데, 그렇게 쓰신 게 맞습니까?"

"네."

"망인의 상태를 직접 진단하시고 판단한 내역입니까?"

토레스는 곤혹스러운 표정을 짓더니 말했다.

"병원에서 늘 그렇게 하지는 않습니다. 다들 병사한 사람인데 일일이 부검할 수도 없고……."

"병원의 통상 업무에 대해서 묻는 게 아닙니다. 그날 증인이 송지훈 씨를 직접 진단하고 이 기재를 했는지를 묻는 겁니다."

"…… 그건 아닙니다."

"직접 진단을 한 건 아니라고요? 그럼 어떻게 이런 진단서가 만들어진 거죠?"

"병원에 실려 왔으니 일단 병사로 생각할 수밖에 없습니다. 망자의 친구, 그러니까 저 피고인도 걱정하면서 같이 왔고요. 그게 설마 살인일 거라고는……"

"그 책임을 묻는 게 아닙니다. 진단서 기재에 관해서만 말해주십시오."

"같이 온 저 피고인이 그랬습니다. 이 친구가 술을 너무 많이 마셨다. 그러더니 심장마비를 일으켜서 돌연 숨을 거두었다고요. 그랬다니 그런 줄 알밖에요. 그래서 그렇게 기재한 겁니다."

"타살로 의심해 보진 않았습니까?"

"살인일 거라고 누가 생각했겠습니까? 칼에 찔렸거나 뼈가 부러졌거나 하면 또 모르겠습니다. 하지만 사체가 너무 평온했습니다. 정말 자다가 죽은 듯한 모습이었죠. 감쪽같이 병사라고만 생각했고, 같이 술을 마셨다는 친구가 그렇게 말하니 사망 경위도 그거에 따라 쓴 겁니다……"

증언하던 토레스는 한마디 덧붙였다.

"속인 사람이 잘못이죠."

타국까지 힘들게 왔는데 추궁당하는 듯한 느낌이 들어 울컥했던 모양이다. 하지만 그의 말에 딱히 반응하는 사람은 없었다.

선재는 기대했다. 이 현지인 의사의 증언으로 '심장마비사'라는 진단서는 힘을 잃지 않을까. 적어도 그 진단서를 무기 삼아 '봐라, 피해자는 병사했다'고 우기는 양길의 주장은 이유를 잃지 않았을까.

검사가 슬쩍 지나가듯이 물었다.

"혹시 사체에 눈에 띄는 점은 없었습니까?"

"어떤 걸 말씀하시는 거죠?"

토레스가 안경 너머로 눈을 동그랗게 떴다.

"혹시 사체 입이나 코 주변에 상처 같은 건 없었습니까?"

"그런 건 모르겠습니다."

토레스는 코를 문지르다가 무언가 생각난 듯 말했다.

"입 주변에 붉은 반점 같은 건 있었습니다."

"입 주변에 붉은 반점이라, 그렇군요."

검사는 증인의 대답을 한 번 되뇌었다. 무심한 척했지만 검사의 연기는 서툴렀다. 바라던 답을 이끌어내 쾌재를 부르는 기색이 역력했다. 선재의 마음도 들썩였다. 붉은 반점. 이건 의미가 크지 않을까.

검사가 다시 물었다.

"상처…… 였습니까?"

토레스는 고개를 잠깐 기울이고는 말했다.

"상처까진 아니고…… 외부의 자극으로 피부에 생긴 흔적이랄까요. 그런 종류로 보였습니다."

검사는 고개를 한 번 크게 끄덕하더니 다시 물었다.

"그 반점은 언제 생긴 거였을까요?"

"실려 오기 직전에 생긴 거 같았습니다."

"신문을 마치겠습니다."

검사는 갑작스럽게 신문을 끝내버렸다. 더 캐묻다가 증인의 대답이 훼손되기라도 할까 봐 두려워하는 것 같았다.

양길의 변호사는 반대신문을 했지만, 대체로는 증인의 기억이 확실하냐, 애매하지 않는가 하는 질문을 반복하는 선에서 끝이 났다.

다만 '입가의 붉은 흔적'만은 그도 마음에 걸렸는지 꽤 집중적으로 물었다.

"증인은 아까 사체의 입가에 붉은 반점이 있었다고 말했는데, 확실합니까?"

법정에서 '확실한가'라고 물으면 우물쭈물할 수 있다. 그런 효과를 노린 모양이었다. 하지만 토레스는 흔들림이 없었다.

"확실합니다."

그러자 변호사가 불만스레 말했다.

"그 반점은 피해자가 병원에 실려 오기 직전에 생긴 것 같다고 아까 말씀하셨는데, 원래 피부에 있던 변색이거나 죽은 후에 생긴 시반일 수도 있는 거잖습니까?"

"그런 것하고는 달랐습니다. 생긴 지 얼마 안 된 흔적 같았습니다. 강한 힘으로 피부가 눌리거나 할 때 생기는 겁니다. 그러다 죽으면서 반점처럼 된 거겠죠."

딱 잘라 말해주는 토레스가 얼마나 고마운지 몰랐다. 내가 사체의 반점을 확인했다, 그건 단순한 사실 증언을 넘어 의사로서의 판단이다, 그런 정도의 뉘앙스 아닐까. 선재는 멋대로 해석을 덧붙여 보았다. 그리고 그런 해석을 판사도 가지리라 기대했다.

더 밀어붙일 것 같던 변호사가 의외로 그쯤에서 신문을 끝내겠다며 자리에 앉았다. 하긴 더 해봐야 토레스는 더 분명하게 증언할 태세다. 못을 완전히 박게 하느니 중간 정도 박힌 상태에서 그대로 두자고 변호사는 판단한 것 같았다.

증인이 내려가고, 검사는 이것 보라는 듯 의기양양하게 판사를 바라보았다.

"지금 증언으로 사망 직후 피해자의 입가에는 붉게 변색한 흔적이 있었음이 확인되었습니다. 피고인이 술에 만취해 저항이 불가능한 피해자의 입과 코를 틀어막아 질식사시키면서 생긴 흔적일 수밖에 없습니다."

판사가 지난번에 지적한 '살해 방법'에 관한 논증이었다. 두 사람만이 있던 시간과 공간, 어차피 목격자는 있을 수 없다 그나마 가장 근접한 증인이 이 레온 토레스다. 지훈의 죽음 직후 그를 보았던 사람이면서 전문가인 의사. 그가 지훈의 입가가 붉게 변해 있었다고 분명하게 말했다. 그렇다면 입을 막아 질식시켰다는 추정을 충분히 가능케 한다. 이런 걸 간접증거라 그러던가, 아니 정황증거였던가. 용어를 정확히 알지는 못했지만 그런 건 아무래도 좋았다. 판사가 요구하는 사건의 빈 고리, 그게 채워지면 족하다.

변호사도 항변했다. '기억이 불완전하다, 입가가 벌겋게 되는 건 여러 가지 경우가 있다'는 등등. 선재는 흘려들었다. 중언부언 변호사의 말이 늘어졌지만 그럴수록 코웃음 쳤다. 확신이 없어서다. 그래서 말이 길어진다. 전부 궤변으로 들렸다. 제삼자이면서 전문가인 의사가 '흔적이 있다'고 말했다. '그런 것 같다'도 아니고 '그렇다'고 분명하게 증언했다. 하필이면 지훈의 사망 직후 발견된 흔적이다. 질식의 흔적이 아닌 상처가 그날 그 시각에 지훈에게 나 있기는 힘들다. 질식이 아니라면 다른 무엇이 원인이었는지, 양길 측은 제대로 말해주지 못하고 있다. 이 증언은 믿을 만하다. 판사도 당연히 그렇게 생각하겠지. 설마 되는대로 주워섬기는 변호사의 저 변론을 수긍하고 있지는 않겠지.

"양측이 이의 없으면 이걸로 재판 심리를 모두 마치겠습니다."

판사가 선언했다. 검사와 변호사는 침묵으로 이의가 없다는 입장을 표했다. 예상대로 이날 공판이 마지막이었다. 살인사건을 두고 벌인 모든 재판 절차가 끝났다. 다행히도, 공판의 피날레는 양길에게 결정타를 먹이는 토레스의 증언이었다. 아무래도 마지막 증거가 선명하게 판사의 뇌리에 남지 않을까. 끝이 좋으면 다 좋지 않을까. 선재의 낙관이 부풀어 갔다.

검사가 최종 논고를 하러 일어섰다. 그는 선재도 익히 아는 유죄의 근거들을 조목조목 정리해 양길이 살인자라는 의견을 피력했다. 선재가 듣기에 어느 것 하나 반대할 수 없는 말들이었다. 이치에 맞았다. 과연 이 논리에 '이성'으로 반대할 수 있을까? 검사가 말미에 덧붙였다.

"피고인은 송지훈이 병사했다고 말합니다만, 전혀 사실이 아닙니다. 송지훈은 평소에 지병도 없었고, 신체 건강한 삼십 대 남성이었습니다. 그런 사람이 술을 많이 마셨다고 해서 심장마비로 사망한다는 일은 생각할 수 없습니다. 이 점은 의사들의 공통된 견해이며, 이에 관해서는 증거 자료로다 제출한 바 있습니다."

당연한 상식 아니었나. 법정에서는 저런 것까지 증거를 대야 하나. 선재가 생각하는 사이 검사의 말이 이어졌다.

"…… 이번 사건을 접하면서 검사로서뿐 아니라 한 개인으로서도 공분을 금할 수 없었습니다. 사건 내용도 잔인하지만 피고인이 인간을 대하는 태도 때문에 그렇습니다. 살인은 똑같은 살인이고 목숨을 잃었다는 결과에 차이가 없으니 다를 거 없다고도 하겠습니다만, 범행을 하는 자의 내심은 천차만별이고 비난 가능성 또한 다릅니다. 대개는 상대가 너무 미워서, 혹은 복수심에 살인을 저지릅니다. 돈을 목적으로 한 살인이 가장 질 나쁜 축에 들 겁니다. 하지만 돈을 노린다고 하더라도 최소한의 두려움은 가지고서 합니다. 그런데 피고인은 그조차도 없었습니다. 가스라이팅이란 말은 법정에서 통하지 않으니 쓰진 않겠습니다. 다만 피고인이 송지훈에게 심리적으로 강한 영향력을 행사하는 관계에 있었던 건 분명합니다. 사실 단순한 영향이 아니라 지배라고 해도 무방합니다. 고등학교 시절 학교폭력을 막아주는 연기를 했던 일만을 두고 말하는 게 아닙니다. 송지훈을 꼭 두각시처럼 움직였던 역학관계는 범행의 전 과정에서 명백히 드러납니다. 피고인은 시키는 대로 하는 송지훈이 너무나 만만했던 겁니다. 장기판의 말 정도로 여겼습니다. 인간으로도 취급하지 않았습니다. 범행의 도구로 다루었습니다. 마치 칼이나 망치, 독물 그 정도로요. 피고인에게 송지훈이란, 아니 인간이란 그 정도에 불과했습니다.

송지훈이 유일한, 그리고 마지막 희생자일까요? 만에 하나 피고인이 사회로 복귀했을 때, 송지훈 같은 어린 친구를 다시 만나 손아귀에 넣지 않는다는 보장이 있습니까? 그때 피고인이 다시 상대에게 마음의 갈고리를 걸어놓고 극악한 범죄를 기획하지 않는다고 믿을 근거가 있습니까? 우리는 고개를 흔들게 됩니다. 왜냐하면 이미 답을 알고 있기 때문입니다. 피고인 같은 자들은 어떤 행동을 그저 '할 수 있으면' 하는 자들입니다.

피고인의 위험성은 더없이 높습니다. 재범의 가능성 또한 마찬가지입니다. 이 사건 범행의 악성 자체로만 따져도 다른 살인사건과 비교해 보았을 때 비할 바 없이 불량합니다. 이에 본 검사는 피고인에게……"

드디어 구형이다. 검사는 양길을 슬쩍 내려다본 다음 다시 판사에게로 눈을 돌렸다.

"사형을 구형합니다."

검사의 요구는 '사형'이었다.

법정에 술렁임이 일었다. 양길의 몸이 움찔하고 떨렸다. 낯빛이 순식간에 새파래졌다. 선재는 자기도 모르게 고개를 끄덕였다. 예상하고 또 기대했던 단어지만 실제로 들으니 울림이 컸다. 물론 그대로 선고될 거라고는 기대하지 않는다. 사형은 법전에만 있을 뿐, 우리나라는 집행을 하지 않고 있으니까. 사람 한 명 죽인 살인사건에서 요즘 법원은 사형을 거의 선고하지 않는다는 사실도 조사를 통해 알고 있다. 그래도 검사 입에서 '사형!'이라는 단어가 떨어지는 순간 새파랗게 질린 양길의 낯빛을 본 것만으로도 분이 조금은 풀렸다.

"변호인, 최후변론하시죠."

판사가 말했다. 조금 전 사형이라는 단어가 법정에 던진 무언의 파장에 걸맞지 않게 냉담한 말투였다. 감정을 드러내지 않으려는 노력 같았다.

변호사가 일어섰다. 그동안 양길이 해온 변명을 그대로 반복했다. 살인이 아니라 병사, 사고사다. 수면제는 양길이 자살하려 준비해 간 약물이었다. 현지 의사가 명백히 심장사라는 진단서를 썼다. 검사는 의학적인 결론을 무시하고 정황만으로 기소했다. 필리핀 의사가 이 법정에서 자신이 진단서를 작성했다고도 인정했다. 그 의사의 나머지 진술은 해석하기 나름인 애매한 내용이다. 보험은 지훈이 원해서 가입했고, 본인이 계약에 동의하고 날인했다. 지훈이 왜 그런 보험에 들었는지 양길은 알 수 없다. 그 탓에 오해를 받고 있지만 역시 정황일 뿐이다. 보험계약을 할 때 지훈이 어떤 생각이었는지 양길이 알 수도 없고, 입증할 수도 없다. 이런 내용이었다. 그리고 변호사는 덧붙였다.

"우선 피고인이 송지훈을 상대로 고등학교 때 무슨 학폭 연출을 했다고 하는데, 전혀 사실이 아닙니다. 그 증언을 한

동창인 전상오는 피고인과 민사소송 중에 있는 적대적 증인입니다. 그런 입장에 있는 자의 말을 그대로 믿을 수는 없습니다. 게다가 그는 스스로도 인정했듯이, 허위 법인을 만들어서 사기 대출을 받았습니다. 범법 행위를 스스럼없이 하는 수준의 인간입니다. 사람이 똑같다는 말은 구호이지, 실제가 될 수는 없습니다. 우리는 생활의 경험으로 압니다. 전상오 같은 자의 말이 얼마나 신뢰성이 없으며, 그 말을 믿고 무언가를 결정할 때 얼마나 일을 그르치고 마는지를요. 법정은 더더욱 그래서는 안 됩니다.

검사의 치명적인 오류는 여기서 시작됩니다. 피고인이 송지훈을 심리적으로 지배해 왔다, 그래서 이 범행도 심리적 지배를 통해서 한 범행이다, 라는 식인데, 도치된 논리입니다. 검사는 심리지배를 먼저 입증했어야 합니다. 하지만 그러지 않았습니다. 공소장을 써놓고는 어딘가 아귀가 안 맞으니까 심리지배를 통해서 그렇게 했다고 뒤늦게 갖다 붙였습니다. 말 앞에 마차를 매단 격입니다. 범행 자체가 검사의 기소 내용대로라면 불가능한 범죄입니다. 계획대로 범죄가 성공하기 위해선 우선 송지훈으로 하여금 피고인을 수익자로 하는 거액의 보험에 들게 만들어야 합니다. 그리고 친구를 꾀어 특정 시기에 해외여행을 가야 합니다. 그리고 술을 잘 못 마시는 친구에게 그날 정신을 잃을 정도로 술을 마시게 만들어야 합니다. 이런 일들이 사람 마음대로 될 리가 없습니다. 계획대로 되지 않을 가능성이 높은 계획범죄입니다. 그 모순적인 기소를 합리화하기 위해 검사는 가스라이팅, 아니 심리지배라는 애매한 말을 들고 나왔습니다. 신뢰성 없는 동창을 내세워 그런 증언을 시키고, 피고인이 송지훈을 지배하고 있었다는 인상을 주었습니다. 검사가 구상한 범행이 이상하고 삐걱거린다면 범행을 하지 않았다고 봐야 논리적입니다. 그런데 반대로, 심리지배를 했기에 그 범행이 가능했다고 주장하고 있습니다. 이건 결론에 끼워 맞춘 억지입니다. 살인했다고 기정사실화해 놓고, 심리지배라는 모호한 단어를 갖다 붙였습니다. 이런 식이면 배겨날 사람이 없습니다. 억울한 사람을 우후죽순처럼 만들어낼 논리입니다. 이 기소가 성립하려면 적어도 피고인이 송지훈을 쭉 심리지배 해왔고, 범행 당시에도 심리지배를 했다는 사실이 엄격하게 증거로 입증되어야 합니다. 그런데 전혀 그렇지 못합니다. 검사는 양아치 동창 한 명의 입을 내세워 '그럴지도 모른다'는 인상을 주며 어물쩍 넘어갔습니다. 네, 맞습니다. 그저 '인상'을 준 겁니다. '사실'을 입증한 대신에 말이죠. 여기에서 드러나는 논리 모순, 도치, 공소사실의 불합리를 깊이 헤아려주시기 바랍니다.

　마지막으로 변론을 요약하는 단 하나의 질문으로 마무리

하겠습니다. 검사의 기소는 심리적 지배를 전제로 구성되어 있습니다. 그런데, 그 심리적 지배를 입증했습니까?"

변론을 듣고 있노라니 선재는 속이 울렁거렸다. 심리적 지배 같은 건 없었다고? 동창 전상오가 했던 증언뿐만이 아니다. 선재도 지훈과 함께 양길을 만난 적이 있다. 지훈과 양길의 관계는 분명 정상적이지 않았다. 심리적 지배인지 가스라이팅인지 뭔지는 몰랐지만. 돌이켜 보면 그날 보았던 그 양길, 그 관계라면 지훈을 필리핀으로 꾀고 술을 먹이는 것쯤은 일도 아닐 성싶었다.

하지만 안달했던 마음은 법대 위 판사의 무감한 표정을 보자 차분하게 가라앉았다. 역시 판사도 현혹되고 있지는 않은 거야. 변호사의 저 궤변에.

이어 양길의 최후진술이 있었다. 그는 혼이 빠진 헝겊 인형처럼 횡설수설했다. 끝내는 눈물을 흘렸다. 그 울음만은 연기가 아니라 진짜 같았다. 사형을 구형받은 충격이 늑대의 눈물샘을 터뜨렸을까. 동정을 사려는 수작일지 모르지만. 그의 살인을 확신하는 선재에게는 오로지 추태로 보였다. 지옥 같겠지. 지옥이겠지. 당연해. 세상 누구보다 착했던 한 사람을 그깟 돈을 노리고 살해했으면 너도 조금은 고통을 맛보아야 하지 않겠니.

선재는 재판이라는 이 번거로운 절차에 처음으로 고마움

을 느꼈다.

"어떻드노."

돌아가는 차 안, 뒷좌석의 지훈 모친이 앞좌석 머리 받침
대를 붙잡고 걱정스레 말했다.

"거 필리핀 사람까지 나와서 머라머라 카던데. 나는 당체
뭔 소리들을 하는지, 어떻게 돌아가는지 모르겠더라."

선재는 운전대를 조심스럽게 돌리며 룸미러를 힐긋 브
았다.

"걱정 마세요, 어머님."

"유죄 나오겠제?"

"오늘 증인은 우리한테 아주 유리하게 말하고 갔어요."

"그렇드나."

"오늘 검사님이 신문을 잘 끌어내더라고요. 변호사는 증
인 대답이 의외였는지 좀 버벅거렸고."

"그라믄 다행이고."

"유죄 나올 거예요. 이 정도로 명백한데 어떻게 무죄가 나
오겠어요?"

"그렇제. 설마 판사님들이 그런 놈을 우예 풀어주겠노. 말
도 안 되제."

선재의 말에 지훈의 모친은 기분이 좀 홀가분해진 모양이

다. 그제야 등받이에 몸을 기대더니 혼잣말로 무언가 중얼 거리다가 새근새근 잠이 들었다.

노인의 편안한 표정은 오랜만이었다. 아들의 죽음 이후로 밤잠을 제대로 들지 못한다고 했다. 내내 넋 나간 사람의 모습이었다. 그러다 법정에서 양길의 해괴한 변명을 들을 때면 울분에 가슴을 치곤 했다. 그 뻔뻔한 살인자를 심판하는 절차도 이제 거의 끝났다. 검사의 구형은 사형이었다. 사형. 응어리가 조금이나마 뚫리는 단어였다. 법은 우리 편, 착한 사람의 편. 사람을 죽인 자가 풀려날 리 없다. 그게 노인이 평생 믿은 이치였으니까. 이제야 약간의 안식을 얻은 노인은 꿈속에서 원한을 풀고 승천하는 아들을 만나고 있는지도 모른다.

선재는 유유히 다가오는 도로를 바라보며 혼자만의 생각에 잠겼다. 그동안 불안감도 없지 않았었다. 직접증거가 없다고 검사는 내내 걱정했었다. 사건의 무대가 외국인 만큼 수사기관이 손에 넣을 수 있는 증거는 아무래도 한계가 있었다. 변호사도 결국 그 점을 끝까지 물고 늘어졌다. 하지만 오늘 재판으로 자신감이 생겼다. 지훈의 모친을 안심시키느라 큰소리칠 만큼이었다. 생각할수록 확신은 깊어졌다. 전문가인 의사가 분명히 말했다. 지훈 입가에 남은 반점에 대해. 양길이 숨통을 막아 죽인 게 아니라면 생길 리 없는 흔적이다. 정황이 직접증거 이상의 사실을 가리키고 있었다.

지훈을 손아귀에 넣고 휘두른 가스라이팅이 선재를 몸서리치게 했다. 모든 악의의 원천이었다. 꼭두각시가 된 지훈은 뜬금없이 양길 앞으로 19억 원의 생명보험을 들었고, 두 달 만에 돌연 죽었다. 약혼녀가 있는데도 굳이 친구와 단둘이 떠난 석연찮은 해외여행이었다. 그 여행을 양길이 주도했다. 그는 사전에 의사한테 거짓말해 수면제를 다량 준비했고, 약이 알코올에 녹는지를 휴대전화로 검색했다. 지훈은 그날 밤 이례적으로 술을 많이 마셨고, 양길의 수면제가 지훈의 옷에서 검출되었다. 양길은 친구가 술을 마시다가 심장마비를 일으켰다며 거짓말해 허위 사망진단서를 작성케 했다. 그럴 리 없는 양길이 필리핀 현지에서 지훈의 화장을 해주는 돌연한 우정을 베풀었다. 그는 경찰의 거짓말탐지기 조사를 거부했다. 그리고 법정에서도 숱한 거짓말을 했다. 지훈 입가에 남은 흔적은 더 보탤 필요도 없다.

양길의 살인이 아니라면 이 모두를 설명할 가능성이 있을까?

*

양길과는 첫 만남부터 삐걱거렸다.

지훈과 연인 사이가 되고서 얼마 안 된 무렵, 지훈이 저녁 자리에 선재를 불렀다.

　'몇 번 얘기했지? 양길이라고 내 친구. 같이 있는데 나올래?'

　지훈의 목소리는 늘 반가웠지만 이날은 더 그랬다. 친구한테 소개한다는 건 여자 친구로서 확고하다는 이야기일 테니까. 선재는 곧장 집을 나섰다.

　"안녕하십니까? 배양길입니다!"

　인상은 나쁘지 않았다. 광대뼈가 나오고 각진 턱선을 가졌다. 말할 때마다 두툼한 입술이 꿈틀거렸다. 강한 남자의 표본 같은 얼굴이었다. 말투도 시원시원해서 좋게 보면 호방한 타입이었다. 다만 결이 부드러운 지훈과는 잘 맞지 않는다는 느낌이 들었다. 두 사람이 친하다니 의아했다.

　선재는 운동하다 만났던 남자들처럼 양길이 신경 굵고 우직한 부류인가 싶었다. 하지만 선입견은 곧 깨졌다. 양길은 선재가 온 지 얼마 지나지 않아 술잔 옆에 차 키를 보란 듯이 올려놓았다. BMW였다.

　"오늘 내가 쏩니다. 맘껏 드세요."

　양길의 눈이 한껏 뻐기고 있었다. 선재는 고맙다고 말하고는 이어 예의상 물어주었다.

　"무슨 일 하세요?"

"사업 몇 개 하고 있죠. 하하하!"

"돈 많이 버시겠어요."

"그럼, 이 친구 수입차만 타."

지훈이 말했다. 양길의 낯을 세워주려는 눈치였다.

"비엠 가지고 뭘, 페라리 정돈 타줘야지."

양길은 양팔을 의자 뒤로 넘기고 가슴을 쫙 폈다. 허세 가득한 남자. 친구가 비위를 맞춰주는데 굳이 한술 더 뜨는 얄팍한 인간. 선재는 양길의 첫인상을 안 좋은 쪽으로 수정 했고, 이후 판단은 바뀌지 않았다.

술자리의 대화는 내내 양길이 주도했다. 걸쭉하고 유창한 말솜씨. 분명 같이 있으면 재미있는 인간임은 부정할 수 없 었다. 이러니 지훈이 친구로 지냈겠지. 단지 의리 때문에 사 귀는 건 아니었겠지. 친구가 별로 없는 지훈이 꾸준히 만날 만큼 양길은 확실히 인간미도, 매력도 있었다. 하지만 선재 는 양길이 마음에 들지 않았다. 태도 때문이었다. 그는 지훈 이 무슨 말을 하거나 의견을 내면 도중에 잘라버렸다. 그러 면 지훈은 얌전히 입을 닫았다. 양길의 의견이 나아서가 아 니라 그의 목소리가 크기 때문이었다.

선재는 점점 자리가 불편해졌다. 급기야 양길이 손을 뻗 어 지훈의 머리를 엉클면서 "이 새끼가 요즘 많이 컸어." 했 는데, 지훈은 멋쩍게 웃기만 했다. 선재는 기분이 안 좋아졌다. 이건 좀 선을 넘었는데. 여자 친구 앞에서 친구를 이렇게 대한다? 아무리 좋게 보아도 편안함이나 우정으로 해석되지는 않았다. 상하관계였다. 양길이 잘나서가 아니라 단지 더 야만적이라는 이유로 성립된 위계질서. 그때는 양길의 가스라이팅은 알지 못했으니, 그렇게만 판단했고, 그걸로도 충분히 불쾌했다.

"파전 하나 더 시킬⋯⋯."

"여긴 알탕이 좋아."

지훈의 말을 양길의 거친 음성이 또 덮어버렸다. 양길이 이모! 하며 직원을 부르더니 알탕을 주문했다. 소주 한 병 더! 하는 말도 덧붙였다.

"소주는 그만해라. 음주운전⋯⋯."

"됐어, 대리 부르면 돼!"

양길이 또 지훈의 말을 잘랐다. 선재는 막돼먹은 태도를 보자 과연 그가 대리운전을 부를지조차 의문이 들었다. 선재가 말했다.

"술 잘 드시네요."

"아무리 먹어도 안 취하니깐 손햅니다, 하하하." 양길은 자랑스러운 듯 말하고는 덧붙였다. "남자가 사업하려면 술은 마셔야죠. 지훈이 녀석은 다 좋은데 좀스러워. 술이 약해."

지훈은 그저 빙그레 웃고만 있었다.

"꼭 대리 부르셔야 해요."

선재가 말했다.

"그래야죠. 그깟 몇 푼 한다고."

"우린 분명히 대리운전 권했어요. 잊지 마세요."

"네?"

"나중에 양길 씨가 음주운전으로 걸리더라도 우리 책임은 없다는 거, 분명히 하려고요."

선재가 웃음을 덧붙였다. 하지만 양길의 표정은 굳어졌다. 선재의 말투에서 싸늘함을 감지했고, 자신에게 무안을 준다는 느낌을 제대로 받은 모양이었다. 양길의 거침없던 말투가 주춤해진 게 그때부터였다. 지훈과 달리 여자 친구는 의외로 만만치 않다, 그렇게 느꼈던 모양이다.

지훈은 순진했다. 그건 선재에게 매력이었지만, 사회인으로서는 약점일 수밖에 없었다. 선재는 어느샌가 지켜주는 역할을 자처하곤 했는데, 이날도 지훈을 함부로 대하는 양길의 태도에 보호자 기질이 발동해 결국 양길과 삐걱거리고 말았다.

자리를 끝낼 시간이 되었다. 양길은 테이블 위의 BMW 차 키를 주머니에 집어넣고 지훈의 등을 툭 치며 말했다.

"오늘은 여자 친구도 오셨고, 네가 쏘는 걸로 해라!"

술값을 자기가 낸다며 한껏 삐기던 양길이 계산을 앞두

자 돌연 지훈에게 떠넘기고 있었다. 지훈은 그래, 그러지 뭐, 하며 고개를 끄덕끄덕했다.

선재는 또 불편해졌다. 지훈이 기분 좋아서 자기가 계산한다고 했다면 문제없다. 그건 지훈의 의사니까. 그런데 양길이 시켜서 지훈이 돈을 내는 모양새는 싫었다. 자기 돈을 쓰고 말고는 양길이 아니라 지훈이 정해야 한다. 게다가 이 날 술은 양길이 대부분 마셨고, 생색도 양길이 냈고, 고맙다는 말까지 들었다. 결국은 지훈의 주머니로 제 기분 낸 거 아냐? 이 두 사람은 친구라면서 이렇게 지내온 거야?

선재가 지훈에게 말했다.

"아, 오빠. 잊었어?"

"뭐?"

"오빠 술값 대신 기부하기로 했잖아."

지훈이 어리둥절해 눈을 끔뻑끔뻑했다. 하지만 그도 눈치가 있는 터라 그게 무슨 소리냐는 따위의 말은 하지 않았다 선재가 양길을 보며 웃었다.

"저하고 약속했거든요. 오빠 몸이 약해서, 술 마실 거면 그 돈으로 유니세프 기부하라고. 사실 제가 좀 닦달했죠. 하하하. 양길 씨하고 만난 것도 인연인데, 우리 좋은 일 하는 건 어때요? 이 자리는 양길 씨가 내고, 오빠는 그만큼 기부하고. 괜찮죠?"

뜯어보면 말이 안 되는 소리였지만 일일이 따질 상황은 아니었다. 양길이 에, 에, 기부 좋지요! 하고 호탕함을 연기하며 고개를 끄덕였지만 떨떠름한 표정을 숨기지 못했다.

선재도 평소답지 않게 억지를 부린 셈인데, 배알이 틀려서였다. 차라리 기부할지언정 양길의 술값을 내주고 싶지는 않았다. 그런 마음이 그대로 말이 되어 튀어나왔다.

"오늘 반가웠습니다. 종종 뵙죠."

술집 입구에서 헤어지며 양길은 선재에게 겉치레 인사를 했다.

"저도 반가웠어요. 또 뵈어요."

선재도 형식적인 인사로 받았지만 두 사람 다 알고 있었다. 앞으로 다시 만날 일은 없을 거란 걸. 실제로 지훈, 양길과 셋이 같이 만난 일은 그 뒤로 없었다. 어처구니없게도 선재가 양길과 다시 만난 건 지훈의 장례식장이었다. 그다음은 법정이었다.

*

"이 자료를 한번 참고해 보세요."

박재열 검사는 선재에게 지금 막 프린터가 토해낸 종이 몇십 장을 넘겨주었다.

"이게 뭐죠?"

"그거 보시면 불안이 조금은 가라앉을 겁니다."

검사가 건넨 종이를 내려다보니 판결문이었다.

"아마 얼추 아시는 사건일 겁니다. 보도도 꽤 되었거든요. 그래도 판결문 읽어보시는 게 더 확실합니다."

선재는 어제 공판을 직접 참관하고서 유죄판결이 나올 거라고 믿어 의심치 않았다. 뭐가 뭔지 모르겠다며 불안해 하는 지훈의 모친을 달래줄 정도였다. 하지만 자고 일어나 니 마음이 달라졌다. 어제 가졌던 믿음이 신기루 같았다. 차 돌 같던 유죄의 근거가 죽은 해삼처럼 흐물흐물하게만 보였 다. 판사가 아무렇지 않게 던진 한마디가 확신의 정강이를 걷어찼다. 양길의 죄는 믿지만, 재판은 믿을 수 없다. 어제는 확신, 오늘은 의심. 마음이 그네처럼 왔다 갔다 했다. 어쩌면 같은 공판을 보고서도 선재와 달리 마음 졸이던 지훈 모친 의 걱정이 옮아 붙었는지도 몰랐다.

그래서 이번이 마지막, 이라는 생각으로 선재는 이날 오후 박재열 검사실을 찾아간 참이었다.

검사는 최종 판단을 내리는 사람이 아니다. 그러니 검사 를 채근해 봤자 뾰족한 수는 없다. 다만 확신에 찬 말이라도 듣고 싶었다. 그러면 마음이 안정될 것 같았다. 듣고 싶은 말 을 듣고, 그래서 조금이라도 불안을 가라앉히고 싶었다.

박재열 검사는 다행히 처음 만남부터 친절했었고, 유족의 방문을 막지도 않았다. 하지만 이번에 또 검사실 문을 열고 들어서는 선재를 보자 그도 질렀는지 선 채로 엉거주춤했다. 선재도 눈치가 없지는 않다. 지훈의 건은 중하지만 개수로는 한 건이다. 그것 말고도 검사가 맡은 사건이 얼마나 더 있는지는 책상과 탁자 위에 사람 키를 넘도록 쌓아둔 기록 더미가 말해주고 있다.

"바쁘신데 죄송해요. 선고를 앞두다 보니 불안해서요."

선재는 냅다 책상 맞은편에 의자를 당겨 앉으며 말했다.

"예, 뭐 충분히 그러실 수 있습니다."

말하는 검사의 얼굴이 쌓인 기록으로 반쯤 가려져 있다.

"결과가 어떻게 될까요?"

"선재 씨 생각은 어떤데요?"

박재열 검사가 되물었다. 선재는 흠칫 놀라 말했다.

"생각해 보니 그게 좀 걱정되더라고요. 변호사가 마지막에 했던 말, 동창 증언 다 무시하고, 심리지배가 입증되지 않았다고 주장했잖아요. 그게 정말 그런 건가 싶어서요."

"그 부분은 걱정 안 하셔도 될 겁니다."

"판사님이 언젠가 가스라이팅 살인을 주장하냐며 화를 냈었잖아요. 괜찮을까요?"

"심리적 지배란 건 어차피 마음의 문제이니 물증을 댈 순 없죠. 판사가 가스라이팅 주장에 질색했던 건 그런 이유입니다. 눈에 보이지 않는 유령이나 마찬가지니까, 재판에서는 난감한 거죠. 그래서 변호사가 물고 늘어진 겁니다. 심리의 문제니까 입증은 안 되고, 판사는 그 쟁점을 싫어하고. 딱 그 지점입니다. 그 약점을 변호사가 파고들어 우긴 겁니다. 공격할 수 있는 부분을 공격한다, 그 이상의 의미는 없어요."

"네에…… 하긴. 그거 말고는 지난번 공판은 좀 유리하지 않았나 싶어요. 판사님이 살해 방법이 뭐냐고 하셨는데, 필리핀에서, 게다가 전문가인 의사가 와서 증언까지 해주었으니까요. …… 아닌가요?"

선재는 박재열 검사의 눈치를 살폈다. 다시 희망적인 말을 기대하면서.

"이번 재판에서 가장 어려운 부분이 그거였죠. 질식시켜 살해했다는 직접증거가 없단 말이죠. 그런데 현지 의사가 나와서 증언했잖습니까. 지훈 씨 입가에 붉은 자국이 있었다고요. 입과 코를 막아서 살해했다는 추정이 충분히 가능합니다. 간접증거는 나온 셈이에요."

"역시 간접증거인 거네요. 그걸로는 안 되나요?"

박재열 검사는 턱을 문지르며 의미심장한 표정을 지었다.

"…… 똑같다고는 할 수 없는데, 비슷하다면 비슷한 케이스가 하나 있어요."

"그래요?"

"혹시 군인 아내 살인사건 아십니까?"

"어떤 거죠?"

"뉴스에도 나왔는데요, 육군 원사가 교통사고를 위장해서 아내를 살해한 죄로 징역 35년 형을 받은 사건입니다."

"아, 네. 그 사건. 알 거 같아요."

선재는 사건을 다루는 시사 프로그램 열혈 시청자였다. TV에서 본 기억이 났다. 그게 벌써 판결이 났구나. 방송에서는 유죄가 쉽지 않다는 결론이었던 거 같은데, 징역 35년이 선고되었다니. 왠지 잘되었다는 마음과 함께 안도하는 기분도 들었다. 선재가 물었다.

"어떤 점이 우리 사건하고 닮은 거죠?"

"그 사건도 목 졸라서 살해했다는 기소였습니다. 하지만 직접증거는 없었거든요. 비슷하지 않습니까."

"아……."

"그런데 그 사건에서는 살인이 인정되었습니다. 희망이 있단 거죠."

선재의 얼굴에 화색이 돌았다.

"조금 더 자세히 설명해 주실 수 있을까요?"

"제가 일일이 설명하기보다."

하면서 박재열 검사는 판결문을 출력해서 건넨 것이었다. 물론 실명 등 개인정보는 모두 A, B, C 등으로 변환해 익명 화되어 있다. 시민들도 얼마든지 찾아볼 수 있는 자료였다.

"한번 읽어보세요."

나직하게 말하는 검사의 눈이 빛나고 있다고 느꼈다.

이 사람은 검사라는 입장 때문에 단정적인 말은 못 해도 유죄를 예상하고 있는 게 아닐까.

선재는 기대감을 품고 집으로 돌아왔다.

선재는 받아 온 판결문을 책상 위에 펼쳐두고 읽기 시작 했다. 그러다 이내 머리가 아파와 옆으로 제쳐두었다. 판결 문의 서술은 모래알이었다. 마치 전자레인지 매뉴얼을 읽는 기분이었다. 문장이 건조하기 짝이 없었고 사건이 입체적으 로 떠오르지 않았다. 판결에서 재구성한 사실들은 스토리텔 링을 위한 게 아니라는 걸 깨달았다. 삼단논법의 전제 사실 일 뿐이었다.

'사건 내용을 알려면 방송 쪽이 낫겠어.'

선재는 예전에 보았던 시사 프로그램을 떠올렸다. 해당 사건 방영분을 찾아내 결제를 하고 영상을 내려받았다.

사건은 2023년 3월에 있었다. 새벽 시간, 강원도 동해시

구호동의 한 도로에서 교통사고가 났다. 부부가 탄 차량이 한밤중에 옹벽을 들이받았는데, 운전석의 남편은 가벼운 상처만 입었지만, 조수석에 있던 아내는 사망하고 말았다. 남자는 육군 부사관 원사였고, 두 사람은 잉꼬부부로 소문날 정도로 사이가 좋았다. 결혼 20년 차, 두 아들을 키우고 있는 단란한 가정이었다.

현장에 달려온 119 구조대원은 조수석 여성을 보고 의아함에 고개를 갸웃했다. 여자는 앉아 있지 않았고, 좌석을 향해 엎드린 모습이었다. 감식 결과는 더 이상했다. 외부로 튀어나올 정도의 골절이 발생했지만 현장에는 거의 피가 흘러 있지 않았다. 이미 사망한 상태에서 난 사고가 아닌지 의심이 드는 대목이었다. CCTV에 남은 차량의 운행 모습도 의심을 불러일으켰다. 현장을 여러 차례 머뭇거리며 배회하는 모습이 찍혔다. 사고 직전 아파트 주차장 CCTV 화면은 결정적이었다. 남편이 모포로 감싼 무언가를 질질 끌어서 차 조수석에 싣는 모습이 포착되었다. 아내가 차에 타는 모습은 어디에도 없었다. 아내가 그 모포로 감싼 '물체'였다고 볼 수밖에 없었다. 남편이 지고 있던 거액의 빚을 우연히 아내가 알게 되어 그날 밤 부부가 크게 싸웠다는 사실도 드러났다. 혹시 남편은 다툼 끝에 아내를 살해하고, 범행을 숨기기 위해 교통사고를 일부러 낸 게 아닐까?

남편은 이렇게 변명했다.

'사실은 그날 밤 샤워실에서 아내가 끈으로 목을 매달아 자살했다. 아내는 평소 우울증 약을 복용해 왔다. 아이들과 주변 사람들에게 아내가 자살했다는 사실이 알려지는 게 좋지 않다고 판단해 시신을 모포에 말아 차량으로 옮겼다. 도로를 달리다가 정신이 혼미해져 실수로 사고를 냈다. 현장 부근을 배회했던 건 경험이 없어서 어디로 가야 할지 몰라서였다.'

사고 후 남편은 보험사에 아내의 사망보험금을 청구했다. 고의로 낸 교통사고라면 보험금이 지급되지 않지만, 어디까지나 과실로 일어난 사고이니 보험금을 지급하라는 주장이었다.

하지만 경찰은 남편이 아내를 살해한 뒤 교통사고로 위장하기 위해 고의로 옹벽을 들이받았다고 결론 내렸다. 아내의 사인은 경부 압박과 다발성 손상이었다. 경부는 목에 해당하는데, 그 경부 압박은 남편이 아내의 목을 조르면서 발생한 거라고 경찰은 보았다. 특수부대 출신인 남편은 온갖 살상 기술을 몸에 익힌 사람이었고, 손가락만으로 목을 눌러 상대를 제압할 수도 있었다. 아내가 우울증 약을 먹었다고 했지만, 실은 공황장애였고 이는 우울증과 달리 자살로 이어지는 경우는 많지 않았다. 아내는 독실한 기독교 신자라 종교적 신념에 따라 평소 자살을 금기시해 왔다는 사정도 밝혀졌다. 자살에 썼다는 끈도 발견되지 않았다. 남편은 자살 현장을 보고 신고를 하거나 응급조치하는 대신 현장을 치우고 청소를 했다. 더욱이 실수로 일어난 교통사고라고 하지만 사고 전후 CCTV를 보면 차량의 움직임이 수상했고, 통상 있어야 할 사고 회피 행동이 전혀 발견되지 않았다. 무엇보다 아내의 자살한 시체를 차에 싣고서 거리를 배회했다는 해괴한 주장 자체가 도무지 믿기 어려웠다. 남편이 아내를 목 졸라 살해한 뒤 위장 교통사고를 일으켰다는 추정은 극히 자연스러웠다.

문제는 '어떻게 입증할 것인가'였다. 추리소설이라면 살해로 단정하기에 충분하겠지만 문제는 재판이다. 판결은 증거로 해야 한다. 그런데 '목을 졸라 살해했다'는 사실은 추론에 불과했다. 목격자나 DNA, 지문, 혈흔 같은 직접증거가 없었다. 물론 아내의 시체에 남은 '경부 압박'이라는 부검 결과가 강력한 근거가 될 수 있다. 남편이 아내의 목을 조를 때 생긴 흔적으로 보였다. 하지만 난점이 있었다. 목을 조른 경우에 거의 반드시 피부에 외상이나 자국이 남는다. 그런데 아내의 목에는 전혀 흔적이 없었다. 경부 압박만 있고 목을 조른 자국은 없는 사체. 그래서 '경부 압박'은 살인의 흔적이 아니라 교통사고 때문이라고 남편이 주장할 여지가 충분히 있었다.

필시 법정에서 치열한 공방이 오갔으리라.

그 끝에 내려진 판결은 유죄.

징역 35년 형의 중형이었다.

선재는 동영상을 종료하고 다시 판결문을 집어 들고 읽어보았다. 여기에는 영상에 담기지 않은, 결론에 이른 과정과 논리가 축약되어 있다. 사건 내용을 알고 읽으니 훨씬 수월했다. 읽기 힘든 의학, 부검 전문 용어와 숫자들이 나열되어 있었는데, 그 부분은 건너뛰었다. 눈에 들어온 부분은 살해 방법에 관한 오직 한 줄이었다.

'피고인이 피해자의 목을 조른 사실에 관하여 직접증거는 존재하지 아니하나'

역시 재판부도 그 점을 지적했다. 그런데 어떻게 살인을 인정한 거지?

더 읽어보니 뒷부분에 이렇게 쓰어 있었다.

'이에 대한 간접사실 내지 사정들에 비추어 보면, 피고인이 순간 격분하여 피해자의 목을 졸라 피해자로 하여금 경부 압박 질식에 이르게 하였음이 증명된다.'

판단의 근거가 된 '간접사실과 사정'으로는, 피해자가 자살할 동기가 없었고, 범행 당시 피고인과 피해자가 크게 다투었던 정황이 있으며, 목을 매단 끈이 발견되지 않았고, 피해자 사망 후 현장을 청소하거나 모포에 싸서 차에 싣는 등의 행동은 살인 범행의 은폐 시도로 보이며, 교통사고는 과실이 아니라 고의 충돌로 추정된다는 점 등이었다.

유죄 판단은 2심, 3심에서도 그대로 유지되었고, 남편에게 내려진 35년의 징역형은 확정되었다. 남편의 보험금 청구가 좌절되었음은 물론이다.

이 살인은 어떤 면에서는 다른 사건보다 훨씬 무서웠다. 조금의 징후조차 보이지 않았다는 점에서 그랬다. 조심하거나 피할 수 있는 종류가 아니었다. 그 가정에서는 도저히 일어날 것 같지 않은 범죄가 일어났다. 평소 부부간 갈등이 심하지도 않았고, 폭력적인 남편도 아니었다. 남자는 특전사에서 근무할 때 서점에서 일하던 아내를 보고 첫눈에 반해 열렬하게 구애한 끝에 결혼했다. 남편은 술 담배도 하지 않으며 애처가로 소문이 자자했고, 두 아들을 두고 단란한 가정을 이루었다. 부대에서는 엘리트 군인으로 조그만 구설수도 없이 동기들 맨 앞에서 승진을 거듭해 왔다. 글자 그대로 모범 남편, 모범 군인. 그랬던 그가 그날 밤 부채가 들통나 아내에게 추궁당하자 우발적으로 살인을 저질렀다. 적을 처치하기 위해 단련한 팔뚝으로 숨이 끊어질 때까지 아내의 목을 졸랐다. 아내는 목이 눌리기 직전까지 설마 남편이 이른 짓을 할 사람이라고는 꿈에도 생각지 못했다. 아마 현실이라고 믿기지도 않았으리라. 20년의 행복한 가정을 한순간에 끝장낸 악이 그날 밤 그 집에 깃들 거라고는 누구도 알지 못했다. 살인자 같은 살인자는 피할 수나 있지만 이런 '보통 사람'은 어떻게 피할 수 있을까.

지훈이 겹쳐졌다. 그도 피하지 못했지. 강도도 아니고, 연쇄살인마도 아니었다. 그를 살해한 인간은 믿었던 친구였다. 아득했다. 악은 어디에나 있고, 언제 어떻게 만날지 우리는 알 수 없다. 선재는 묵념하듯 눈을 감았다가 떴다.

아무튼 이 판결은 희망적이었다. '목을 졸랐다'는 직접증거가 없었지만, 재판부는 인정해 주었다. 근거는 상식과 합리였다. 무리수도 없고, 이의할 여지도 없는 자연스러운 판단. 살인은 대개 두 사람만의 공간과 시간 속에서 일어난다. 직접증거가 없는 게 오히려 당연하다. 그 이유만으로 무죄가 될 순 없다. 지훈의 사건과도 비슷한 지점이 분명히 있었다 '질식시켰다'는 살해 방법이 같았고, 두 건 다 직접증거가 없었다. 그런데 군인 아내 살인사건에서는 살인을 인정했다. 그렇다면 지훈의 죽음에서도 충분히 인정될 수 있다. 게다가 유죄의 증거라면 선재가 보기에 지훈 사건 쪽이 더 많다. 필리핀 의사가 지훈의 입가에 붉은 자국이 있었다고 증언했으니까. 그게 직접증거가 못 될지는 모르지만, 누군가 무언가로 그의 숨통을 막았다는 사실을 말해주기에는 충분하니까. 그날 그 방에서 지훈의 숨을 막을 수 있었던 사람은 세부, 필리핀, 아니 온 세상을 통틀어 양길뿐이다. 목 피부에 어떠한 흔적도 남지 않았던 군인 아내 살인사건에 비해 압도적인 증거다. 범행 동기나 계획성으로 따져도 그렇다. 친구 앞으로 거액의 보험을 들어놓았던 지훈 사건 쪽이 더 수상하고, 또 선명하다.

물론 유죄 입증의 정도만으로 본다면 지훈의 사건 쪽이 더 미흡한 부분도 있으리라. 그럼에도 희망적인 면만을 골라서 보며 선재는 위안을 삼고 있었다.

*

그동안 재판에 나갔다 안 나갔다 하던 지훈의 모친이었지만, 선고일만은 반드시 가겠다며 우겼다. 공판에서 양길이 뻔뻔하게 거짓말할 때마다 노인은 가슴을 부여잡고 괴로워했다. 그래서 선재는 노인에게 웬만하면 나오지 말도록 권했었다. 선고일에도 혹시, 하는 생각에 말렸지만, 지훈의 모친은 이번만은 물러서지 않았다. 양길이 법의 심판을 받는 걸 두 눈으로 꼭 봐야겠다는 거였다.

지난 기일 검사의 구형은 사형.

물론 유족은 그 형이 그대로 선고되기를 바란다. 하지만 우리나라의 사형은 법전에만 있을 뿐 오랫동안 집행되지 않고 있고, 최근에는 선고조차 안 되고 있다. 선재는 노모의 메마른 손을 쥐고서 간절한 바람을 담아 잠시 눈을 감아보았다. 사형까지는 바라지 못한다지만, 그래도 구형이 사형인데. 무기징역 정도는 나오지 않을까. 아무리 깎인다고 해도 징역 30년 이상은 되지 않을까. 선재는 그간 열심히 인터넷과 유튜브를 찾아보았다. 우발적 살인은 징역 12, 13년 정도가 기준이 되지만, 계획 살인이나 돈을 노린 살인은 형량이 비약적으로 높다고 했다. 찾아본 사건들의 경우 30년 정도는 쉽게 넘기고 있었다. 지훈 사건보다 훨씬 덜 악해 보이는 사건에서도 그랬다.

　세 명의 판사가 들어왔고, 선재는 잠깐 일어섰다 앉으면서 노모의 손을 놓았다. 자신만의 떨림을 갈무리하기에도 벅찼다.

　가운데의 늙수그레한 판사는 자리를 잡은 후 법정을 한번 쭉 둘러보았다. 모두가 자신의 입을 주시하고 있다는 걸 확인하고는 준비해 온 판결문을 집어 들고 입을 열었다.

　"판결 이유를 설명하겠습니다."

　말이 느렸다. 선재는 입술이 말라가는 걸 느꼈다.

"먼저 두 사람의 관계에 관해서 보면 피고인은 피해자에게 학창 시절부터 상당한 영향력을 행사해 왔던 것으로 보입니다."

'상당한 영향력의 행사'라는 표현이 귀에 들어왔다. '가스라이팅'이나 '심리지배'라는, 법이 그다지 좋아하지 않는다는 용어를 피하려 애쓴 흔적 같았다. 아무튼 '영향력'을 인정한다니, 조짐이 좋다. 판사의 말이 이어졌다.

"피해자는 수입에 비해 과도한 보험계약을 체결했고, 이례적으로 친구인 피고인을 보험수익자로 했습니다. 직장을 그만둔 뒤 휴가를 피고인과 같이 떠난 이유가 석연치 않습니다. 여행 계획을 전부 피고인이 준비했다는 사실도 확인되었습니다. 건강하던 피해자가 갑작스레 죽음에 이른 경위가 석연치 않습니다. 반면에 피고인의 해명은 도무지 납득 가지 않습니다. 피해자의 옷에서 피고인이 준비한 수면제 성분이 검출된 점, 스마트폰의 검색 기록, 피고인이 현지 병원 의사에게 피해자가 술을 마시다가 심장마비를 일으켰다고 거짓말한 점, 현지에서 급히 화장해 버린 점, 수사 과정에서 자신의 거짓을 덮기 위해 잇달아 거짓말을 한 점 등 여러 간접증거와 정황을 보면 피고인이 거액의 보험금을 노리고 피해자를 살해했다는 강한 의심이 듭니다."

됐다! 이 판사는 상식적이고 합리적인 사람이었어.

선재는 주먹을 불끈 쥐었다. 목덜미에 힘이 뻗치고 핏줄이 곤두섰다.

자, 그러면 이제 징역 몇 년? 무기징역? 아니면 구형대로 사형?

판사가 말했다.

"그러나."

선재의 흥분이 급격히 식었다. 불길했다. 그러나, 라니. 무슨 말을 하려는 거지? 판사는 잠깐 쉰 후 말을 이었다.

"형사재판에서 유죄로 하려면 합리적 의심이 없을 만큼 범행이 입증되어야 합니다. 비록 정황은 의심스럽지만 공소 사실에 대한 충분한 입증이 있다고는 보기 어렵습니다. 모든 사정을 종합해 보았을 때, 피고인의 말처럼 피해자가 술을 마시다가 심장 등에 무리가 와 병사했을 가능성을 지울 수 없습니다."

판사의 말은 더 느려졌다. 마치 자기 말을 청중이 잘 듣고 이해하라는 듯이. 시간은 선재의 머릿속에서 엿가락처럼 늘어졌고, 끝내는 완전히 엉클어졌다. 무슨 말이야. 그 가능성이 설마 있다고? 앞의 의혹은 어떡하고? 보험금은? 수면제는? 검색 기록은? 지훈 입가의 상처는? 선재는 급기야 소리를 지를 뻔했다.

'망인의 입가에 붉은 흔적이 있었다는 현지인 의사의 증언이 있었습니다만, 외국인인 만큼 의사소통상의 오해 소지가 크고, 기억의 오류 가능성을 고려하면 그대로 믿기 어렵다는 판단입니다."

이해할 수 없었다. 외국인의 증언이라고 배척할 거면 애당초 신문은 왜 한 걸까. 엄연히 한 명의 의사라는 전문가의 소견으로서 받아들이지 않은 건가. 무언의 항의를 아는지 모르는지 판사의 말은 일사천리로 이어졌다.

"다시 말하지만, 형사재판에서 유죄로 하려면 범행을 저질렀을 것 같다는 의심만으로는 부족합니다. 합리적 의심이 조금도 없을 수준까지, 일말의 의혹도 없는 확신에 도달할 만큼의 증거가 갖추어져야 합니다. 이 사건에서는 직접증거가 없으며, 나머지의 간접증거와 정황만으로는 그 정도의 입증이 이루어졌다고 볼 수 없습니다. 살인이 아닌 병사일 수 있다는 합리적 의심을 지울 수 없는 사건입니다. 따라서."

이게 무슨 말이야. 아니, 말이기는 한 거야?

"다음과 같이 선고합니다."

판사는 쐐기를 박듯 말했다.

"피고인은 무죄."

법정이 술렁였다. 지훈의 모친은 앉은 채로 휘청했다. 선재는 급히 부축했지만 노모의 등을 받친 자신의 손 또한 덜덜 떨리고 있음을 느꼈다.

찰나에 스친 시야에 양길이 오른팔을 번쩍 들고 마치 마라톤 우승이라도 한 듯한 몸짓을 취하는 모습이 비쳤다. 변호사도 환하게 웃고 있었다.

심판받아야 할 법정에서 환호하는 살인자.

이게 과연 현실일까?

법정에 판사가 던져놓은 말들이 떠돌고 있었다. 합리적 의심. 병사의 가능성. 강한 의심은 들지만. 그렇기 때문에 무죄, 무죄……

어지러움이 덮쳤다.

"검사님. 어떻게 된 거죠?"

다음 날 겨우 정신을 가다듬은 선재는 무작정 박재열 검사실을 찾았다. 지난번 방문이 마지막이라 다짐했지만 무죄라는 결과를 받아 든 충격 탓에 그만 그 생각은 잊어버렸다.

박재열은 기록 더미에서 몸을 빼고는 선재를 올려다보았다. 그러더니 이내 조그맣게 한숨을 쉬었다.

"요즘 법원이 워낙 직접증거에 집착하다 보니……"

"간접증거나 정황으로도 유죄가 된다면서요? 그게 판례라면서요? 군인 아내 살인사건은요?"

"판사가 필리핀 의사의 증언을 믿어주지 않았습니다. 도리가 없네요. 최선을 다했지만……. 면목 없습니다."

박재열 검사는 고개를 숙였다. 지난번 자신만만했던 때를 잊게 만드는 모습이었다. 하긴 더 뭐라고 길게 말해도 변명으로밖에 들리지 않는다. 유족의 감정을 더 자극할 수 있다. 오해를 사거나 빌미를 잡힐 우려도 있다. 검사의 경력에는 예상 밖의 결과에 화난 피해자를 대하는 매뉴얼도 한 자리 차지하고 있을지 모른다. 다만 박재열 검사의 낭패스러운 표정에는 미안한 기색이 역력했고, 그건 진짜 같았다. 선재는 남아 있던 약간의 원망이 녹는 걸 느꼈다. 그래. 이 사람은 열심히 했어. 판결은 판사가 한 거니까.

  "어제 선고 후에 곧바로 항소는 했습니다."

  검사는 위로하듯 말했지만, 어떤 의지는 전해지지 않았다. 요식 절차의 진행을 알리는 느낌. 얼마 전까지만 해도 비슷한 선례가 있다면서 판결문까지 출력해 주며 희망을 건넸던 사람이기에 그의 풀 죽은 태도는 선재를 더 낙담케 했다. 이 사람은 많은 재판을 경험했겠지. 그런 사람의 의지가 꺾였다면 전망이 없다는 얘기 아닐까. 벽에 부딪힌 거야. 경험으로 여러 번 확인된 벽에. 선재의 마음속 마지막 희망의 끈이 가물가물해졌다.

  넌더리가 나.

  이 재판이라는 절차는.

  "죄송해요. 검사님은 좋은 분이세요. 그동안 감사했습

니다."

선재는 그 말을 끝으로 몸을 돌려 검사실을 나왔다.

주차장 옆 벤치에서 지훈의 모친이 기다리고 있었다. 노인은 앉아 있기도 힘든 듯했고, 옆의 형식이 부축하다시피했다. 형식은 선재를 보더니 제수씨, 하며 인사를 해왔다. 판결 선고가 있은 뒤에 곧장 필리핀에서 날아온 참이었다. 선재도 마주 인사했다.

노인이 힘겹게 고개를 들고 물었다.

"뭐라드노?"

선재는 노인 옆에 조심스럽게 앉으며 말했다.

"검사도 판결을 납득하기 힘들다네요. 항소해서 해보겠다고는 해요. 근데 눈치를 보니 그렇게 큰 기대는 않는 거 같아요."

'아이구……'

노인은 주먹으로 자기 가슴을 때렸다. 답답하기 그지없지만 할 수 있는 게 없다. 검사가 2심에서는 뒤집어질 거라고 장담이라도 해주었으면 하는 심정이었으리라. 허울뿐인 위로라도 듣고 싶다, 그런 가느다란 기대만으로 여기까지 따라왔다.

"멍청한 놈들!"

형식의 화난 음성이 울렸다. 놈들? 누구를 향한 욕설일까.

"하여간 우리나라는 판사가 문제야! 그 살인자 새끼를!"

선재와 노인은 입을 열지 않았다. 그들의 기분도 딱히 다르지 않다. 표현이 다를 뿐이다. 형식이 갑작스레 격분하니 노인이 조금 잠잠해졌다. 선재가 노인을 달래듯 말했다.

"검사야 대충 말한 거겠죠. 기다려봐야죠. 어차피 1심이 끝이 아니잖아요. 유죄 나왔더라도 2심, 3심에서 뒤집히면 아무 의미 없거든요. 그니깐 2심이 더 중요해요. 거기서만 유죄 받으면 돼요."

하지만 노인의 심경을 달래기엔 공허하다. 선재는 말을 덧붙였다.

"아직 두 번의 가능성이 있으니까요."

"기대 안 해요."

형식이 노인 대신 불퉁스럽게 말했다.

"네?"

"제수씨도 이번에 봤잖습니까? 그 사람들, 피해자는 관심 없어요. 재판은 법으로 하는 쇼라니까요. 그들만의 리그죠. 거기 상식이 어디 있습디까?"

"네에……."

선재도 마음으로 부정하지 못했다. 사법에 대한 믿음은 확실히 식었다. 이런 식이면 2심, 3심에 간들 얼마나 달라질까. 부족해, 부족해, 직접증거를 내놔……. 어마어마하게 완고한 노인 같았다. 선재의 감만은 아니었다. 조금 전 검사를 만나고 더 확실하게 깨달았다. 그의 태도가 말해주었다. 지훈의 사건이 상급심으로 가서 뒤집어질 가능성은 높지 않았다. 항소하겠다는 검사의 말에는 어떠한 희망의 기색도 없었다. 위로의 말도 겉치레일 뿐, 무기력했다. 오히려 남은 기대마저 퇴색되고 말았다. 재판에 우리가 낄 자리는 없다는 형식의 말은 틀리지 않았다. 적어도 선재가 지금 느끼기에는 그랬다. 피해자는 손님일 뿐, 재판은 판사, 검사, 변호사가 법정이라는 폐쇄된 공간에서 그들끼리 벌이는 게임에 불과하다는 사실을 긴 공판을 통해 처절하리만큼 깨달았다. 선재는 넋두리하듯 말했다.

"하긴…… 맞는 말씀이에요. 우리가 뭘 호소해 봤자 판사는 관심 없더라고요. 요상한 법 이론을 두고 그게 옳으니 틀리니 다투는데…… 그 사람들, 어디선가 길을 잃은 것 같아요. 나쁜 인간 벌주는 게 그렇게 어려운 일인가요. 뭘 위한 재판이었는지……."

"제수씨도 그만 마음 끓이시죠. 기대하지 마세요. 그러면 마음이 덜 아플 거 아닙니까."

형식의 말투가 누그러졌다. 선재는 고개를 끄덕였다.

"그래요. 그냥 기다려봐야겠어요. 지난 재판처럼 안달복

달하지 않을래요. 그래 봤자 소용도 없는걸요. 정의는 승리하는 거라면서요? 어릴 적 동화인지 모르지만 그런 거 믿어 보려고 해요. 항소심에서는 잘되겠죠."

형식은 대꾸하는 대신 시무룩한 얼굴로 고개를 돌렸다. 그의 시선이 머문 곳에는 허수아비 같은 몸을 벤치에 겨우 기댄 지훈의 모친이 있었다.

"아이구, 아이구……."

신음 같은 노인의 한탄이 가늘게 이어졌다.

언론이 무죄판결을 보도했다. 뉴스나 시사 프로그램에서 토막으로 소개되기도 했기에 꽤 세간의 관심을 끈 사건이었다. 분석적인 기사들은 이구동성으로 쓰고 있었다. 필리핀 현지 의사의 증언을 얼마나 믿을지가 재판의 승패를 갈랐다고. 판사는 의사가 외국인이고, 통역이나 의사소통 과정의 오류가 있다는 이유로 증언을 믿지 않았고, 그 지점이 무죄의 분수령이었다고 했다. 결국 판사가 말한 그대로를 옮긴 거였다. 가타부타 댓글도 많이 달렸지만, 선재는 고개를 흔들었다. 재판의 전체 과정을 보지 않은 흥미 위주의 기사라는 생각이었다. 전문가들이 말하는 증거법이니 의사 증언의 신빙성 판단의 법리……. 무슨 말인지도 정확히 모르겠지만 그런 문제가 아니야. 판사는 애당초 유죄판결을 할 마음이 없었어. 돌이켜 보면 그랬다. 처음부터 증거가 부족하다고 단정하고 어떤 편견 아래 진행한 재판 아니었던가.

판사는 기울어져 있었다. 직접증거가 없다며 굳이 여러 차례 간 보듯 말했다. 진단서에 질식사 기재가 없지 않느냐며 지적했고, 살해 방법이 애매하다고 고개를 저었다. 가스라이팅 살인을 주장하냐며 신경질적인 반응을 보이기도 했다. 선재는 그 모두가 진실을 찾아가는 과정이라고, 목표를 향해 나아가는 중에 필연적으로 생겨나는 진자의 조그만 흔들림 같은 거라고만 해석했다. 그래서 더 마음을 졸이며 재판을 지켜보았다. 그런데 결과를 받아놓고 보니, 판사는 처음부터 어떤 결론을 품고 있었다는 의심이 들었다. 증거가 애매한데? 직접증거가 없고, 부검도 없었잖아. 이런 사건은 무죄로 해야지, 뭐. 그런 생각을 가지지 않았을까. 그러고는 자신이 틀릴 수 있다는 생각, 그 생각을 바꿀 수 있다는 생각을 한 번도 안 한 게 아닐까.

갑자기 바뀐 신문의 태도도 이해할 수 없었다. 비판적인 기사는 단 한 줄도 없었다. 판결의 이유와 근거를 분석할 뿐이었다. 판사가 내린 결론이 옳다고 전제했다. 기사에 인용된 변호사의 말도 판결을 해설하는 정도에 그치고 있었다. 왜 이런 걸까. 왜 아무도 이 터무니없는 재판에 이의하지 않는 걸까? 양길이 범인이라고 나서서 단언하지는 못하더라도, 판결의 논리에 문제가 있다는 정도의 주장은 나올 수 있지 않나. 판결이 선고되기 전까지 언론은 그를 범인으로 단정했고, 규탄 일색이었다. 하지만 무죄판결이 선고되자 양길을 향한 비난은 아침 해를 맞이한 귀신처럼 사라져 있었다. 일제히 말을 바꾸었고, 심지어 법원의 신중한 판단이 무고한 양길을 구했다는 뉘앙스의 기사도 있었다. 판결 비판은 금기라도 되는 걸까. 신성불가침인가. 법원 판결은 틀리는 일이 없나. 하지만 판결은 2심, 3심에서 종종 뒤집히기도 하잖아. 하물며 그 3심조차 진실이라는 보장이 어디에도 없는데…….

선재는 재판이라는 절차에 마음이 많이 떠나버리고 말았다. 내내 신경을 졸였건만 툭 튀어나온 결과는 보잘것없었다. 실망하고 지쳤다. 어떤 근거로도 판사를 설득하지 못했다. 판사가 믿지 못하겠다는데야 어떤 입증도 무력했다. 눈앞에 불을 피워도 불을 믿지 않았다. 한번 쌓은 편견의 성은 절대 무너지지 않았다. 판사의, 아니 사람의 생각을 바꾼다는 것이 가능하기나 한 것일까, 회의가 들었다.

항소심을 담당하는 검사는 만나보지 않았다. 검사가 누구인지는 그리 중요하지 않다고 느꼈다. 1심에서 열심히 하는 검사를 만난 건 행운이었지만 그는 약간의 힘을 보탰을 뿐 재판의 향방을 바꾸지는 못했다. 재판에서는 판사가 절대적이었다. 다른 판사를 만났다면 달랐을까. 결국은 사람이 하는 재판인데……. 그런 생각을 해보다가 더 힘이 빠지고 만다. 그건 운이잖아. 운에 맡겨야 하는 게 재판일까. 그렇다면 더 할 수 있는 게 없어. 안달복달해 봐야 바뀌지 않아. 그저 기다릴 뿐. 항소심 재판은 그런 정도의 마음으로 차분히 지켜보았다. 지치기도 했다.

그 무렵 어떤 변호사가 쓴 글을 SNS에서 발견했다. 이 글은 그렇지 않아도 약해진 선재를 더 맥 빠지게 했다.

2심에 가서 뒤집겠다고 사람들은 생각하지만 상당한 정도 환상이다. 큰 기대는 갖지 말아야 한다. 2심은 원점에서 사건을 새로 따져보는 절차가 아니다. 1심 결론에 막대한 프리미엄을 주고서 시작한다. 법원 판 '기울어진 운동장'이라고 할까. 명분은 법적 안정성이다. 판결을 쉽게 뒤집으면 법질서가 위태로워진다는 이유('정서'라고 하는 쪽이 더 가까울 듯하다)다. 실질적인 이유도 있다. 다른 직업인과 마찬가지로, 판사들은 동료의 작업을 믿어준다(정확히는 '믿어주는 관행'을 지킨다). 그래야 언젠가 자신의 작업도 비판의 도마 위에 올랐을 때 안전하다. 동료 판사가 선입견에 빠져 객관성을 잃고 판단을 그르쳤다고 인정하는 건 자신도 그럴 수 있다고 인정하는 꼴이 되니까. 판사에 대한 기피신청이

받아들여지는 경우를 본 적이 있는가? 없을 것이다. 판사도 인간이기에 편견을 가질 수 있고, 왜곡되고, 감정이 앞설 수 있다. 그런데도 기피를 아예 막아버림으로써 그 약점을 덮으려 한다. 비슷한 이유다. 1심 판결이 어떤 이유로 편향되었다고 하더라도 일단은 잘했다고 간주하고 2심을 시작한다. 그러니 뒤집기란 난망이다. 특히 형사재판에서 1심 무죄를 2심에서 유죄로 뒤집기란 더욱 어렵다. 동료 법관이 '증거가 부족하다'고 했는데, 2심 판사가 '아니야, 나는 이 정도 증거로 확신이 가!'라고 하며 유죄로 뒤집는 모양새라, 쉽지 않다. '의심스러울 때는 피고인의 이익으로'라는 법 원칙도 있으니 피고인에게 불리하게 바꿔 판결하기를 꺼리는 마음도 이해한다. 하지만, 그랬다가는 어딘지 신중하지 못하다는 인상을 주기 때문은 아닌지, 하는 의심도 든다.

지친 이들에게는 운명도 손을 내밀어 주지 않는 법인지, 2심도 예감한 대로의 결론이었다.

무죄.

2심의 결과를 전하는 뉴스는 1심 때보다 현저히 수가 줄어 있었다. 판결을 비난하는 댓글이 달렸지만 역시 대폭 줄었고, 반응도 약했다. 여론의 간접 지원을 받는 길이 갈수록 좁아진다는 걸 의미했다. 어차피 뉴스나 댓글은 양길이 무고하다고 선언한 사법부의 방탄을 무너뜨리기에는 터무니없이 약한 총알이었다. 대체로 재판을 경험해 본 이들은 판결을 욕했고, 경험하지 않은 이들은 판결을 옹호했다. 글 자체로만 본다면 어느 쪽도 그럴듯했다. 하지만 그건 당해본 자와 그렇지 않은 자의 차이인지도 몰랐다. 개중에는 간혹 증거가 약한 터에 기소부터가 무리였다, 엄한 사람을 유족들이 물고 늘어졌다는 식의 댓글도 있었는데, 그것들은 선재의 가슴을 하이에나처럼 물어뜯었다. 선재는 댓글 읽기를 그만두었다.

선재는 예전 스포츠 잡지사에서 일할 때 일이 잘 풀리지 않으면 책상 앞에 멍하니 앉아 종이에 글을 쓰곤 했다. 선재는 예전 그 버릇대로 노트를 펼쳐놓고 볼펜을 들었다.

'배양길이 범인이 아니라고 한다면.'

양팔을 책상에 올려놓고 문장을 한참 내려다보다가 다시 볼펜을 쥐고 아래에 써 내려갔다.

'배양길이 범인이 아닌데도 하필이면, 천문학적 금액의 사망보험에 가입한 지 두 달 만에 지훈이 사망했다.

배양길이 범인이 아닌데도 하필이면, 그 보험금의 수익자는 가족이 아닌 배양길이었다.

배양길이 범인이 아닌데도 하필이면, 그날 술을 잘 마시지 않던 지훈이 술을 잔뜩 마셨다.

배양길이 범인이 아닌데도 하필이면, 배양길은 의사를 속여서 수면제를 잔뜩 처방받아 왔고, 지훈에게는 알리지 않았다.

배양길이 범인이 아닌데도 하필이면, 배양길은 지훈의 사망 직전에 수면제가 알코올에 녹는지를 검색했다.

배양길이 범인이 아닌데도 하필이면, 지훈의 옷에서 배양길이 준비한 수면제 성분이 검출되었다.

배양길이 범인이 아닌데도 하필이면, 배양길은 현지 의사에게 지훈의 죽음에 대해 거짓말했다.

배양길이 범인이 아닌데도 하필이면, 사망 직후 지훈의 입가에 눌린 듯한 흔적이 남아 있었다.

배양길이 범인이 아닌데도 하필이면, 배양길이 서둘러 현지에서 지훈을 화장하는 바람에 부검할 기회가 사라졌다.

배양길이 범인이 아닌데도 하필이면, 배양길은 이 모든 범행이 가능할 만큼 오랫동안 지훈을 심리적으로 휘둘러 왔다.'

선재는 자신이 금방 쓴 문장들을 물끄러미 내려다보았다.

이 수많은 '하필이면'이라는 우연이 겹치고 또 겹쳐 일어나야 양길이 범인이 아닐 수 있다. 양길이 범인이 아님에도 이 사실들이 한자리에 모일 가능성이 도대체 얼마나 될까? 고양이가 건반을 마구 두드려 「학교 종」을 연주할 확률쯤?

우연들이 미친 듯이 일어나야 무죄도 성립된다. 하지만 이런 확률의 관점은 법정에서 아무런 힘을 발휘하지 못했다.

얼마나 더 분명해야 유죄로 할 수 있다는 걸까. 아니, 이보다 더 분명할 수가 있기는 한 걸까. 이런 식이라면, 이 '하필이면'이 스무 개쯤 더 모이더라도 유죄는 안 될 것 같다. 이제는 사건의 진상보다도 판사란 사람들의 머릿속을 더욱 알수 없는 기분이 되었다.

선재는 머리를 흔들었다.

검사가 상고해서 사건은 대법원으로 넘어갔다. 3심이자 최종심.

결론이 바뀌기 어려울 거라고들 했다. 그나마 판결이 바뀌려면 2심에서 했어야지, 대법원에서 뒤집는 경우는 바늘구멍이라는 이야기였다. 선재도 연거푸 재판에서 좌절된 터라크게 낙담해 있었다. 두 번이나 마음을 주었다가 외면당했다. 그나마 2심 때는 1심 재판보다 기대치가 많이 낮아져 있었기에 충격도 덜했다. 선재는 3심에서도 애써 기대를 비우는 중이었다. 그래야 덜 쓰라리겠지.

하지만 희망은 질기고도 더러운 것이어서, 기대하지 않는다면서도 혹시 하는 생각이 마음 한구석에는 자리하고 있었다.

대법원 선고를 이 주일 앞둔 날, 형식으로부터 국제전화가 왔다.

"제수씨, 잘 지냅니까?"

"네. 그럭저럭요."

"재판에 너무 마음 쓰지 마세요."

"저도 예전처럼 신경 끓이거나 하지는 않아요. 걱정 마세요."

"은근히 기대하시잖아요. 제수씨 성격상. 그래서 미리 얘기하는 겁니다. 실망할까 봐 그래요."

"그래도 마지막인데, 대법관들 한번 믿어봐야지, 그 정도 마음이에요."

　형식은 작게 혀를 쯧, 차더니 물었다.

"작은엄만 요즘 괜찮으세요?"

　지훈 모친의 안부를 묻고 있다. 딱한 마음에 형식 자신이 직접 전화하기는 어려웠던 듯하다.

"많이 걱정하시죠. 이번이 마지막인데 또 무죄 받으면 어떡하냐고."

"아휴, 작은엄마는 아직도 미련이 있대요? 내가 그래서 한국 안 들어가는 겁니다."

"안 오시게요?"

"안 갈 겁니다."

"그쪽 일이 바쁘신가 봐요?"

"그렇지는 않은데, 얘기했잖아요. 보고 있으면 복장 터질 거 같아서요. 대법원도 무죄 내릴 게 뻔하거든요. 기대 전혀 안 해요."

"아직 끝 안 났잖아요. 왜 벌써 포기해요?"

선재의 기대감도 옅어지고 있었지만, 아예 포기했다는 형식의 말이 마지막 희망을 건드려 반발심이 일었다.

"대법원은 정치 사건이나 여론에 크게 뜬 사건만 해요. 서민들 사건 뭐 봐주기라도 하는 줄 압니까?"

사법부에 대한 그의 감정은 불신이라기보다는 미움에 가까웠다. 선재는 딱히 대꾸하지 않았다. 굳이 법원 편을 들어 줄 마음은 없다. 형식의 말에 자신 있게 반대하지도 못했다.

비관적인 사람이 형식뿐만은 아니었다. 법을 조금이라도 아는 이들 혹은 재판을 몇 번 해봤다는 사람들 모두 입을 모아 이번에도 역시 무죄가 나올 거라고 말했다. 대법원은 법률판단이 제대로 되었는지만 다루는 법률심이라는 그럴듯한 이론을 대는 이도 있었고, 형식처럼 무작정 냉소하는 이도 있었다. 그렇지 않을 거라고, 다른 결과가 있을 거라고 기대하는 사람은 선재가 알기에 지훈의 모친뿐이었다.

대법원 선고가 있던 날 작은 소동이 있었다.

원래 법원은 조용한 곳이지만 대법원은 더 그렇다. 선고하는 날도 당사자가 출석하는 경우는 많지 않다. 주로 서류상의 검토에 그치고 이론적인 공방만 오가다 보니 치열한 변론 과정도 없고 감정이 격한 상태에서 선고를 들으러 오는 일도 드물다. 나중에 결과만 확인하는 식이다.

선재 또한 대법원 선고일에는 법정에 가보지 않았다. 재판이라는 절차에 넌덜머리가 났다. 희망을 완전히 버리진 않았지만 냉정하게 판단하면 몽상에 가깝다고 인정해야 했고, 현실의 기대감은 옅어질 대로 옅어져 있었다.

지훈의 모친은 달랐다. 답답한 판결에 가슴을 부여잡으면서도 행여 아들의 마지막 한이 풀리지 않을까 고대했다. 노인은 선재에게도 알리지 않고 선고가 있던 날 대법원 법정에 혼자서 갔다. 모두가 상고기각이 예정되어 있다고 말했지만 노인만은 그렇지 않다고 믿었다. 세상엔 천벌이란 게 있다. 판결이 천벌이다. 마지막엔 결국 전부 바로잡히고 아들을 해한 자는 벌을 받고……. 옛날이야기의 결말 같은 그런 희망을 놓지 못했다. 하지만 노인의 간절한 바람이 깨지는 시간은 허무할 정도로 짧았다.

"상고를 기각한다."

네모난 얼굴을 한 여성 대법관이 말했다. 사투리 억양이 섞인 카랑카랑한 음성이었다. 그러면서도 어딘가 웅얼거리는 말투였다. 어차피 아무도 출석하지 않았을 테니 선고했다는 모양새 정도만 갖춘 듯했다.

지훈의 모친이 늙었다 해도 그 말의 뜻을 모르지는 않는다. 법정에 벌써 몇 번째인가. 무죄 확정. 대법원에서의 상고 기각은 그런 뜻이다.

"아이구!"

탄식을 내뱉던 지훈의 모친이 갑자기 손을 번쩍 들고서 일어났다. 막 판결문을 내려놓던 대법관은 눈을 둥그렇게 뜨고서 노인을 보았다. 다른 대법관들의 시선도 일제히 노인을 향했다. 방청객이 큰 소리를 내며 일어나다니, 예사롭지 않다. 더구나 대법원에서는 보기 힘든 장면이었다. 나른하던 법정이 긴장감으로 깨어났다.

"그놈이 죽였심더! 그놈이 죽였어!"

"무슨 일이시죠? 아니, 누, 누구시죠?"

대법관이 더듬거렸다. 종이 속 사건에는 능하지만 이런 돌발 사태에는 서투르다.

"지훈이 에밉니더!"

대법관의 눈썹이 올라갔다. 지훈이라는 이름이 낯선 모양이다. 누구일까 생각하는 듯했다. 그러다가 문득 깨달았는지 지그시 참는 어투로 말했다.

"여기서 이러시면 안 됩니다. 조용히 하시고 일단 돌아가세요."

"그놈이 살인잡니더! 그걸 우째 모르십니꺼? 배양길이! 그놈이 우리 아들을 죽였다꼬요! 어째서 무칩니꺼?"

쨍하고 울리는 노모의 외침에 울음이 섞였다. 이날은 기삿거리가 될 다른 사건이 있었던 모양이다. 법정에 와 있던 몇 명의 기자가 부엉이 같은 눈으로 그 장면을 지켜보고 있었다. 대법관의 미간이 낭패감으로 일그러졌다. 법정 경위에게 눈짓했다. 얼른 내보내라는 표시.

법정 경위가 다가오자 노인은 됐다는 듯 팔을 내젓고는 비척이며 밖으로 걸어 나갔다. 선고를 듣자 맥이 풀린 나머지 그만 튀어나온 말이었다. 난동을 피우러 법정까지 나온 게 아니었다. 얼마나 의미 없는 일인지는 노인도 안다.

더 큰 '사건'을 기대했던 몇몇의 방청객들, 특히 기자들은 실망했을지 모른다. 하지만 대법관은 안도의 한숨을 쉬었다. 이어 내친김에 사태를 자신이 정리한 모양새로 마무리하고 싶었던 모양이다. 나가는 노인의 뒤통수에 대고 말했다.

"피해자의 심정은 충분히 이해합니다."

'이 법관은 피해자의 아픔에 공감하고 있다'는 인상을 주려 한 듯하다. 하지만 타이밍으로나 상황으로나 어색했다. 대법관 본인은 만족한 듯하다. 마음 넓은 판관의 연기를 잘 마쳤다. 대법관의 눈은 법정에 있던 기자들을 빠르게 훑고 지나갔고, 곧 안심한 낯빛이 되었다.

선재는 그 일을 나중에 신문 기사를 통해서 알게 되었다.
작은 해프닝이었지만, 가십성 기삿거리 정도는 되었던 모
양이다. "그래도 너는 살인자"라고 인용부호를 단 자극적인
제목이 붙었다. 피해자의 노모가 법정에서 피고인을 살인자
라고 외치며 울부짖었다는 내용이었다. 적당히 신파로 색칠
해 독자의 눈길을 끌기 딱 좋은 소재였다. 공감하는 댓글도
꽤나 달렸다. 살인이 뻔한데 무죄로 풀어주냐며, 한국 판사
들이 문제라는 댓글들이 다수였다.

'괜한 일을…….' 선재는 기사를 보고 그렇게 생각했지만
지훈의 모친에게 탓을 하지는 않았다. 대신 위로의 말을 건
넸다. 사법부는 살인자를 위로해 주는데, 우리끼리라도 위로
해야지……. 지훈을 죽인 양길더러 괜찮다고, 거리를 활보하
라고 판결은 말한다. 설사 그게 법리적으로 맞는다고 쳐도
유족이 이해까지 해줘야 할 필요는 없잖아? 원망 정도는 할
수 있잖아?

노모는 두문불출하며 별다른 반응을 보이지 않았다. 형
식 또한 이제는 한국에 들어오기는커녕 전화도 한 통 없
었다.

1심 6개월, 2심 5개월, 3심 대법원은 4개월이 걸렸다. 기소한 때로부터 1년 반이 지나지 않아 모든 재판이 끝났다.

　양길은 사람을 죽였다. 그건 선재가 믿는 사실이었다. 양길은 사람을 죽이지 않았다. 그건 사법부의 판단이었다. 하구처럼 벌어진 이 틈을 어떻게 받아들여야 할지 알 길이 없었다.

　대법원 판결을 전하는 신문 기사들은 대체로 무슨 무슨 이유에서 무죄가 되었다고 무심하게 해설을 전할 뿐이었고, 그나마 비판적으로 쓴 기사조차 재판 제도의 한계로 어쩔 수 없었다, 법이 문제다, 라는 식이었다. 합리적 의심 없는 증명, 의심스러울 때는 피고인의 이익으로, 무죄추정 같은 법률 용어도 등장했다. 맞는 말이었고 이론으로는 반박할 수 없었다.

　하지만 선재는 공판에 뛰어다니며 똑똑히 목격했다. 현장을 겪은 선재의 '감'으로는 법이 문제가 아니었다. 법에 따랐으면 양길은 처벌받았어야 한다. 살인자는 벌하라는 게 법이니까. 결국 판사가 문제다. 인간의 한계다. 허망한 이 결론과 달리 판단할 수 있었고, 그게 올바르다. 선재는 그렇게 믿었다.

＊

　휴대전화 벨이 울렸다. 한동안 연락이 없었던 친구 윤소
이였다. 조심스러운 음성이 휴대전화를 건너왔다.

　"오늘 저녁에 애들 만나기로 했어. 너도 나와."

　"난 쉴래."

　"야, 야, 너무 집콕해도 안 좋아. 사람도 만나고 해야 나쁜
일을 잊지."

　선재의 목소리 기색을 살피던 윤소이가 갑자기 채근했다.
강하게 권해도 괜찮을 것 같다고 판단한 듯했다. 안 좋은 끝
을 본 재판을 두고 우울해할 친구를 위로하려는 뜻도 있는
것 같았다. 선재는 고마웠고, 마음을 돌렸다.

　"이 정도 강요하면 할 수 없네. 나갈게."

　어차피 이제 생활로 돌아가야 한다. 그것 말고 다른 길은
없으니까.

　각자 직장이 흩어져 있다 보니 장소는 서울 한가운데쯤으
로 한다고 했다. 그래서 알려온 곳이 을지로의 한 고깃집.

　인파가 흐르는 을지로 3가 골목을 들어서자 기분이 조금
나아졌다. 역시 나오길 잘했나, 싶었다. 원래 인쇄소가 즐비
한 거리였지만, 소위 '인스타 핫 플레이스'들이 생겨나며 젊
음의 거리로 탈바꿈하고 있다. 밤이 내린 지금은 이십 대 남

녀가 거리를 장악하고 있다. 부러워, 라는 느낌이 떠오르자 갑자기 기분이 가라앉아 버렸다. 더 이상 그들만큼 젊지 않아서라기보다 옆에 지훈이 없구나, 하는 생각 때문이었다.

약속 장소는 금세 찾았다. 삼겹살집치고는 조용한 가게였다. 떠들썩한 직장인들의 회식 모습은 없고, 주로 젊은 남녀가 자기들만의 만찬을 즐기고 있었다. 구석 자리에 친구 네 명이 다 와 있었고, 불판은 이미 달궈져 있었다. 고기는 거의 손댄 것 같지 않은데 탁자 위에는 벌써 빈 소주병이 늘어서 있었다. 친구들 사이에 적당히 끼어 앉으며 오랜만에 웃음을 지었다. 반갑게 인사를 나누는데, 낯선 남자가 한 명 있었다.

"은채 남자 친구셔."

선재는 안녕하세요, 하며 고개를 가볍게 숙였다.

"장인규라고 합니다."

남자가 목을 뻣뻣이 세웠다. 키가 작고 눈매가 매서웠다. 도사린 투견 같은 느낌이었다. 안경을 추켜올리며 선재를 살피는 기색에 기분이 썩 좋지 않았다.

"변호사시래. 오늘 이 오빠가 쏘는 거야, 후훗."

친구들이 추켜세웠고, 밥값을 내는 남자 친구를 데려온 이은채는 으쓱해 했다. 선재는 불편해졌다. 법률가라면 이제 지긋지긋하다. 게다가 장인규라는 이 변호사는 꺼림칙했다. 이 사람도 기계실에서 보일러를 작동하듯이 법을 대하고 있지는 않을까. 제멋대로의 추측을 뒤집어씌웠다. 선입견이란 나쁜 거지만 머릿속이라면 뭔들 어때. 내가 이 사람을 판단하는 판사도 아닌데. 아니, 판사도 선입견으로 재판하는데……

가벼운 신상 이야기가 오갔고, 다른 친구들 소식, 연예인, 맛집, 여행 이야기가 오갔다. 그러다가 결국 그 화제가 나오고 말았다. 양길의 재판.

이야기를 꺼낸 친구는 분명히 나쁜 의도에서가 아니었다. 어쩔 수 없잖아, 이젠 잊어, 선재 넌 할 만큼 했어, 이런 위로의 말 끝에 도리 없이 사건 이야기가 나왔고, 급기야 뭐 그런 판결이 있어? 우리나라 법원은 엉망이야, 판사들 모두 AI로 바꿔야 해. 그런 말들이 오갔다.

자리에 없는 다른 친구들 이야기가 화제로 오를 때 장인규는 끼어들 수 없었으리라. 하지만 그는 연예인이나 맛집, 여행 이야기가 나와도 거의 대화에 참여하지 않았다. 선재를 향한 위로가 오갈 때까지도 조가비처럼 입을 꾹 다물고 있었다. 그러다가 재판이 화제에 오르자 장인규는 안경을 재차 밀어 올리며 눈을 빛냈다.

'판결이 잘못되었다곤 할 수 없죠."

선재의 안색이 변했다. 친구들은 곧바로 감지했다. 숯불은 아직 벌겋게 넘실거렸지만 분위기는 찬물을 뒤집어쓴 듯 순식간에 어색해졌다. 장인규는 아랑곳하지 않았다.

"의심스럽다고 유죄판결 하지는 않거든요. 형사재판에서는 '합리적 의심 없는 증명'이라는 원칙이 있어요. 말하자면 이 사람이 범인이 아닐 수 있다는 합리적 의심이 있으면 유죄판결을 못 합니다. 그런 의심이 아예 안 들도록, 높은 수준까지 입증돼야 처벌할 수 있어요. 이 사건도 조금 부족했습니다. 1, 2, 3심 전부 무죄로 했잖습니까? 그럴 만한 이유가 있단 얘기죠. 한마디로 증거 부족."

"그 사람이 안 했다는 증거도 없잖아요?"

윤소이가 눈치를 살피다가 선재를 대신해 항의하듯 말했다. 장인규는 마치 별 무식한 소리를 다 듣겠다는 표정을 짓더니 급기야 피식 웃었다.

"범죄는 검사가 입증해야죠. 피고인이 안 했다는 입증을 해야 하는 게 아닙니다. 일반인들이 자주 오해하는 부분이죠."

'일반인들'이라니. 자신은 다른 신분이라도 된다는 건가. 오만한 인간 같으니. 선재는 장인규가 마음에 들지 않다 보니 단어 선택 하나하나가 마음에 들지 않았다. 장인규를 남자 친구로 둔 이은채가 수습하려는 듯 말했다.

"이 오빠가 너무 T야. 감성이 없어. 그러니까 변호사 같은 걸 하고 있지."

하지만 선재는 이성이냐 감성이냐의 문제는 아니라고 여겼다. 그의 말이 옳은지 그른지도 중요하지 않았다. 인간으로서의 최소한의 예의, 눈치의 문제였다. 연인이 살해당한 사람 앞에서 이런 말을 천연덕스럽게 하다니.

'만약 그 사람이 정말 살인자라면 어떻게 돼요?'

참을 수 없게 된 선재가 결국 한마디를 던졌다. 마음은 이미 부글부글 끓고 있었지만 억지로 꾹꾹 눌러 담아 차분한 어조를 만들어내는 데 성공했다. 모처럼 친구들이 생각해서 만든 자리인데 망칠 수는 없었다. 오히려 장인규가 목소리를 높였다.

"열 명의 도둑을 놓치더라도 한 명의 억울한 사람을 만들지 말라는 거죠. 정말 살인을 했다고 해도 어쩔 수 없어요. 증거가 모자라면 무죄입니다. 그게 재판인 거예요."

장인규는 숫제 가르칠 기세였다. 그러다가 약간 움찔하는 몸짓을 보였는데, 아마도 옆에 앉은 이은채가 옆구리라도 찌르지 않았나 싶었다.

"그 인간은 너무 안 억울해 보이지 않아? 뻔하잖아? 친구 앞으로 보험 들어놓고 두 달 만에 그렇게 된 거잖아? 말이 돼?"

이은채가 말했다. 이 정도에서 수긍하고 마무리하라는 뜻 같았는데, 장인규는 기어이 반박했다.

"그런 걸 정황증거라고 하는 거야. 역시 부족해. 직접증거가 있어야지."

"둘만 있을 때 죽였는데, 어떻게 직접적인 증거가 있겠어?"

"그러니까 무죄지. 둘만 있어서 증거가 없으니까 증거 없이도 유죄다, 라고 할 순 없잖아?"

어떤 기사에 잘못된 댓글이 먼저 달리면 흐름이 그쪽으로 기우는 경우가 있다. 이 자리에서도 장인규 일인의 말이 식탁 위 작은 논쟁의 결론을 견딜 수 없는 곳으로 이끌고 있었다. 참을까, 생각도 해보았지만 찰나에 지웠다. 넘어가고도 푹 잘 수 있는 말들이 아니었다. 선재가 말했다.

"이론이 그런지는 모르겠지만, 사실의 문제로, 그 인간이 진범이 맞다면 사람을 죽이고 풀려난 거잖아요. 이게 정말 맞는 건가요?"

목소리가 떨려 나올까 걱정했지만 다행히 아니었다.

"어쩔 수 없죠. 절차고 뭐고 나쁜 놈이니까 처벌해라, 라고 하면 마녀사냥이나 다를 바 없으니까요."

마녀사냥……. 내가 양길을 마녀사냥한 거야? 들어주기 힘든 말이었다.

"실례지만, 장 변호사님 가족이나 친구가 그런 일을 당했다고 해도 그런 말 하실 수 있어요?"

선재는 피해자의 유족이다. 비록 온건하게 말했다지만 이 말은 친구들을 긴장하게 만들기에 충분했다. 하지만 장인규는 거침없었다.

"그래서인 거예요. 피해자 가족한테 재판을 맡기면 어떻게 되겠어요? 의심스럽다고, 왠지 밉다고 무작정 죄인이라고 단정하고, 무지막지한 형을 때리지 않겠어요? 돈 훔쳤으니 손목 잘라라, 뭐 그런 식으로요. 그래서야 야만 사회인 거죠. 그래서 오히려 가족들을 배제하는 겁니다. 제삼자인 판사한테 맡겨서 이성적으로, 절차에 따라 처리하게 해야죠. 그게 재판입니다."

장인규는 또 훈계조로 말을 맺었다. 반박할 수 없다는 것이 선재를 한 번 더 울컥하게 했다. 선재는 깨달았다. 이자는 비록 뺀질거리고 불쾌하기는 하지만, 적어도 논리로는 틀리지 않은 말을 하기에 당장 입을 다물게 하기는 어렵다는 것을. 날카로워진 선재의 눈길이 부담스러웠던 듯, 장인규는 여자 친구 이은채에게 시선을 돌리고서 이어 말했다.

"재판은 증거로 하는 거야. 짐작으로 죄인 만들 거면 재판 같은 걸 왜 하겠어? 판사라고 자기 맘대로 할 수 없어. 법에서 그렇게 하도록 되어 있는 거야. 재판은 생물과 같단 말이 있어. 죽어서 고정된 게 아니라 살아서 변해가는 거지. 시시각각 증거가 새로 등장하고, 거기에 따라 심증을 만들어가고, 그렇게 흘러 흘러 어디론가 가는 거야. 결말에 이르렀을 때, 충분하면 유죄가 되고, 아니면 무죄인 거고. 판사 맘대로가 아니야."

숫제 강의를 하는 듯했다. 한동안 아무도 입을 열지 않았다. 법률가가 아닌 이들이 딱히 반대할 말을 꺼내기 쉽지 않았다. 장인규는 말이 먹혔든 것 같자 의기양양한 표정을 지었다. 자신이 공부한 '법'의 완전성에 커다란 자부심을 가지고 있는 듯 보였다.

선재는 받아들일 수 없었다. 법, 이론. 알겠어. 그건 내가 대적할 수 없어. 하지만 그걸 현실에서 굴리는 건 판사고 인간이야. 그것까지 무오류라고 생각하는 거야말로 오류 아닐까? 난 진실과 거짓이 뒤섞여 총알처럼 난사되는 재판정에서 직접 겪었어. 변호사는 업으로서 재판을 많이 접했겠지만, 가족으로서 재판을 경험한 나도 한마디쯤 할 말 있을 거 아냐?

"판사는 권력자였어요."

선재가 침묵을 깼다.

"네?"

장인규가 눈을 올려 떴다. 선재가 다시 말했다.

"판사가 유일한 권력이더라고요. 법정에서는 말이죠."

장인규가 잠시 멍해 있더니 곧 정신을 차리고 말했다.

"무슨 말씀이신지?"

"재판을 자기 맘대로 할 수 있었으니까, 판결을 잘못했으면 판사 개인이 문제 있는 거 아닌가 싶어요."

"금방도 말했지만 판사는 법에 따라 재판하는 거죠. 그렇게 볼 수만은 없는……."

선재는 말을 잘랐다.

'새롭게 등장하는 증거에 따라 판단을 바꾼다고요? 증거에 따라 뭘 어떻게 믿을지 정해지고, 그러다가 유죄, 무죄가 된다고요? 참 이상적인 말씀이신데, 글쎄요. 장 변호사님 법정에선 그랬는지 몰라도, 적어도 지훈 오빠 사건에서는 그렇지 않던걸요."

음성이 기어이 높아지고 말았다. 장인규는 드디어 침묵했다. 놀람이 담긴 친구들의 눈이 선재에게 모였다. 이어 그들끼리 서둘러 주고받는 시선이 느껴졌다. 식당 안에서 그 자리에만 정적이 한 방울 떨어진 듯 서늘했다. 선재는 잠깐 멈칫했지만 이미 늦었다. 시작해 버렸다. 입에서 터져 나오는 말을 자신도 막을 수 없었다.

"꼬박꼬박 법정에 들어갔어요. 증거는……. 모르겠네요, 너무나 충분했어요. 뭐 다 보기 나름이라고 하시겠지만, 그건 판사도 마찬가지던데요? 재판의 물줄기는 장 변호사님 말처럼 자기만의 논리로, 자기 동력으로 흘러가는 게 아니더라고요. 판사가 그 물줄기를 이리저리 주무르고 휘어댔어요. 판사는 애당초 목적지를 정해놓았어요. 본인은 현명한 판단이라고 생각했을지 모르지만 제가 보기엔 선입견이나 편견 아니었나 싶어요. 왜냐하면요, 재판이 시작하기도 전에 결판나 있는 것 같았거든요. 증거가 등장하기도 전에 말이죠.

재판은요, 판사의 옷장 같은 거였어요. 증거? 증거도 입맛에 맞을 때만 그 안에 끼워주더라고요. 피해자는 물론이고 검사든, 변호사든 나머지 등장인물은 무기력했어요. 변호사님한텐 죄송하지만 그 사람들은 역할이 작았어요. 판사가 한번 '이렇게 믿겠다'고 결심하면 바꿀 수 있는 건 없었어요. 증거든 증인이든 말이죠. 그러니 판사가 '법에 따라서 했다, 자신도 어쩔 수 없었다' 그런 말은 전 안 믿기네요. 그 누구보다 판사가 제대로 했어야 했어요. 할 수 있었기 때문에 책임도 판사한테 있고요. 진범을 풀어주었다면 그렇게 판단한 판사가 잘못한 거지, 그게 제도 탓이에요?"

선재 자신도 놀랄 만큼 일사천리로 말이 흘러나왔다. 판사를 향한 원망이, 그들을 옹호하는 장인규를 만나자 그만 둑이 무너지듯 터져 나와 버렸다. 하지만, 친구들 누구 하나 소주잔을 들지 못한 채 굳어 있는 모습을 보고 선재는 곧바로 후회했다. 장인규는 얼굴이 납빛으로 변한 채 팔짱을 끼고 시선을 내리깔고 있었다. 이은채는 장인규를 향해 눈으로 잔뜩 압박을 주고 있었다. 지금 더 뭐라고 했다간 정말 엉망이 돼. 하지 마. 하지만 장인규는 결국 입을 닫아두지 못했다. 팔짱을 스르르 풀더니 고개를 들고 말했다.

"대안이 있습니까?"

"네?"

"선재 씨가 그렇게 본 것도 주관적인 감정이 섞인 거잖아요. 증거를 따져보기도 전에 그 친구가 진범이라고 확신하고 재판을 지켜본 거잖습니까? 그래서 불만이 생기는 거죠. 그러지 말자고 재판을 하고, 형사소송법을 둔 겁니다."

교과서에 실릴 법한 말. 그러기에 옳은 말이었다. 질릴 만큼. 다툴 수 없다. 그래서 더 약이 올랐다. 장인규는 이어 말했다.

"물론 결론이 틀릴 수도 있습니다. 진범을 놓칠 수도 있겠죠. 하지만 개인의 복수도 아니고, 공적인 절차이지 않습니까? 적어도 억울한 사람은 만들지 말아야죠. 그래서 확실한 증거가 있어야만 유죄로 하는 겁니다. 형사재판은 그럴 수밖에 없어요. 솔직히, 선재 씨도 지금껏 살면서 억울하게 오해받아 본 적 있지 않습니까? 생활 속에서 그 정도라면 그나마 다행이죠. 까마귀 날자 배 떨어지고 의심을 받아 법정에 서고 끝내 감옥까지 간다면, 그런 건 어떡하겠습니까? 국가가 그런 일을 해선 안 되는 겁니다. 증거가 필요해요. 조금의 의문도 안 들 만큼 확실해야 유죄로 하는 겁니다. 이번 재판은 어쩔 수 없었어요."

장인규는 잠깐 말을 멈추었는데, 선재의 침묵에 자신을 얻었는지 다시 말을 이었다.

"우리 사회의 약속이잖아요. 그게 깨질 때 혼란은 어떻게 할 겁니까? 개별 사건에서 결론이 불만스러울 수도 있겠지만 피해자가 하자는 대로 다 했다간 엉망이 되고 손실이 훨씬 큽니다. 이런 제도 말고 다른 대안이 있냐는 겁니다."

이은채가 선재의 눈치를 보며 "교장선생님이야? 웬 연설." 하며 타박을 했다. 선재는 장인규의 말에 대꾸하지 않았다. 할 말이 없는 건 아니었다.

난 법이 아니라 판사라는 '인간'에 대해서 말한 거야. 인간의 오판을 이야기하는데 왜 자꾸 법 이론을 방패막이로 내세우는 거지? 법을 작동하는 사람이 때때로 실수를 하는 것 같아. 선재가 보기에 지훈의 사건이 그랬다. 판결을 존중해야 한다지만 비판조차 하면 안 되는 성역은 아니지 않아? 그런다고 제도가 무너지기라도 하는 거야?

하지만 마음속으로 중얼거렸을 뿐이었다. 부질없다고 느꼈다. 숯불 연기처럼 날아가는 이야기들. 말씨름에서 이긴다고 양길의 무죄가 뒤집히는 것도 아니다. 어차피 장인규를 침묵시킬 수도 없을 것 같았다. 어쩔 줄 몰라 하는 친구들의 표정도 보았다.

"그런 면도 있겠네요."

선재는 논쟁하는 대신 적당히 넘기고서 소주를 입에 털어 넣었다.

술자리는 이미 엉망진창이 되어버렸다. 웃음기는 사라졌고 화기애애했던 목소리들은 더 이상 돌아오지 않았다. 가장 멀쩡해 보이는 사람은 장인규였다. 자신이 말썽을 일으켰다는 사실 자체를 의식 못 하는 것 같았다.

괜히…… 선재는 후회했다.

참는 게 조금 늦었어.

결국 분위기를 망치고 말았네.

애당초 이 자리에 오는 게 아니었는데.

세상에 문을 열고 나가려 했는데, 섣불렀던 것 같아.

선재는 그날 저녁 엄마와 오랜만에 통화를 했다.

'요새 연락 못 해서 미안.'

엄마가 지방에 있다 보니 못 본 지는 오래되었다. 전화는 자주 했었지만 요즘에는 뜸했다. 왜 그런지는 엄마도 잘 알고 있다.

"뭘, 너만 잘 지내면 됐지."

"건강은 괜찮아?"

"그래. 난 다 좋다……."

하지만 목소리에는 힘이 없었다. 엄마도 판결 결과를 알고 있다. 차마 그다음 입을 쉽사리 떼지 못하고 있다. 어떤 말로 딸을 위로해야 할지 알지 못한다. 엄마는 지훈의 수혈 덕분에 살아 있다고 해도 과언이 아니다. 정작 자신에게 생명을 준 지훈은 죽고 없다. 살인자는 어찌 된 일인지 감옥에 가지 않기로 결론 났다. 이런 때 무슨 말을 건네야 할지는 꽤 오래 생을 살아온 노인으로서도 떠올리기 쉽지 않다.

"세상에, 그런 나쁜 놈이 감옥에도 안 가고, 어떡하냐……."

엄마가 겨우 말했다. 할 수 있는 최대한의 말이었다. 수심이 가득한 목소리를 듣자 선재의 콧잔등이 시큰해졌다.

"재판으론 어쩔 수 없다나 봐……. 견뎌야지, 뭐."

선재도 딱히 어떤 대화를 나누고 싶어서 건 전화는 아니었다. 장인규를 만나 마음을 다치고 나니 무작정 자기편이 되어주는 말을 듣고 싶었는지 모른다.

안 그래도 견디기 힘든 상처에 장인규가 소금을 뿌렸다. 형사재판은 그럴 수밖에 없다는 그의 말이 자꾸 떠올라 상처를 입고 또 입었다. 장인규가 잠시 화장실로 간 사이 친구들은, 심지어 그의 여자 친구인 이은채까지 이구동성으로 "왜 저렇게 말을 재수 없게 하냐.", "싸가지 없는 인간."이라고 욕해주었지만 마음이 개운하지 않았다. 연인이 죽음을 당했는데 살인자가 풀려났다. 비참했고, 잘못된 인과였다. 그런데도 장인규는 틀린 결과가 아니라고 목소리를 높였다. 화가 났지만 논리로 완벽하게 반박할 수 없었다. 그렇더라도 차라리 앞에서 할 말을 할 걸 그랬나……. 머릿속에서 아무리 반박을 해봐야 위안이 되지 않았다. 마음에 종처럼 뎅뎅 울리는 건 장인규가 실제로 입 밖에 낸 말이었다. 그가 이치로 이긴 것 같았다. '선재 씨가 그렇게 본 것도 주관적인 감정이 섞인 거잖아요.' 유족 앞에서 할 말은 아니라고 하더라도. '이론'으로서는 더 힘이 있었다. 그런 말을 하는 그가 '싸가지 없는 인간'일 수는 있지만 그의 말이 엉터리라야 위로가 될 것이었다. 그런데 놀랍게도 야비한 그 헛소리가 외려 선재의 기억 속에서 기세등등하게 울려 퍼졌다. 그래서 더 우울했다.

선재는 밤을 새웠다.

반쯤 감긴 눈꺼풀 아래 불면이 스며들었다. 왼쪽으로 누웠다가 오른편으로 눕기를 반복했다. 잠들기는 글렀다. 사이드 테이블의 조명을 켰다. 침대 머리맡에 베개를 세우고 기댔다.

지난 판결 생각이 들러붙었고, 떨쳐버리기 힘들었다. 생각할수록 가슴이 조임쇠에 끼인 것처럼 욱신거렸다. 장인규의 말처럼 재판은 원래 이런 거라고, 어쩔 수 없다고 간신히 이해해 보지만 되돌이표였다. 설득당하려 애썼지만 결국 실패했고, 응어리는 풀리지 않았다. 용의자를 위한 이론은 잘 짜여 있었다. 하지만 피해자에게는 턱없이 위로가 부족한 시스템이었다. 어떤 논리도 양길이 풀려나 있다는 이 괴상한 현실을 설명해 주기에는 부족했다. 이게 맞는 거라면, 법은 내가 알던 것과는 다른 거잖아…….

아무리 원망해 봐야 소용없다는 사실이 더욱 힘들게 했다. 양길은 무죄 인증을 받았다. 살인자에게 죄의 낙인 대신 면죄의 세례가 주어졌다. 지울 수도, 뒤집을 수도 없다. 어째해 볼 수 없는 운명이 몸을 칭칭 감고 있었다.

선재는 머리를 저었다.

이런 일이 정말 내게 일어난 거야? 이보다 나쁜 일이 있을까?

하지만 더 나쁘게도, 최악은 아직 남아 있었다.

*

─ 세부 보험 살인 피고인, 보험금 청구 소송 제기

이불 속 선재가 더듬더듬 집어 든 휴대전화에서 이 한 줄을 보았을 때 잠이 확 깨고 말았다. 부족한 잠으로 벌게진 눈은 뚫어져라 기사의 제목을 노려보았다. 손가락이 하얗게 되도록 휴대전화기를 거머쥐었다.

본문 읽기를 잠시 미루었다. 침대를 벗어난 다음 전화기를 살포시 탁자에 내려놓고, 샤워를 하고, 이를 닦았다. 마음이 가라앉을 줄 알았다. 하지만 이 기사를 차분히 읽을 마음의 준비는 언제까지고 이루어지지 않는다는 걸 깨닫고는 평정심을 포기했다. 선재는 부엌 의자에 앉아 휴대전화를 들고 기사를 읽어 내려갔다.

예상대로, 양길이 지훈의 목숨에 걸려 있던 19억 원의 사망보험금을 자신에게 지급하라고 보험사를 상대로 소송을 제기했다는 내용이었다. 그동안 보험사는 보험금을 노린 살인이라며 지급을 거부하고 있었다고 한다. 그런데 이제 상황이 달라졌다. 형사재판이 모두 끝났고 대법원에서 무죄가 확정되었다. 양길은 공공연하게 보험금을 요구하는 소장을 냈다. 이빨을 드러낸 것이다. 이 범죄의 최종 목적, 돈.

지훈의 죽음과 1심 무죄 선언 이후 선재를 가장 경악하게 만든 건 어느 정도 예감했던 2, 3심의 무죄판결이 아니라 단연코 이 기사였다.

살인자가 보험금까지 탄다고? 설마.

머리를 흔들었다. 아무리 법이 이상하다지만, 그런 게 법일 리가 있어? 빵 하나만 훔쳐도 감방에 가는 이치가 법 아니야? 그런 미친 일이 우리나라에서 일어날 리 없어. 지금이 19세기도 아니고, 여기가 아프리카나 남미의 어느 무법 지대도 아닌데. 터무니없어. 법이 착한 사람 편이라는 오랜 세월 가졌던 환상은 거의 부서졌지만, 그 정도까지 엇나가지는 않을 거라는 믿음 한 가닥은 남아 있었다.

하지만, 분노가 가라앉은 뒤에는 다른 종류의 감정이 찾아들었다. 애써 부정하려 했지만 심장 한구석에 작은 불빛이 어렴풋이 생겨나더니 경고하듯 깜박였다. 그 정체는 '불안'이었다.

납득할 수 없는 판결을 여러 번 보았다. 이해할 수 없는 일이 벌어지는 곳이 법률 판이란 사실을 조금씩 알아가고 있었다. 법은 예상 가능해야 한다지만 재판은 스프링처럼 저 멋대로 튀었다. 상식과 합리도 재판에 들어가면 다른 종루로 변했고 선재의 믿음은 통하지 않았다. 보험금? 이것도 소송인데, 혹시.

선재는 불길한 예감을 품고 인터넷을 뒤져보았다.

불안을 부채질하는 다른 기사가 하나 있었다. '조심스럽게'라는 전제를 달았지만 무죄판결이 확정되었으니 보험금 소송도 승소할 거라는 모 변호사의 전망이 기사에 인용되어 있었다.

벌어진 입을 다물 수 없었다. 정말? 지훈을 살해한 자가 감옥에 가기는커녕 19억 원을 받는다? 이 변호사는 무언가 오해하고 있는 게 아닐까. 아무리 전문가의 말이라지만 받아들이기 힘들었다. 차마 믿고 싶지 않았다. 상승세가 꺾여 하락할 일만 남은 주식의 끝자락을 붙들고 팔지 못하는 투자자의 심정이었다.

신문 기사를 더 뒤져보았다. 기사를 하나 더 발견했다. 꽤 깊이 있게 분석한 글이었는데, 역시 양길의 승소를 예상한다고 했다. 그 근거로 한때 세간을 떠들썩하게 했던 소위 '캄보디아 만삭 아내 교통사고 사망사건'을 들고 있었다. 선재도 시사 프로그램을 통해 익히 아는 사건이었다.

2014년 8월 23일 새벽, 천안시 경부고속도로에서 교통사고가 발생했다. 승합차를 운전하던 중년 남성이 도롯가에 정차된 8톤 화물차를 들이받았다. 조수석에는 캄보디아에서 온 만삭의 아내가 타고 있었는데 즉사했다. 남편은 졸음운전으로 사고가 났다며 항변했지만 살인 혐의로 법정에 서게 되었다. 보험금을 노리고서 화물차를 고의로 추돌해 조수석에 타고 있던 아내를 살해했다는 혐의였다. 살인을 덮기 위해 위장한 교통사고라고 본 것이다.

이 사건은 유명 시사 프로그램에서도 깊이 있게 다루었다. 남편은 지방에서 생활용품점을 했는데, 넉넉하지 않은 형편임에도 사고 직전에 11개 보험사에 도합 95억 원의 생명보험에 가입했다. 매월 납부하는 보험료만 360만 원가량 되었다. 남편은 그날 서울 동대문 시장에 갔다 오던 길이었는데, 평소에는 혼자 다녔음에도 그날따라 굳이 만삭인 아내를 차에 태웠다. 부검은 안 했지만 차 안에 남은 아내의 혈흔에서 수면유도제 성분이 검출되었다. 사고 무렵 아내는 약을 먹고서 잠들어 있었다고 추정되는데, 수면유도제는 태아에 해로우니 만삭인 아내가 약을 일부러 먹었을 리는 없다. 그렇다면 남편이 아내를 재우기 위해 몰래 먹인 건 아닐까, 의심이 든다. 평소에 부부는 안전벨트를 하지 않았는데 사고 당시 남편은 하필 안전벨트를 하고 아내는 하지 않았다. 남편은 졸음운전을 했다지만 CCTV에 남은 주행 영상을 보면 도저히 그렇게 보이지 않았다. 남편의 차량은 사고 지점 400미터 후방에서 돌연 상향등을 켰다. 졸던 사람이 상향등을 켤 수는 없는 일이다. 또 차량을 오른쪽으로 조금 틀어 비상정차대에 진입했다가 다시 왼쪽으로 조금 틀어 직진했고 그 상태로 화물차를 들이받았다. 졸음운전이라기보다는 오히려 대단히 섬세한 운전이다. 화물차를 들이받으려고 일부러 그렇게 달린 궤적으로도 보인다. 하필이면 차량

160

조수석 앞부분으로 화물차를 들이받아 조수석에 탔던 아내가 즉사했고 운전석의 남편은 가벼운 상처로 끝났다. 사고 직후 견인차 기사가 달려왔을 때 남편은 함께 탄 아내에 대해 아무런 말도 하지 않았다. 심지어 기사가 "사장님 혼자냐?"라고 묻는데도 아무 대답도 하지 않았다. 아내의 구조 기회를 차단하려는 게 아니었나 하는 의혹이 생긴다. 남편은 아내가 죽었는데도 병원에서 V자를 만들며 셀프 사진을 찍는 등 상식 밖의 행동을 했다. 그리고 검색 기록이 남아 있을 휴대전화를 교체해 버렸다.

방송은 이런 내용이었다. 프로그램을 시청한 선재는 남편이 범인이겠거니 생각했다. 남편은 1심에서는 무죄를 받았다. 하지만 2심에서는 유죄로 뒤집히고 무기징역이 나왔다. 그런데 몇 달 뒤 대법원이 다시 무죄로 판단했다는 뉴스를 접했다.

그 뒤 남편은 보험사 열한 곳을 상대로 합계 95억 원의 보험금 소송들을 제기했다. 1심에서는 결론이 재판부마다 갈렸다. 몇몇 보험사를 상대로는 승소했고 다른 몇몇 보험사에는 패소했다. 그런데 2심부터는 양상이 달라졌다. 남편 측은 파죽지세로 승리를 거두었고, 1심에서 패소했던 판결조차 모조리 승소로 뒤집혔다. 그 결론은 결국 대법원에서 모두 확정되었다. 남편은 95억 원의 보험금을 타게 된 것이었다.

형사재판의 무죄 소식에는 그런가 보다 했던 선재도 여기서는 고개를 갸웃했다. 남편이 보험금을 가져간다는 사실에 거부감이 일었다. 그래도 그걸로 끝이었다. 재판 결과는 안타까웠지만 지나갔고, 잊었다. 어디까지나 남의 일이었으니까. 법도 잘 알지 못했다. 무죄를 받았으니까 보험금도 줘야 하나 보다, 그게 법인가 보다, 할 뿐이었다. 보험금 승소를 전하는 기사에 판결을 비난하는 댓글이 몇 개 달렸지만 이미 사건의 열기는 식어 있었다.

그런데 이번에 선재가 찾은 신문 기사는 캄보디아 여성 사망사건의 예에 따라 이번 양길의 보험금 소송도 인용될 거라 말하고 있었다. '대법원은 형사재판에서 무죄면 보험금도 지급하라고 판결했다. 그러니 다른 도리가 없다'는 논지였다. 높은 벽이었다. 이론이라면 다투어볼 수 있다. 하지만 최종 심판자인 대법원이 그렇게 한다는데야 어떻게 해볼 도리가 없다. 맞다 틀리다를 논할 의미가 없다. 움직일 수 없는 '현실'의 벽이 세워졌다. 대법원은 마지막이다. 그 위가 없다. 더 바꿀 수 없다.

만약 이런 식이라면 양길 또한 거액의 보상을 받는다. 다름 아닌 범죄를 성공시켰다는 이유로.

그런 일이 정말로 일어날까?

*

"관악경찰섭니다."

"경찰서요? 무슨 일이죠?"

처음에는 무슨 보이스피싱인가 싶었다. 경찰서에서 선재에게 연락 올 일이 있었던가. 기억을 더듬어보았지만 사소한 교통위반을 한 적도 없었다.

"전희자 씨 아시죠?"

지훈의 모친 이름이었다. 선재는 깜짝 놀랐다.

"네? 알아요."

"지금 명예훼손으로 조사 중인데, 도무지 진행이 안 돼서요. 물어보니 한선재 씨가 도와줄 수 있을 것 같다고 해서 연락드렸습니다. 지금 좀 나와주실 수 있겠습니까?"

선재는 부리나케 옷을 챙겼다. 명예훼손 사건이라니, 이건 또 무슨 일일까. 순박한 노인네에 불과한 지훈의 모친이 경찰서에 불려 다닐 일이 뭐가 있다고? 분명 오해일 거야.

관악경찰서 형사팀 사무실 문을 열고 들어간 선재는 눈을 의심했다. 지훈의 모친 옆 조금 떨어진 곳에 낯익은 남자가 앉아 있었다. 얼마 전까지만 해도 법정에서 수의를 걸쳤던 꺼칠한 그 얼굴. 지금은 만질만질한 가죽점퍼를 입고 의자 등받이에 몸을 잔뜩 기댄 거만한 모습이었다. 기름진 낯빛. 양길이었다. 아찔했다.

양길은 선재를 발견하고는 눈짓으로 아는 척을 했다. 당연히. 호의가 배어 있지는 않다.

"어떻게 된 일이에요?"

선재는 노인 옆에 앉으며 형사와 노인을 번갈아 보았다. 노인이 입을 떼기 전 형사가 서둘러 말했다.

"배양길 씨가 고소한 겁니다. 명예훼손으로."

"무슨 명예요?"

양길 같은 살인자에게 무슨 명예가 있냐고 묻고 싶었지만 겨우 이런 말이 되어 나왔다.

"배양길 씨 대법원 선고가 있던 날이요. 그때 전희자 씨가 법정에서 배양길 씨를 살인자라고 공공연하게 외쳤답니다. 그걸로 배양길 씨가 고소한 겁니다. 명예를 훼손했다고."

뉴스에서 본 사건이었다. 하지만 그때뿐이었고, 기억에서 휘발되어 날아갔다. 그런데 고소라니. 말문이 막혔다. 당장 뭐라 할 말이 없기도 했지만 즉시 화가 치밀어 목구멍이 콱 막힌 탓이었다. 세상에. 그 일을 고소했다고? 명예훼손으로? 피해자를? 살인자가? 거꾸로 된 거 아냐?

"아이구, 내가 뭘 어쨌다꼬. 이 경찰이 공연…… 뭐라드라,

그러는데 몬 알아듣겠다."

노인이 선재를 애처롭게 쳐다보았다. 도움을 구하는 눈빛. 마음이 더 헝클어졌다. 선재가 형사에게 물었다.

"그게 명예훼손이 되기는 하는 거예요?"

"허위사실적시 명예훼손, 뭔지 아시죠? 법조문을 읽어드릴까요? '공연히 허위의 사실을 적시하여 타인의 명예를 훼손한 자'를 처벌한다고 되어 있고요, 징역 5년 이하나 벌금형에 처해질 수 있습니다."

"그럼 이분이 배양길 씨를 살인자라고 부른 게……."

"그렇습니다. 법정에서 그랬으니까 '공연히' 한 게 되고요. 대법원에서 무죄라고 확정되었는데 그 순간 '살인자'라고 했으니 허위 사실이 되는 거죠. 이건 뭐 다르게 볼 여지가 없습니다. 그런데 전희자 씨가 도무지 이해를 못 하고 있어서 도와주실 분을 부른 겁니다."

선재는 더 묻지도 항의하지도 않았다. 법이 그렇다는 정도는 알고 있다. 그걸 악용해 피해자의 입을 막으려 하는 양길이 밉지, 형사에게는 잘못이 없다.

"뭐 한마디 했다꼬 그러는 기가……. 법정에서는 암 말또 하믄 안 되나. 나 참……."

지훈의 모친이 중얼거렸다. 법 이야기와는 동떨어진 혼자만의 항의였고, 그 말에 신경 쓰는 이는 아마도 없었다. 형

165

사가 선재에게 말했다.

"이건 반의사불벌죄라고 해서요. 고소인하고 합의하면 없어져요. 배양길 씨하고 잘 이야기해서 합의하시죠."

형사는 그렇게 말하면서 양길을 보았다. 적당히 처리하고 끝내자는 눈치.

양길은 조금 떨어진 테이블가에 앉아 일회용 종이컵에 커피믹스를 타 홀짝홀짝 마시고 있었다. 보통 사람은 들어서기만 해도 긴장할 경찰서 안에서 자기 집처럼 편안하게 커피를 즐기는 모습이라니, 보는 것만으로도 욱하는 마음이 올라왔다. 차마 보기 힘들어진 선재는 눈을 돌렸다. 양길은 종이컵을 구겨 휴지통에 휙 던져 넣고는 말했다.

"전 합의할 생각이 없습니다."

선재는 애써 양길 쪽으로 시선을 두지 않으려 했지만 그만 다시 양길을 노려보고 말았다. 그 말을 천연덕스럽게 하는 양길이 혐오스러웠다.

"왜요? 이런 걸로 길게 가면 서로 좋을 거 없잖아요?"

형사가 노인을 대신해 양길을 설득했다. 이 형사는 심정적으로 우리 편인 것 같다.

"아뇨. 합의 안 할 겁니다. 형사님도 편파적으로 하지 마시죠."

양길이 싸움을 걸듯 눈을 치켜떴다. 형사는 쯧, 하고 혀를 차더니 키보드 위로 손가락을 올리고 무언가를 두드렸다. 피해자의 합의 의사가 없다고 조서에 쓰는 것 같았다.

잠시 후 양길이 먼저 자리를 떴고, 선재는 지훈의 모친과 같이 남아 진술을 도왔다. 상황을 이해 못 한 노인이 자꾸 길을 잃은 말을 했지만 형사를 대신해 선재가 정리했다. 딱히 해명할 말은 없었다. 법정에서 그렇게 말한 건 사실이니까. 결국 '그 정도 표현도 못 하나, 유족 입장에서 얼마나 한이 되면 그러겠나' 정도의 말을 남기는 데에 그쳤다. 완성된 조서에 지장을 찍어야 하는데, 노인은 이렇게 해도 괜찮냐며 머뭇거렸다. 선재가 고개를 끄덕이자 노인은 그제야 안심하고 손가락에 인주를 묻혀 꾹꾹 눌러댔다. 진술부터 마무리까지 선재가 도와준 덕에 일이 편해진 형사는 만족한 눈치였다. 노인에게 우호적이었지만 그렇다고 법이 다르게 적용되지는 못한다. 수사기관의 동정과 무관하게 노인은 기소되고 유죄판결을 받을 것이다.

"독한 인간한테 걸렸네요. 대체 누굴 고소하는 거야, 참."

혼잣말처럼 덧붙이던 형사가 황급히 손을 저었다.

"아, 전하지는 마시고요."

양길의 악의가 자신한테로 옮겨 붙을까 두려워하는 듯했다. 형사도 진술을 받는 잠깐 사이에 양길이 얼마나 지독한 인간인지 감지한 모양이다.

선재는 노인을 부축해 경찰서 계단을 내려와 주차장으로 갔다. 그동안 미적댔는지 양길이 아직 거기 있었다. 차 옆에 서서 휴대전화 자판을 두드리고 있었다.

"잠깐만 차에 계세요."

선재는 노인을 차 뒷자리에 앉혀놓고는 양길에게 다가갔다.

"어떻게 어머님을 고소할 수 있어요?"

양길이 눈을 치켜뜨더니 휴대전화를 든 손을 천천히 내렸다.

"선재 씨까지 이럴 줄은 몰랐는데."

"노인 놀라신 거 안 보여요? 고소 취하하세요."

"그렇게는 안 되겠는데요."

"이게 사람으로서 할 짓이에요? 정말……."

"난 몇 달간 감방살이했습니다. 이제 겨우 무죄 받아 누명을 벗었어요. 근데 끝까지 살인자로 몰려서야 내가 너무 억울한 거 아닙니까?"

양길은 한껏 가슴을 내밀었다. 기로 선재를 압도하려는 듯했다. 선재는 울컥하고 말았다.

"누명? 살인자로 몰렸다고요?"

"그래요. 누명."

"누가 뭐래도 당신이 죽였어!"

선재가 이를 악물었다. 음성은 크지 않았지만 말은 선명하게 전달되었다.

"선재 씨까지 이럴 겁니까? 저 노인네하고 나란히 명예훼손으로 조사받고 싶어요?"

"명예훼손? 얼마든지 고소하세요! 당신 덕분에 법 공부 좀 했거든요. 다른 사람이 듣는 데서 말해야 명예훼손이지. 지금 내 말을 듣는 사람은 당신 말고 아무도 없는데?"

주차장에는 차만 빼곡히 들어차 있을 뿐, 사람은 없었다. 경찰서 정문에 근무자가 있었지만 거기까지 말소리가 들릴 리는 없었다. 양길이 미간을 찌푸렸다.

"근데 거 예의 좀 갖춥시다. 왜 자꾸 반말이야?"

점잖은 체했던 조금 전까지의 표정은 온데간데없었다. 지금 내 어깨 스쳤어? 하고 시비 거는 건달의 얼굴이었다. 그래. 이자는 이 말투다. 이게 어울려.

양길이 그 얼굴로 계속 말했다.

"우리나라 최고 법원이 내가 아니라고 했잖아. 당신이, 아니 니까짓 게 뭔데 내가 살인자니 뭐니 하는 거야?"

"드디어 바닥을 보이네."

"바닥이고 뭐고 간에!"

버럭 하던 양길은 다시 목소리를 낮추었다.

"어차피 아무리 말해도 안 통하겠지. 당신이나 저 노인네나 믿고 싶은 대로 믿을 거고. 더는 내 말을 믿으라고도 안 하겠어. 하지만 내가 죄가 없다는 게 만천하에 공인되었는데, 이젠 그런 말 하게 두지 않을 거거든."

"아무리 그래도 저 불쌍한 노인을 고소해? 당신이 사람이야?"

"아들 친구를 살인자라고 몰아붙이는 사람도 정상은 아니지."

선재의 인내심이 한계에 다다르고는 부서졌다.

"그게 사람 죽여놓고 보험금 달라는 인간이 할 말이야?"

음성이 높아지고 말았다. 양길이 피식 웃었다.

"보험금? 아하, 그게 신경 쓰였어?"

선재는 대꾸하지 않았다. 양길의 비아냥거림에 터진 수돗물처럼 화가 솟구쳤다. 당장 어떤 말을 하다가는 파르르 떨리는 입술을 숨기지 못할 것 같았다. 양길이 다시 말했다.

"당신이 관여할 문젠 아니지. 어디까지나 보험사와 나와의 문제야. 신경 꺼."

"판사는 속여도 나는 못 속이지. 당신이 지훈 오빠를 죽였어. 근데 보험금을 달라고 소송을 해? 당신 정말……."

선재는 입술을 악물었다. 그녀가 분노로 몸을 떨고 있다는 걸 깨달은 양길은 한껏 여유로워졌다. 몸을 내밀고 이죽거리듯 말했다.

"그래서야."

"뭐?"

"노인네나, 선재 씨 당신이나, 판결이 났는데도 포기 안 하고 자꾸 날 살인자라고 지껄이고 다닐 판이거든. 그래서 고소한 거야. 싹을 자르려고."

"뭐라고?"

"보험금은 인생에서 아주 중요한 문제잖아? 근데 살인자니 뭐니 해서 이상한 말 자꾸 만들어대면 재판에 안 좋은 영향을 줄 수도 있거든. 그래서 노인네를 바로 고소했어. 기자들한테도 제보할 거야. 꽤 재밌는 사건이니까 기사로도 써주지 않을까. 그러면 나를 살인자로 몰던 댓글이나 여론도 깨끗하게 청소되겠지. 보험금 소송은 그렇게, 어떠한 걸림돌도 없는 상태에서 진행할 거야. 재판은 공명정대한 거니까 안 그래?"

양길이 기름지게 웃었다. 선재는 당장 어떻게 대꾸해야 할지 말이 떠오르지 않았다. 화가 한도를 넘어 목구멍이 막혀버렸다. 선재가 얼굴이 벌게진 채 주먹만 꼭 쥐고 있으니 힘을 얻은 김에 양길의 입은 더 내달렸다.

"열받을 필요 없어. 이건 지훈이에 대한 내 마음이야. 보험금은 내가 가져야겠어. 100원도 남김없이 말이야. 그게 죽어서까지 나한테 돈을 남기고 싶어 한 지훈이의 우정에 보답하는 길 아니겠어?"

양길은 중범죄를 저지른 자일 뿐만 아니라, 그 이전에는 양아치였다. 빈정거리며 상대를 도발하고, 거기서 만족감을 느끼는 비열한 천성이 그대로 드러났다.

"넌…… 인간도 아니야. 지훈 오빠를 죽이고서…… 그런……."

선재가 겨우 입을 열어 말하다가 더 잇지 못하고 숨을 들이켰다. 튀어나온 단어는 몇 마디뿐, 하고 싶은 표현을 충분히 하지 못했다. 하긴, 존재하는 어떤 욕설도 지금의 양길에게는 충분하지 않았다. 양길은 선재의 말에 대꾸하지 않고 BMW에 오르더니 시동을 켰다. 이어 창문을 내리고서 말했다.

"나한테도 보험금은 절실해. 꼭 필요한 사정이 있어."

무슨 변명을 하려고. 선재의 미간이 찌푸려졌다.

양길이 핸들을 탁 한번 때리고는 말했다.

"이거 16만 킬로짜리 중고야."

선재가 양길을 노려보았다. 양길이 말했다.

"차 바꾸려면 보험금 타야 하거든."

선재가 얼어붙었고, 양길이 다시 말했다.

"걸리적거리지 마. 이번엔 정말 죽여버릴지 모르니까."

그러고는 입꼬리를 비죽 올렸다. 야차 같은 표정을 남기고 차창이 올라갔다.

주차장에 남은 선재는 한동안 움직이지 못했다.

그날 밤 선재는 자다가 깼다. 어차피 선잠이었지만 그나마 다시 잠들지 못했다. 조그맣게 생겨난 가슴속 울화가 선재를 끈적하게 괴롭혔다. 지훈의 죽음도, 양길의 무죄도, 보험금 소식도, 전부 나쁜 일투성이였다. 하나만으로도 감당하기 힘든 불행이 줄지어 일어났다. 그래도 견뎌야 했다. 그것밖에는 다른 도리가 없었으니까. 하지만 이제는 조금 달라졌다.

범죄의 종착역은 돈이었다. 물론 알고 있었지만 양길의 입으로 직접 들으니 치가 떨렸다. 양길은 대담하게 검은 속을 내보였다. 자신이 죽인 지훈을 조롱했다. 친구를 죽인 값으로 차를 바꾸겠다니. 아니, 어쩌면 차를 바꾸기 위해 친구를 죽였단 말처럼도 들렸다. 친구의 목숨을 빼앗았다는 미안한 마음, 혹은 잘못했다는 생각은 그래도 있을 줄 알았다. 하지만 아니었다. 자기 잘못을 아는 인간은 없다고 했던가. 심층심리를 연구하는 어떤 학자가 오더라도 양길의 의식은 물론 무의식 안에서까지 죄책감의 그림자도 발견할 수 없을 것 같았다. 양길 같은 자가 세상에 존재하는 걸 보면 인간에 대한 선재의 인식을 근본에서 수정해야 할지도 몰랐다.

지훈의 가족은 구겨서 버리는 일회용 종이컵 정도에 불과했다. 걸리적거리면 어떤 비열한 수단을 써서라도 치워버렸다. 노인을 고소했고, 선재를 위협해 입을 막았다. 이쪽은 너무나 쉬운 상대였다. 얼마나 하찮게 보였으면 이딴 짓을 하는 걸까. 판사조차 속여 넘겼으니, 우리쯤은 발아래로 보이는 걸까. 분노, 미움, 경멸……. 양길을 향해 온갖 부정적인 감정이 들었지만 지금 이 순간 가장 선재를 견딜 수 없게 만든 건 모욕감이었다. 설움 같은 그 감정이 치밀어 올라 가슴을 짓눌렀다.

선재는 주먹을 불끈 쥐었다.

안 될 말이야.

양길이 지훈을 죽인 대가로 돈을 받다니.

그 결말만은 견딜 수 없었다. 목적을 달성하도록 둘 수 없었다.

선재는 아예 이불을 걷고 일어나 PC 앞에 앉았다.

보험금 재판에서 그쪽 손을 들어준 판결이 있었다지만 믿을 수 없었다. 무언가 잘못되었거나, 법 문외한인 선재가 잘못 이해한 것 같았다. 판결에 실망했지만 그건 기대가 컸기 때문이기도 했다. 아직도 마음 깊은 곳에는 미련과도 같은 믿음이 한 줄기 남아 있다. 아무렴. 법이 그럴 리는 없어. 왜냐하면, 때때로 실망스럽기는 하지만 법은 정의를 찾아는

주는 거잖아? 적어도 살인자에게 19억 원을 주는 게 정의는
아니잖아?

　그날 밤부터 며칠간 두문불출하며 인터넷을 샅샅이 뒤졌
다. 양길이 보험금을 받을 거라는 또 다른 글을 보았지만 애
써 외면했다. 아무리 생각해도 이건 선재가 알던 법이 아니
었다. 무언가 꼬여서 그런 경우가 있었다고 해도, 원래 그런
게 아니잖아? 되돌릴 방법이 있을 거야.

　웹에 뜬 법률 문헌까지 다운로드해 읽어보았다. 조그만
단서라도 찾으려 애를 썼다. 처음엔 모래알같이 삭막한 법률
용어에 도리질했지만 자꾸 접하다 보니 어느 정도 법의 이
치를 알 것 같았다. 하지만 선재가 찾은 법 어디에도 보험금
까지 주라는 이상한 판결을 정당화하는 이론은 없었다. 안
심하면서도 궁금했다. 어떻게 된 걸까. 왜 이런 판결이 나온
거야.

　검색은 인터넷 텍스트를 넘어 유튜브, SNS에까지 이르렀
다. 살인과 보험금을 같이 다룬 콘텐츠는 많이 없었고, 그나
마 있더라도 그다지 희망적인 내용은 아니었다. 기껏해야 애
매하다, 정도의 이야기였다.

　그러다 어떤 이의 페이스북 글에 눈길이 멎었다. 서찬휘
변호사. 20년간 판사를 하다가 얼마 전 퇴직한 사람이었다.

이력을 보니 책도 몇 권 썼고, 얼핏 시사 프로그램에서도 얼굴을 본 적이 있었다. 캄보디아 아내 사망보험금 사건을 두고 쓴 그의 글은 이랬다.

2심은 무기징역을 선고했지만, 대법원은 무죄로 판단했다. 고의 살인으로 확신하기는 어렵다는 이유였다. 2퍼센트의 확신 부족으로 형사재판에서 무죄로 한다고 쳐도, 이 정도의 사실관계라면 보험금을 놓고 다투는 민사재판에서는 남편의 살인을 인정하고 패소 판결을 했어야 하지 않을까? 다른 이유는 차치하그라도, 그것이 논리에 부합하기 때문이다. 형사재판은 완전 입증을 요구하지만, 민사재판은 증거의 우월로 족하다. 그래서 결론이 달라질 수 있다. 형사는 '평생을 감방에서 보낼 것인가'의 문제지만, 민사는 '95억 돈벼락을 받을 것인가'의 문제다. 기준이 달라야 한다. 이번 보험금 청구는 기각하는 게 옳았을 것이다.

여수 금오도 차량 추락 사망사건에서 남편은 형사상 무죄를 받았지만 보험금 청구는 1심에서 기각되었다. 남편이 살인한 것으로 보인다는 이유였다. 이 판결에 박수를 보내지만, 이번 대법원에서의 보험금 인용 판결에 따라 상급심에서 처절하게 깨질 것이 예약되었다.

조금 오래된 글이었다. 찾아보니 글에서 언급한 '여수 금오도 차량 추락 사망사건'의 보험금 소송도 대법원까지 가서 다 마무리가 된 상태였다. 글에서 예상한 대로, 보험금 청구를 기각한 1심 판결은 2심에 올라가 뒤집어졌고 대법원에서도 확정되었다.

아무튼 중요한 건 글을 쓴 시기가 아니라 내용이었다. 밤길에 조그만 빛을 발견한 양 눈이 번쩍 뜨였다. 무슨 말인지 다 이해할 수는 없었지만 이 변호사는 다른 법률가들과는 다른 이야기를 하고 있다…….

선재는 모니터에 눈을 고정한 채 입술을 지그시 깨물었다.

이 사람을 찾아가 봐야겠어.

＊

서찬휴의 사무실은 서울중앙지방법원 정문 아랫길에 있는 조그만 빌딩 2층이었다. 문 위에 매달린 조그만 간판에는 그저 '변호사 서찬휴'라고만 되어 있고, 위쪽에는 땜질해 붙인 흔적도 있다.

"상담 예약하신 분이죠? 들어오세요."

동글동글한 얼굴의 직원이 싹싹하게 선재를 맞았다.

사무실에는 여직원의 책상 말고도 두 개의 책상이 나란

히 있었지만 비어 있었다. 다른 한쪽은 파티션으로 나뉘어 있었는데, 고객 대기실이거나 상담이 이루어지는 공간 같았지만 그닥 사용하는 것 같지는 않았다. 다트판이라도 하나 가져다 놓으면 어울릴 법했다. 아니면 고쳐서 홈바로 쓰거나. 방송 출연한 사진을 두어 장 벽에 붙여놓았는데 낡았고, 날짜를 보니 6년 전이다. 외양만 보면 참으로 '안되는 사무실' 같은 느낌이었다. 화려한 인테리어에 힘쓰기보다 내실을 추구하는 곳 아닐까? 선재는 글에서 받은 호감으로 좋은 해석을 내렸다.

안쪽 문이 열리고 흰 와이셔츠 차림의 중년 남자가 나왔다.

"어서 오세요. 서찬휴 변호삽니다. 차 한잔 드릴까요?"

제멋대로 흐트러진 머리카락을 보면 이삿짐이라도 나르다가 온 사람 같다. 마른 체형에 보통 키, 어디서나 볼 수 있을 평범한 인상. 서찬휴는 어색한 웃음을 지으며 방 안의 소파로 안내했다. 영업에 서투른 변호사? 잠시 그런 생각을 하는 사이, 직원이 따끈한 차를 가져와 테이블 위에 놓았다. 입에 대보니 찻물에 새큼한 과일 향이 섞여 있다.

선재와 마주 앉은 서찬휴는 선뜻 입을 열지 않은 채 눈으로 이야기를 기다리고 있었다. 그동안 법정 안팎에서 벼랑 끝까지 몰릴 만큼 시달렸던 탓일까. 시간에 쫓기지 않는 듯한 태도가 편안하게 느껴졌다. 낯선 곳에 들어선 긴장이 풀렸다.

'사실 저는······.'

솔직하게 털어놓았다. 자신이 '세부 살인사건' 피살자의 약혼녀이며, 무죄판결이 난 뒤 양길의 보험금 소송 소식을 들었고, 승소할 거라는 법조계의 전망에 충격을 받았다는 것까지.

이야기를 들은 서찬휴는 어딘지 난감한 기색을 띠었다. 선재는 불안해졌다. 이 사람도 뭔가 좋은 말을 해줄 수 없는 걸까? 선재가 물었다.

"변호사님의 페이스북 글을 봤어요. 살인사건에서 무죄를 받았더라도 보험금은 안 줄 수도 있다는 말씀 같던데······."

서찬휴는 의자를 조금 당겨 앉았다.

"네. 예전에 썼던 글인데······. 맞습니다."

"형사재판과 민사재판 판단이 달라질 수 있단 얘긴 거죠?"

"그렇습니다. 이해가 빠르시네요."

"사실 사람들은 그냥 무죄 받았으니까 돈도 줘야 하나 보다 생각하거든요."

"이 문제에선 판단을 현혹하는 방해물이 많아요. 살인사건이라는 무게, 대법원 판결의 권위, 그런 것들 말이죠. 그 탓에 논리 자체에 집중을 못 하고 있는 건지도 모릅니다."

"논리 자체에? 무슨 뜻이죠?"

"형사재판과 민사재판은 논리 구조가 다릅니다. 형사재판에서는 '합리적 의심 없는 증명'이라는 기준이 있어요. 이 사람이 무죄가 아닐까 하는 합리적 의심이 들면 유죄판결을 해선 안 된다, 다시 말해 의심이 들지 않는 수준까지 입증이 이루어져야 유죄로 할 수 있다는 원칙입니다. 범인을 놓칠지도 모르지만 억울한 사람을 만들지는 말자는 거죠. 그래서 형사재판에서는 너무한 거 아니냐고 할 정도의 입증을 요구하게 됩니다."

여기까지는 선재도 잘 아는 이야기였다. 지훈 사건을 계기로 따로 법 공부도 했지만, 무엇보다 삼겹살집에서 그 '육갑 떠는' 장인규로부터 같은 내용으로 설교를 들었다. 서찬휴의 말이 이어졌다.

"하지만 민사재판은 다릅니다. 양쪽이 다투는 구조잖아요. 둘 중 하나는 어떻든 이기게 해줘야 합니다. 그러다 보니 둘 중 나은 쪽이 이기는 겁니다. 증거가 완벽할 필요는 없습니다. 그저 상대방보다 낫기만 하면 되죠. 그거면 충분합니다. '증거의 우월'이라는 기준입니다. 그래서 형사재판과 민사재판은 결론이 달라질 수 있습니다.

단순화해서 예를 들어보죠. 대략 70퍼센트의 증거만 있는 사건이라고 해보겠습니다. 100퍼센트 가까운 증거를 요구하는 형사재판에서는 증거 부족으로 무죄를 받을 겁니다. 하지만 민사재판에서는 승소하죠. 30퍼센트의 증거를 가진 상대방보다는 우월하니까요. 보험금 소송도 이 순수한 원칙으로 돌아가야 한다는 겁니다."

　'네에⋯⋯.'

　'캄보디아 아내 사망사건을 한번 보시죠. 수상한 부분이 잔뜩 있습니다. 실제로 2심 재판부는 유죄로 보고 무기징역을 선고하기도 했을 정도니까요. 하지만 결국 대법원은 살인이라고 단정하기엔 부족하다며 무죄판결을 했습니다. 2퍼센트 못 미쳤을지 모르죠. 그 결론을 부정하는 건 아닙니다. 법관이 범인이라고 확신 못 하겠다는데, 어차피 저도 현장에 없었으면서 살인이 맞는다고 우길 순 없으니까요. 하지만 보험금을 구하는 민사재판에서는 다릅니다. 살인의 증거가 교통사고 쪽보다 우월했으니까요. 입증책임이니 요건사실이니 복잡한 이론도 있습니다만 법 기술적인 문제고, 본질적으로는 상대방보다 증거가 나은 쪽이 이기는 거예요."

　"그러네요⋯⋯."

　선재는 꼬박꼬박 대답을 하고 있었지만 말끝에 자신이 없었다. 서찬휘는 뭔가를 생각하는 듯 물끄러미 허공을 보다가 말했다.

"이렇게 한번 여쭈어보겠습니다. 캄보디아 아내 사건에서 말이죠, 살인이었다는 것에 선재 님의 전 재산을 걸라면 하실 수 있겠습니까? 살인이 아니라면 전 재산을 잃는 베팅이에요."

"음……, 그건 좀…… 고민할 거 같아요."

"그렇습니다. 아무리 살인 같아 보여도 전 재산을 걸라면 주춤하겠죠. 대부분의 사람들이 그럴 겁니다. 다시 말해, 형사재판에서 합리적 의심이 없는 상태란 좀 과장하면 '전 재산을 걸어도 될 만큼의 확신'에 비유할 수 있습니다."

"확신…… 네."

"그럼 이번엔 질문을 달리해서, 이렇게 여쭈어보죠. 캄보디아 아내 사건에서, 그게 살인이었나 아니면 교통사고였나를 두고 선재 님의 전 재산을 걸라고 한다면 어디에 거시겠습니까?"

"그야 당연히 살인 쪽에 걸 거예요."

"그렇죠. 그게 민사재판의 논리입니다. '너의 재산을 어느 쪽에 걸래?'라고 묻는 것과 같습니다. 당신의 재산을 걸 수 있는 쪽이 이기는 소송, 조금이라도 더 확률이 높은 쪽이 이기는 소송, 그게 바로 민사재판입니다."

"그렇게 말씀하시니 이해가 쉽게 되네요."

"'살인에 걸래?'가 형사재판의 물음이라면, '살인에 걸래, 교통사고에 걸래?'가 민사재판의 물음입니다. '살인이 확실한가'라는 형사재판의 물음이 민사재판에서는 '살인과 교통사고 중 어느 쪽 가능성이 높은가' 하는 물음으로 바뀌는 거죠. 자, 그렇다면 어떻습니까? 상식적으로, 아니 논리적으로 '살인'이었을 가능성이 '교통사고'였을 가능성보다 더 높다고 봐야 하지 않을까요. 그 사건에선 형사재판 2심 판사들조차 유죄를 확신하고 무기징역을 선고했지 않습니까. 증거는 넘쳤다고 봐야죠. 법률 용어를 다시 써보자면, '합리적 의심 없는 증명'에는 도달하지 못했다고 하더라도, '증거의 우월'은 충분한 상태란 겁니다. 그렇다면 민사재판에선 남편이 살인했다고 인정하고 보험금 청구를 기각해야 논리적으로 맞는다는 거죠."

"왜 그랬을까요. 한두 개 재판부도 아니고, 판결들 전부 보험금을 인정해 주었잖아요."

"그게…… 법원의 한계일 수도 있습니다만, 대법원의 권위 때문이죠."

"대법원……."

"보험금 재판은 대법원에서 무죄 도장이 쾅 찍힌 상태에서 시작되었습니다. 그걸 너무 의식했어요. 대법원이라는 센 형님이 머리칼을 쭈뼛 서도록 잡아당기고 있습니다. 아무리

목을 똑바로 가누려 해도 자신도 모르는 사이에 부여잡힌 쪽으로 기울죠. 그나마 1심 판결은 승소 패소가 재판부마다 갈렸지만, 2심 판결은 모두 보험금 승소로 났잖아요. 대법원에 더 가까운 2심이 대법원을 더 의식했다고 봐야겠죠.

판사 개인의 선택으로도 그렇습니다. 눈 밖에 나고 싶지는 않거든요. 자그마치 '대판', 아, 법조계에서는 대법원 판결을 줄여서 대판이라고 합니다만, 거기에 거슬리는 판결을 했다간 실력 없다는 평가 정도를 들으면 다행이고, '튀는 놈'으로 분류되어 높은 분들의 비위를 거스를 위험이 있거든요. 갈수록 관료화되어 가는 법원 풍경이랄까요."

"판사도 결국 조직 속 인간이란 거네요."

"애초에 '살인'이라는 쟁점 자체가 큰 부담인데, 대법원이 '살인 아니야'라고 했어요. 이러니 아무리 증거가 무더기로 있다 해도 한국 판사들의 소심증으로는 민사재판에서 독자적으로 '살인 맞아'라고 인정하기가 쉽지 않습니다."

"네에……."

"순수하게 논리에 집중해야 했는데, 그러지 못했어요. 이런 불순물들을 걸러내지 못한 거죠."

오로지 논리로만 접근하는 서찬휘의 방식에 거부감이 일었지만 어쨌든 그의 말에는 찬성할 수 있을 것 같았다. 서찬휘는 살짝 열의를 띠었다.

"관행도 작용했을 겁니다."

"관행이요?"

"법원에는 법전의 법률 말고도 또 다른 법이 있습니다. 바로 관행이라는 이름의 보이지 않는 법이죠. 형사와 민사가 달라질 수 있다는 건 이론이고, 대개는 결론을 같이하는 게 법원의 관행이거든요."

"아…… 네."

"하지만 관행보다 원칙이 당연히 앞서야죠. 증거가 충분한데도 적당히 관행을 따른 건 판관들 특유의 소심 DNA일 뿐입니다."

"…… 뭐라 해야 할지. 답답하네요."

"미국의 사례와 비교해 보면 더 선명합니다."

"어떤 거죠?"

"O. J. 심슨 사건이라고 아시나요?"

"O. J. 심슨……. 들어본 것 같긴 해요."

"미식축구계의 슈퍼스타였습니다. 흑인들 사회에선 영웅과 같은 인물이었죠. 심슨은 백인인 니콜과 결혼했다가 이혼했습니다. 어느 날 심슨의 전처인 니콜과 레스토랑 직원인 론 골드먼 두 사람이 흉기에 찔려 사망한 채 발견됩니다. 골드먼은 니콜 모친이 식당에 두고 간 선글라스를 갖다주러 니콜 집에 들렀다가 같이 피살당한 거였습니다. 심슨 집에서 발견된 양말에서 니콜의 DNA가 검출되었고, 골드먼의 셔츠에서 아프리카계 머리카락이 발견되었는데, 심슨은 아프리카계였죠. 사건 현장 근처에서 피가 묻은 왼쪽 장갑이 발견되었는데, 그 오른쪽 장갑이 심슨의 집에서 발견됩니다. 현장의 발자국 사이즈가 심슨의 것과 일치했고, 골드먼의 혈액이 심슨이 입고 있던 셔츠에서 발견되고 니콜의 혈액이 심슨의 차량에서 발견되었습니다. 수많은 증거가 심슨이 범인임을 가리키고 있었죠. 심슨이 니콜을 상습 폭행했던 사실도 드러났고요. 게다가 경찰이 심슨을 소환하자 심슨은 알겠다고 해놓고는 도주합니다. 고속도로에서 100킬로미터나 추격전을 벌인 끝에 심슨은 체포되었고, 법정에 섰죠."

"그 정도면 그냥 유죄 아닌가요?"

"미국인 대부분이 그렇게 믿었습니다. 그런데, 심슨의 변호인단이 인종 문제로 재판을 끌고 가면서 흑인 배심원들의 마음을 움직였고, 심슨은 결국 무죄판결을 선고받았습니다."

"미국도 좀 예상외의 판결이 있네요."

"그렇긴 합니다. 그런데 이후가 다릅니다. 훗날 니콜과 골드먼의 유가족이 심슨을 상대로 민사소송을 제기합니다. 두 사람을 살해했으니 손해배상을 하라는 거였죠. 그런데 여기서는 유가족이 이깁니다. 심슨이 니콜과 골드먼을 살해한 사실을 인정하고 400억 원의 손해배상을 명하는 판결이 나온 겁니다."

"한쪽은 살인이 아니라고 하고, 다른 쪽은 살인이 맞다고 한 거네요."

"맞습니다. 상반된 판결이 나왔습니다. 형사재판에서는 증거가 부족하다고 무죄판결을 받았지만 증거의 상대적 우위로 족한 민사재판에서는 살인이 인정되었습니다. 모순돼 보이지만, 오히려 법리에 충실한 재판입니다. 이 대담한 결론은 현대 법을 리드하고 있는 나라여서 가능한 자신감이었는지도 모르죠."

"그런데 우리나라는…… 그렇지 못했단 말씀이네요."

"안타깝게도요. 현미경을 들이대고 가까이서만 봤습니다. 그러니 전체가 안 보이죠. 자신감도 없어 보입니다. '이거 형사 민사 다르게 해서 되겠어?' 눈치를 본 것만 같습니다."

"그래도 그 똑똑하다는 판사님들이 왜 그러는지……."

서찬휘의 입술이 미세하게 일그러졌다.

"판사, 아니 인간에게 너무 큰 기대를 하시는 것 같네요."

"네?"

"숲을 보고 나무는 안 보는 사람이 있습니다. 나무를 보고 숲을 안 보는 사람도 있죠. 판사는 나무를 주로 봅니다. 일을 오래 할수록 더 그렇게 되죠. 나중에는 나무만 보게 됩니다. 그걸로 됐다고 자위하면서요."

서찬휘는 유독 냉소적인 사람 같았다. 하지만 말로 정리되지 않았을 뿐 선재도 비슷하게 느끼고 있다. 선재는 가슴이 답답해져 조그맣게 탄식을 내뱉었다.

"휴……, 전 애당초 그런 사건들이 무죄가 된다는 게 이해가 안 가요. 100퍼센트가 아니면 무죄라니, 세상에 100퍼센트가 어디 있나요? 현실과 상관없는 숫자 놀음 같아요. 살인자를 다 풀어주겠다는 거나 뭐가 다른지 모르겠어요. 합리적 의심이니 뭐니 하지만 그건 무책임과 종이 한 장 차이 아닌가요? 자기 가족 일이라도 그런 태평한 말을 할 수 있나요?"

서찬휘는 묵묵히 고개를 끄덕이다가 말했다.

"부정할 순 없겠죠. 사실 우리나라가 좀 더 엄격한 편이긴 합니다."

"…… 그런가요?"

"우리 재판은 과도한 증거를 요구하고 있어요. 아마 다른 나라에서라면 유죄가 되었을 수도 있습니다. 일본만 해도 무죄율이 0.2퍼센트 정도에 불과해요. 일본 검찰이 유죄 받을 만한 사건만 기소해서 그렇다는 해석도 있지만, 형사사건이란 게 꼭 그렇게 되지는 않습니다. 일본 법원이 유죄 인정을 적극적으로 하는 면도 분명히 있습니다. '의심스러우니까 유죄' 같은 표현도 판결문에서 보았거든요. 물론 그게 바람직하단 말은 아닙니다. 어쨌든 이 정도라면 충분히 유죄를 받았을 거라는 얘기죠."

선재는 찻잔을 기울이며 잠시 생각하다가 말했다.

"저희 재판에서 필리핀 의사의 증언이 있었는데도 판사가 믿지 않겠다고 했어요. 설사 증거가 충분히 있어도 이렇게 판사가 못 믿겠다 해버리면 그만인데, 이런 건 어떻게 되나요?"

서찬휘가 망설이다가 입을 뗐다.

"이번 재판에선 그런 게 작용했을 수 있습니다."

"어떤 거요?"

"뭐랄까요……, 외국인 의사에 대한 불신이 바탕에 있지 않았을까 하는 겁니다. 필리핀 의대나 의사가 어떤 수준인지를 판사가 알지 못하니까, 믿음도 가질 수 없는 거죠. 물론 그런 의미에선 뭐 유럽이나 미국 어디의 의사라고 해도 마찬가지였을 겁니다. 아마 한국인 의사가 같은 증언을 했다면 달리 받아들였을지도 모릅니다. 실력이 높고 낮고를 떠나, 알고, 익숙하니까요."

"…… 그렇다면 혹시 지금이라도 다른 전문가, 이를테면 한국인 의사의 증언이 나오거나 하면 양길이 유죄로 될 수 있지 않나요?"

"아뇨."

"확실한 새 증거가 나온다고 해도요?"

"안 됩니다."

서찬휴는 두 번이나 단호하게 고개를 저었다.

"왜요?"

"일사부재리 원칙 때문이죠."

"아……. 일사부재리."

"한번 재판을 받아서 무죄가 확정되면 다시는 재판을 못 하고, 처벌도 못 합니다."

"…… 하지만 새로운 증거가 나왔다며 재심을 해서 다시 재판받기도 하잖아요."

"그건 유죄판결을 받은 사람한테만 해당됩니다. 억울한 사람은 없어야 하니까, 판결을 뒤집을 만한 증거가 나왔을 때 다시 재판해서 그 유죄를 무죄로 바꾸는 게 재심 제도입니다. 하지만 반대로 무죄를 유죄로 뒤집는 재판은 못 해요."

"왜 그런 거죠?"

"법은 안정성을 중히 여깁니다. 피고인에게 불리하게 이중의 위험을 지울 수 없단 거죠. 그게 일사부재리 원칙입니다."

"그럼 배양길은 이제 처벌할 수 없는 건가요?"

"네. 절대로요. 영구히 면책되었습니다."

어렴풋이 알고는 있었지만 머릿속이 아득해졌다. 서찬휴

는 선재의 마음을 아는지 모르는지 못 박는 대답을 이어 갔다.

'아까 말씀드린 O. J. 심슨 사건만 해도 그렇습니다. 심슨은 무죄판결을 받은 이후에도 공식적으로는 자신이 결백하다고 계속 주장했습니다. 그러다가 훗날 책을 한 권 냈는데, 제목이 뭔지 아십니까? '내가 그랬다면, 살인자의 고백'이었습니다. 내용이 어땠을지는 짐작 가시겠죠. 이 정도면 사실상 죽였다고 자백한 거 아니냐, 라는 게 대중의 반응이었습니다. 실제로 책 부록으로 실린 인터뷰에서 '칼을 집었던 것은 기억한다. 그 이후에는 기억나지 않는다'라고까지 말했습니다. 심슨이 이런 책을 대담하게 낼 수 있었던 이유도 일사부재리 원칙에 있었습니다. 무죄를 받았으니까 어떤 증거가 새로 나와도 심지어 자백을 하더라도 다시는 형사재판을 받지 않는다는 안전판이 있었던 거죠.'

'도리가 없단 거네요. 심지어 범인이 양심선언을 하더라도요……'

선재는 작게 한숨을 내쉬었다. 서찬휴가 위로하듯 말했다.

"캄보디아 여성 사건에서 보험금 소송은 기각했으면 좋았을 겁니다. 그랬더라도 '판결이 이랬다저랬다 하고 이게 뭐냐'라며 비난할 사람이 얼마나 있었을지 모르겠습니다. 미국이 O. J. 심슨 재판에서 형사와 민사 결론이 나뉘었지만 사법은 무너지지 않았고, 믿음을 잃지도 않았습니다. 그런데 우리 법원은 그렇게 하면 신뢰가, 법의 권위가 무너진다고 걱정했던 것 같습니다. 글쎄요. 괴물이 있다고 법석을 떨었는데 실은 유리창에 붙은 나방 그림자였던 격은 아닐지요. 어쨌든 그런저런 이유로 '형사재판에서 무죄를 받았으면 보험금도 주라'는 안이한 판결이 나오고 말았습니다.

제가 페이스북 글에서 언급한 여수 금오도 사건도 마찬가지입니다. 거액의 보험에 든 지 한 달 만에 아내가 차량에 탄 채 익사하고 남편만 살아났습니다. 수상한 정황이 많았고 사람들은 살인자라고 비난했지만 최종 판결은 무죄였습니다. 그러자 남편은 보험금 소송을 제기했습니다. 형사재판에서 이미 무죄를 받았음에도 불구하고 1심 판사는 '남편이 살인한 것으로 인정된다'며 청구를 기각했었습니다. 제가 이야기한 그 논리입니다. 당연히 이 판결을 지지합니다. 그런데 얼마 후 캄보디아 사건에서 보험금을 주라는 대법원 판결이 나와버렸죠. 그래서 그 판결도 결국 2심에서 깨지고 보험금을 지급하도록 되고 말았습니다.

무죄라는 형사재판 결론을 제가 부정하려는 게 아닙니다. 그가 살인자인지 억울하게 혐의를 쓴 자인지 전 알 수 없습니다. 다만 보험금 사건까지 결론을 무리하게 일치시키려

길을 잃지 않았나 하는 겁니다. 판사들은 민사의 결론을 형사와 다르게 하면 법의 일관성과 권위가 무너진다고 걱정했는지 모르겠습니다. 하지만 시민들의 눈은 그런 것보다는 결론이 올바른가를 묻고 있습니다. 정작 판사들은 딴 데를 보고 있는 게 아닌가 싶어요……."

서찬휘는 끝을 흐렸다. 탄식에 가까운 말이 흩어지고 있었다. 자신이 몸담았던 사법 시스템에 회의가 깊어 보였다. 그는 에너지가 넘치는 사람은 아니었다. 대신 싸늘한 눈으로 팔짱을 낀 채 법과 관행을 관찰하는 자리에 오랜 시간 서 있었던 것 같다. 그래서 더 냉정하고, 그래서 더 암울했다.

선재는 인사를 하고 일어섰다. 사무실을 나서던 선재의 뒤통수를 미련의 끝자락이 붙들었다. 뒤돌아서 말했다.

"배양길은 무죄…… 일사부재리니까 이제 어딜 가든 어깨 펴고 살겠네요……."

서찬휘는 무어라 위로할 말을 찾으려는 듯 눈만 껌뻑껌뻑했다.

실낱같은 희망을 안고 들어섰건만 사무실을 떠나는 선재의 마음은 더 답답해지고 말았다. 어깨가 축 늘어졌다.

그러나 한 가지만은 뇌리에 남았다.

그것이 선재를 어디론가 이끌고 있었다.

*

　문병일 변호사 사무실에 오랜만에 새 직원이 지원했다.

　그 여직원은 구인 과정부터 조금 특이했다. 사무실 막내인 조하영이 입구 쪽 책상에 앉아 PC로 카카오톡 문자를 열심히 보내고 있으려니, 문이 빼꼼히 열리면서 어떤 여자가 들어왔다.

　"상담 예약하셨나요?"

　조하영이 짐짓 사무적인 얼굴을 하고 물었다. 여자는 엉뚱한 말을 했다.

　"여기 사람 구하지 않나요?"

　"네? 아뇨. 우리 사무실은 구인 광고 낸 적 없는데……."

　"아, 광고 보고 온 건 아니고요."

　"그럼?"

　"실은 제가 변호사 사무실에서 일을 좀 해보려 하거든요. 그런데 이쪽 경험은 없고, 그래서요. 급여는 조금 주셔도 좋으니까 여기서 일할 수 없을까요?"

　조하영은 여자를 훑어보았다. 구인 광고를 내지 않았는데 찾아온 경우는 처음이었다. 위험한 인물일까, 아니면 좀 이상한 여자일까. 판단할 시간이 필요했다. 옷차림은 수수했고, 작은 키에 나이는 서른 중반쯤 되어 보였다. 인상이 어딘지 강해 보였지만 말투는 예의 발랐고 목소리와 태도는 만만했다. 이상한 사람 같지는 않다. 위험해 보이지도 않는다. 그렇다면 이쪽에서도 적대감을 품을 필요는 없다. 조하영은 나긋나긋하게 말했다.

"그런 거라면 채용 공고를 낸 사무실에 가보세요. 우리 변호사님은 아니에요."

사무실 보스는 사업주인 문병일 변호사고, 그녀가 알기로는 요즘 급여를 더 써가며 사람을 둘 만큼 여유롭지 않다.

'사실 다른 곳에 가봤어요."

여자는 자세를 더 구부정하게 만들며 사정 조로 말했다.

'정식 공고를 낸 곳은 다들 경력자를 원하지, 저 같은 초짜는 안 된다더라고요. 하프타임 알바로, 한 20, 30만 원만 주셔도 좋아요, 아니 수습 기간에는 돈을 안 받아도 돼요. 그냥 일만 좀 여기서 배우고 싶어요. 그게 또 경력이 되니까 다른 곳에 취업도 쉬워질 것 같고, 그래서 그래요. 변호사님한테 물어봐 주기나 해주면 안 될까요?"

여자는 간절한 표정을 지었다. 생뚱맞긴 했지만 조하영으로서는 손해 볼 일이 아니었다. 사무원이 한 명 더 늘면 자기 몫의 일이 대폭 줄어드니 오히려 반가운 일이다. 자신에게 마치 인사권이 있는 양 사정하니 과히 기분도 나쁘지 않다. 이 여자는 끈질기기까지 하니, 물어보는 척이라도 해주지 않으면 쉽게 돌아갈 것 같지도 않다. 변호사한테 한번 말이나 전해볼까.

"알았어요. 말씀드려 볼게요. 연락처나 남기고 가세요."

여자는 휴대전화 번호를 적어놓고 떠났다. 조하영은 곧장 변호사 방으로 들어갔다.

문병일에게 여자의 말을 그대로 전했다. 문병일은 황당해했지만 조하영은 밀어붙였다.

"제 일이 요즘 좀 많아요. 야근도 종종 하거든요."

"그 정도는 아니지 싶은데."

"변호사님 얼마 전 그 사건 승소하신 후에 전화 많이 오는 거 아시잖아요. 앞으로 사건도 완전 많아지실 텐데요."

"그런가."

문병일의 말투가 뜨뜻미지근해졌다. 내친김에 조하영은 바싹 열을 올렸다.

"사건 하나 늘 때마다 잡무가 얼마나 많은데요. 잘 아시잖아요. 그 언니가 들어와서 기록 복사나 주민등록등본 발급 같은 심부름만 해줘도 숨통이 트여요. 어차피 급여가 작잖아요. 20, 30만 원이면 된대요. 수습 몇 달간은 아예 안 줘도 되고요."

조하영은 애교를 부려가며 말했다. 문병일은 난감한 표정을 짓다가 고개를 끄덕였다.

"알았어. 면접만 잠깐 보고. 괜찮으면 몇 달 일을 시켜보지. 돈 벌기보단 일을 배우러 온 모양이구먼."

조하영이 일을 덜려는 속셈이 빤히 보였지만 문병일은 차마 거절하지 못했다. 지원자는 수습 기간에는 보수도 필요 없다지 않는가. 인건비 부담이 거의 없고 일은 줄어드는데, 보스가 그것마저 거절했다간 조하영의 입이 닷 발은 나올 게 뻔하다. 손바닥만 한 사무실에서 매일 보는 처지에 불편해질지도 모른다. 무엇보다 안전판이 있다. 몇 달간 싸게 일 시키고는 정식 채용 않으면 그만이다. 결정은 비교적 빨랐다.

"알았어요, 변호사님. 당장 면접 오라고 연락할게요."

조하영은 신이 나서 부리나케 방을 나갔다.

선재는 문병일 변호사 사무실 내 조그만 사각 의자에 앉아 기다리고 있었다.

조하영으로부터 면접 보러 오라는 연락을 받은 것이 어제였다.

"면접은 형식상 볼 건데, 정말 형식상이에요. 별일 없으면 채용될 거 같아요."

소식을 전하는 조하영의 목소리가 높게 튀었다. 선재는 바로 다음 날 방문하기로 했고, 약속 시간 10분 전에 도착했다.

　무릎 위로 말아 쥔 선재의 주먹은 조막손처럼 쪼그라들어 있었다. 사격선수 시절 큰 대회를 앞두고도 잘 긴장하지 않던 선재가 이만큼 굳은 데에는 이유가 있었다. 문병일은 살인사건 재판에서 양길의 변호인이었다. 양길은 물론 선재의 얼굴을 알지만, 문병일은 모를 터였다. 법정에서 단 한 번도 문병일과 눈길이 마주친 적도 없었고, 그의 시선을 느낀 적도 없었다. 변호사가 방청객을 기억할 리 없다. 문병일도 변론에 집중하느라 방청석에 와 있던 선재를 눈여겨보지 못했을 것이다. 그렇게 믿었다. 선재가 증인으로 나섰다면 당연히 얼굴을 보았겠지만, 다행히 검사는 선재가 증인을 서는 것을 말렸다. 이번 취직은 그 운에 기댄 것이었다. 하지만 위험도 있다. 선재는 우연히 한번 들른 방청객이 아니다. 매번 법정에 왔다. 만약 문병일이 눈썰미가 뛰어나게 좋거나 법정 안에서 우연히 선재의 시선이 닿지 않은 때에 그녀를 유심히 보았다면?

　알아볼까? 어떨까?

　손바닥에 땀이 배어 나왔다.

　"변호사님이 들어오시래요."

　조하영이 말했다.

　선재는 일어서서 문병일의 방으로 가 문을 열었다.

'그쪽 자리에 앉아요.'

모니터에서 시선도 떼지 않은 채 문병일이 말했다. 선재는 방 중앙에 마련된 테이블 옆 의자에 앉았다.

잠시 후 모니터에서 눈을 돌린 문병일이 그제야 선재를 쳐다보았다. 이어 일어서더니 테이블가로 와서 앉았다.

문병일은 말없이 얼굴을 들여다보았다. 선재는 침을 꿀꺽 삼켰다. 문병일이 이윽고 입을 열었다.

'변호사 사무실 일은 처음이죠?'

다행이다. 알아보지 못한다.

"네."

"한 20, 30만 원만 받아도 좋다고 했다면서요?"

"네. 일을 배우는 게 목적이라서요."

"그럼 우선 계약직으로 하고, 월 20만 원으로 해요. 괜찮죠?"

"네. 좋습니다."

"수습 기간에는 안 받아도 좋다고 했다지만 난 뭐 그런 사람은 아니니까, 일단 월급은 줄게요."

20만 원을 주면서 생색을 내는 품에 코웃음이 났지만 겉으로 드러내지는 않았다.

"조하영 씨가 일을 맡길 텐데, 그걸 하면서 적응해요. 우선은 기록 복사나 주민등록 떼는, 잡무 위주일 겁니다."

"네. 열심히 배우겠습니다."

"수습 기간 지나도 정식 채용한다는 보장은 못 해요. 동의해요?"

"네."

"근데."

문병일의 말에 선재는 다시 긴장했다.

"이 일을 시작하기엔 나이가 좀 있는데, 왜 하려고 하죠?"

기습적인 질문이었다.

"그동안 너무 놀았거든요. 이쪽 일을 하면서 이제 돈 벌려고요."

선재는 겸연쩍은 웃음을 덧붙였다.

"그래요, 그럼 내일부터 나오는 걸로 하고……."

말을 마치던 문병일이 흠칫하더니 얼굴을 빤히 들여다보았다. 흡. 선재는 자신도 모르게 숨을 들이마셨다.

"근데……."

문병일이 고개를 한 번 갸웃하고는 말했다.

"어디서 본 거 같은데……."

선재는 다시 웃음을 지어 보였다. 이번에는 여유만만한 미소였다. 다행이었다. 준비한 상황이었다.

"그런 말 많이 들어요. 흔한 얼굴이거든요."

"…… 그런가."

창을 나가는 선재가 힐끔 보니 문병일은 여전히 고개를 애매하게 기울이고 있었다.

그렇게 해서 선재는 문병일 변호사 사무실에 계약직으로 근무하게 되었다.

조하영과의 사이는 조금 껄끄러울 수도 있었다. 업무는 조하영이 선배지만 나이는 선재가 위다. 조하영은 선재를 언니라고 부르면서도 그 호칭이 직장 선배라는 자신의 입장을 역전당하는 빌미가 되지 않을까 경계하는 모습이었다. 하지만 선재가 자세를 낮추고 꼬박꼬박 존댓말을 쓰자 곧 경계심을 풀었다. 애당초 선재는 나이 같은 걸 내세울 생각이 조금도 없었다. 일을 배우러 온 것도 아니고, 언니 대접을 받으러 온 것도 물론 아니었다. 다른 목적이 있었다. 조하영이 경계심을 풀고 잘 대해주는 데에는 그리 긴 시간이 걸리지 않았다.

"기록은 어디 보관해요?"

선재가 조하영으로부터 업무를 간헐적으로 배우면서 처음으로 자신이 먼저 한 질문이었다.

"여기에요."

조하영은 책상 뒤 벽 한 면을 거의 다 차지하고 있는 네

개의 캐비닛을 가리켰다.

"와아, 이거 전부가요?"

"몇 년간 했던 사건들 다 모아놨으니깐 좀 많죠. 어떤 사건은 몇만 페이지짜리고."

"근데 이거 다 락이 걸려 있네요."

선재가 캐비닛 손잡이를 당겨보며 말했다.

"아무래도 요즘 개인정보 같은 것에 민감해서요. 변호사님이 기록 볼 때만 열고 가져다드리죠. 퇴근할 땐 꼭 잠그고."

"아무리 캐비닛이 커도 여기에 기록 다 넣을 수 있나요? 계속 늘어날 텐데."

깔깔깔, 별것 아닌 말인데도 조하영은 크게 웃었다.

"언니, 당연하죠! 다 보관하다간 사무실 폭파. 5년 지난 기록은 업체 불러서 파쇄해요."

그렇다면 '그 사건' 기록은 분명히 사무실 안에 있다. 끝난 지 불과 몇 달밖에 안 되었으니까. 선재는 입술을 깨물었다.

선재가 노리는 건 양길의 형사재판 기록이었다. 거기에는 유죄를 입증하기 위해 검사가 제출한 증거자료가 들어 있다. 감식결과 보고서, 약물분석 보고서, 관계자들의 진술서, 재판 조서, 증인들의 녹취서 같은 것들이 모두 포함된다. 피해자 측은 자신이 낸 고소장처럼 쓸데없는 몇 장의 서류 말고는 일체 접근이 거부되지만, 피고인은 모든 서류를 열람하고 복사할 수 있다. '방어권 보장'을 이유로 경찰과 검사가 제출한 자료부터 재판 도중 만들어진 법정 서류까지 전면적으로 공개된다. 양길의 변호사였던 문병일도 당연히 기록을 전부 복사해서 가지고 있을 터였다.

양길이 죗값을 치르게 하는 데에는 실패했다. 그 결과를 견디기 위해 온 힘을 다해야 했다. 그런데 살해도 모자라 보험금까지라니. 한 인간을 이보다 더 밑바닥까지 약탈할 수 있을까. 양길이 살인자라는 확신이 깊어지면 깊어질수록 그 생각만으로도 고통이 커져갔다. 게다가 그를 만나 조롱을 당한 기억은 차마 견딜 수 없었다.

보험금 소송은 이대로라면 패배가 예약되어 있다. 보험금은 지훈의 목숨으로 값을 치른 돈이자 살인자에게 주어져서는 안 될 전리품이었다. 이 소송은 반드시 좌절되어야 한다. 연인을 넘어 은인이었던 지훈에 대해 선재가 할 수 있는 마지막 헌신이었다. 양길로부터 조롱당한 자존의 회복이기도 했다.

행동. 필요한 건 행동이었다. 형사재판 때는 검사에만 기대고 있다가 어, 어 하면서 그냥 당해버렸다. 이제라도 정신을 더 바짝 차려야 했다. 다른 누구에게도 미루지 말고 직접 해야 했다. 분명히 검사가 놓친 증거가 있을 거야. 양길이 반박 못 할 논리가 틀림없이 있어. 선재는 그렇게 믿었고, 그래서 사건을 처음부터 샅샅이 헤집고, 검사가 놓친 진실을 찾아낼 작정이었다. 그리고 그 결과물을 양길과 소송 중인 보험사에 제공할 계획이었다. 양길이 보험금을 타지 못하도록.

마음의 저 밑 어딘가에 불신이 있었다. 1심에서 만난 박재열 검사는 좋은 사람이었지만 한계가 있었다. 아무리 피해자에 공감한다 해도 결국 제삼자였다. 사건에는 유형이 있고, 재판에도 그 유형에 맞은 루틴이 있었다. 검사는 딱 그만큼의 업무를 수행할 뿐, 그 이상은 아니었다. 밤낮으로 사건에 골몰하고 예리한 추리로 진상을 파헤치는 정의의 명탐정은 아니었다. 그렇게까지 할 사람은 당사자밖에 없다. 생각해 보면 당연하다. 검사는 직업인에 불과하다. 당사자 같을 순 없다. 본인만큼 본인의 일에 열심인 사람은 없는 것이다.

더는 남에게 맡기지 않을 것이다.

'내가 해야 해.'

그것이 거듭 내린 결론이었다.

막연했던 생각에 확신을 준 건 서찬휴 변호사였다. 지난번 사무실을 방문했을 때 선재는 이렇게 물어보았다.

"형사재판은 이제 일사부재리 때문에 어쩔 수 없다고 해도. 이번 민사재판에서 양길이 살인했다는 새로운 증거를 내거나 한다면 보험금 소송만은 막을 수 있지 않을까요?"

서찬휘는 곤란한 표정을 짓다가 대답했다.

"그럴지도 모르죠. 만약 판사만 잘 만난다면요."

"판사를…… 잘 만나면요?"

"실제로 여수 금오도 사건은 무죄를 받았지만 보험금 소송 1심에서는 담당 판사가 '살인한 것으로 인정된다. 그러므로 보험금 청구를 기각한다'라고 판결을 했지 않습니까? 사법부에도 그런 분이 없지는 않다는 거죠. 뭐, 소수라서 아쉽긴 합니다만. 아무튼 살인을 입증하는 새 증거가 제출된다면 판사에 따라서는 보험금 청구를 기각할 수도 있을 겁니다."

"캄보디아 보험금 사건은 인용해 주었는데도요?"

"사건마다 다릅니다. 재판에서 단정이란 없습니다. 살아 움직이는 거니까요. 판사는 명분만 만들어주면 무엇이든 할 수 있는 것이죠. 모든 가능성은 열려 있습니다."

보험금 소송을 기각했던 여수 금오도 차량 추락 사망사건이 희망이었다. 선재가 조사해 본 사건의 내용은 이랬다.

여수 남쪽에 갓김치로 유명한 돌산이라는 지역이 있다. 그 아래로 배를 타고 들어가는 섬이 금오도다. 비렁길이라는 관광 명소가 있지만 인적이 드문 한적한 섬이었다.

2018년 12월 31일 밤, 금오도 방파제 부근에서 제네시스 차량이 바다에 빠졌다. 조수석에 있던 여성은 미처 빠져나오지 못하고 익사하고 말았다. 그녀는 금오도에 새해의 해돋이를 보러 온 관광객 부부 중 아내 쪽이었고, 남편은 차가 바다에 빠질 때 마침 차량 바깥에 있어서 해를 입지 않았다.

남편의 말에 따르면 그것은 사고였다. 바다로 튀어나온 방파제까지 차를 가지고 가서 부부관계를 가졌고 그 직후에 돌아가려고 차를 후진하던 중이었다. 실수로 뒤편 난간을 들이받아 버렸다. 남편이 내려 차의 뒤쪽을 보러 갔는데, 파킹을 해놓아야 했는데 실수로 중립 기어를 해두는 바람에 차가 경사면을 스르르 타고 내려가 바다에 빠져버렸다는 것이었다.

단순한 차량 추락 사고사인가 싶었는데, 수상한 보험 내역이 드러났다. 두 사람은 재혼한 지 20일 된 부부였는데, 사고가 일어나기 전 아내 명의로 10억 원의 사망보험을 들어놓았고, 사고 발생 17일 전에 보험금 수익자가 남편으로 변경된 사실이 밝혀졌다.

수상한 정황이 더 드러났다. 만남의 경위부터가 특별했다. 두 사람은 사고가 일어나기 몇 달 전에 처음 만났는데, 그 무렵 남자는 이혼 후 딸 세 명을 양육하고 있는 상태였다. 관광버스 운전이나 보험모집인 등으로 일하며 월 200만 원 내지 400만 원 정도를 벌기도 했지만 정기적 수입은 없었다. 당연히 통장 잔고는 줄고 경제적으로 어려움에 처해 있었다. 남자는 원래 따로 동거하던 애인이 있었지만, 자주 다니던 콩나물국밥집 종업원이었던 여성, 즉 현 아내와 가까워지게 되었다. 여자는 당시 남편과 이혼 절차를 밟던 중이었는데, 2018년 12월 6일에 전남편과 이혼하고 남자와 12월 10일에 혼인신고를 해 정식으로 부부가 되었다. 이혼한 지 4일 만에 혼인신고를 했다는 게 이례적인데, 남자가 적극적으로 밀어붙였다고 한다.

남자는 여자와 만날 무렵 경제적으로 어려운 형편이었음에도 돌연 제네시스 중고 차량을 구입했고, 차를 주겠다거나, 전처에게 5억을 주었다거나, 고흥 땅에 펜션을 지어 살자고 하는 등 경제력을 과시했다. 그러면서 남자는 여자로 하여금 10억 원에 달하는 거액의 생명보험에 가입하게 했는데, 특약에서 상해보다 사망보험금을 최대로 늘려 선택했다. 보험금 수익자는 여자의 법정상속인, 즉 주로 전남편과의 사이에서 난 자녀들로 되어 있었는데, 남자는 여자를 설득해 보험금 수령자를 자신으로 변경했다. 그러고는 17일 만에 이 사고가 일어났다.

경찰은 남자의 고의 살인이라고 봤다. 차를 중립 기어 상태로 두고 내린 다음 차 뒤편을 보러 가는 척하고는 뒤에서 차를 밀어 바다에 빠뜨렸다는 것이다. 경찰이 살인이라고 본 근거는 보험 말고도 더 있었다. 남자는 12월 23일 금오도의 사건 현장 선착장에 가서 사진들을 찍어둔 사실이 밝혀졌는데, 범행을 위한 사전답사가 아닌가 의심되었다. 남자는 12월 31일 여자에게 해돋이를 보러 가자고 하여 선착장 방파제로 차를 몰았다. 그러고는 그날 밤 11시경 차가 바다에 추락해 여자가 사망한 것이었다.

사고 당시 상황도 의심스러웠다. 남자는 차를 돌리려 후진했다고 하는데, 지형상 그 방파제에서 돌아 나가려면 차를 일단 앞으로 전진해서 크게 유턴해야 했다. 그런데 후진을 했다는 것부터가 이상했다. 기어를 중립으로 놓고 내리는 실수를 했다고 하지만, 20년간 관광버스를 운전한 경력이 있는 남자가 이런 실수들을 했다고 생각하기는 어려웠다. 한겨울 그 추운 날에 조수석 뒤 창문이 7센티미터 내려져 있었는데, 차에 물이 쉽게 차도록 일부러 열어둔 것이 아닐까, 의심되었다. 부부관계를 가졌던 것도 여자를 나체로 만들어놓아 쉽게 차 밖으로 나가기 어렵게 하려던 게 아니었을까. 남자는 추락 직후 직접 아내를 구하려는 시도도 하지 않았다. 마을에 구조를 외치러 갔다고 주장하지만, CCTV에는 아내가 물에 빠진 상황인데도 어슬렁어슬렁 걷다가 마을 입구 쪽에 와서 급하게 걷는 모습이 보였다. 마치 보여주기식 같았다.

결정타는 현장의 물리학이었다. 교통 전문가는, 경사로라고 하더라도 중립 기어로 두고 내렸을 때 차가 멈추어 있었다면 이후 차가 스스로 굴러가는 경우는 없다, 라고 단언했다. 즉, 남자가 차를 뒤에서 밀지 않았다면 차가 굴러 내려갔을 리 없다는 거였다.

사건 6년 전인 2012년에 남자는 현직 경찰 두 명과 공모해서 우체국 금고에서 5200만 원을 턴 범죄를 저지른 전력이 확인되었다. 그리고 남자가 여수의 한 성인오락실 바지사장인 여성을 휴대전화로 불러냈는데 그 직후 여성이 실종되는 사건도 있었다. 모두 남자에게 유리한 사정은 아니었다.

남자는 살인으로 기소되어 법정에 섰다.

과연 계획 살인인가 사고인가. 1심은 유죄로 판단했다. 여러 의심스러운 요소들을 근거로 했고, 밀지 않으면 차가 굴러갈 수 없다는 교통 전문가의 의견을 채택한 것이 결정적이었다. 재판부는 무기징역을 선고했다. 그러면서, 범죄의 악성이 높으므로 추후 가석방도 허용되어서는 안 된다는 취지로 판결문에 썼다. 대단히 이례적인데, 그만큼 죄질이 좋지 않다고 본 것이었다.

그러나. 역시 그러나였다. 2심 재판부는 모든 걸 뒤집고 무죄를 선고했다. 판결문이 길었지만 한마디로 요약하면 '사고일 가능성이 있다'는 이유였다. 2심 재판부는 금오도까지 가서 실험을 진행했다. 차가 후진하다가 부딪쳤다는 난간에서 1미터 정도 떨어진 지점에 차를 정차하고 중립 기어 상태로 내려보니 차량이 서 있기는 했다. 그런데, 어떤 특정 지점에 차를 세우면 조수석 탑승자가 누워 있다가 상체를 급히 들어 올렸을 때 차가 그 힘으로 경사면을 내려가는 경우가 있었다. 남자가 하차할 당시 여자는 나체 상태였고, 조수석을 뒤로 젖힌 상태로 누워 있었다고 했다. 그 상태에서 여자가 벌떡 일어났다면……. 이것이 1심 판단을 뒤집는 결정적인 계기였다. '이 사건도 그랬을 수 있다.' 아슬아슬한 균형 상태로 차가 정차해 있었는데, 조수석에 있던 아내가 갑자기 몸을 일으키는 통에 차가 균형을 잃고 경사면을 내려가게 된 건지도 모른다. 그렇다면 살인이 아니라 사고다. 물론 가능성이 낮지만, 낮다고 하여 없지는 않다. 즉, 단순 사고일 가능성, 즉 남자가 무죄일 가능성이 없지는 않다. 그렇다면 100퍼센트에 가까운 확증이 필요한 형사재판에서 유죄로 할 수 없다. 그게 유무죄를 갈랐다.

사건은 결국 실수로 중립에 기어를 두고 내리는 바람에 차량을 굴러가게 해서 사망 사고를 낸 것으로 정리되었고, 남자는 살인 대신 '과실치사'라는 죄명으로 금고 3년 형을 받는 것으로 끝이 났다.

이 판결은 대법원에서 확정되었다.

선재는 뭐라 말할 수 없는 안타까움을 느꼈다. 선재는 죽음을 맞이한 '피해자'의 유족이었다. 감정이입이 되는 쪽은 아무래도 피고인보다는 사망한 여성 쪽이었다. 판결에 의문도 들었다. 조수석 아내가 갑자기 몸을 일으키는 통에 차가 굴렀을 수 있다고 하지만, 시사 프로그램에서 한 실험을 보면 단순히 벌떡 일어나는 정도가 아니라 격렬하게 들썩일 정도로 몸을 움직였을 때 그나마 차량이 서서히 움직였다. 그날 밤 차 안에서 나체인 여성이 과연 그럴 일이 있었을까? 설령, 자로 재기도 힘든 그 특정 지점에 차를 세웠고, 몸을 요동치는 바람에 차가 바다에 빠지는 사고가 일어날 수 있다고 쳐도, 무죄 판단은 그 우연이 이런 수상한 보험이 체결된 직후에 있었다는 상황까지 고려한 것일까? 그리고 살인임을 가리키는 수많은 정황들은? 이 모두가 우연히 한 사건에서 동시다발적으로 일어날 수 있을까? 그것이 범인이 아닐 수 있다는 '합리적 의심'일까?

아무튼 진실을 알 도리는 없다. 판사가 달리 판단했다는 현실만이 눈앞에 있다. 형사재판은 영원히 끝났다.

이후 아나나 다를까, 남자는 보험사를 상대로 민사소송을 냈다. 그런데 여기서, 서찬휘 변호사도 말했던 그 판결이 나오게 된다. 1심 법원은 '남자가 아내를 죽였'고 인정하고, 그렇기에 보험금을 지급해선 안 된다고 판결했다. 이번 양길의 소송을 생각하면 꼭 필요한, 가뭄에 단비 같은 판결이었다. 이러쿵저러쿵 에두르지 않고 '살인했다'고 인정하고 청구기각. 어딘가 답답했던 선재의 속을 시원하게 해주었다. 마치 형사재판에서 무죄를 받았지만 민사재판에서는 살인이 인정되고 거액의 배상 판결을 받은 미국의 O. J. 심슨 케이스 같잖아?

하지만 이 판결은 거대한 벽에 부딪힌다. 그 직후에, 캄보디아 95억 보험금 사건의 대법원 판결이 내려진 것이다. 선재도 익히 알고 있듯이, 보험금 청구 모두 인용. 결국 금오도 사건의 이 판결도 버틸 수 없었다. 비슷한 사건에서 대법원이 이리해 놓았으니 이 판결 또한 파기가 예약된 셈이었다. 역시나 그 판결은 2심에서 완전히 뒤집혀 보험금 청구가 인용되었고, 그대로 대법원에서 확정되었다.

금오도 사건은 캄보디아 아내 사건과 여러모로 흡사했다. 증거가 많았음에도 결국 형사재판에서 무죄판결을 받았고,

피고인이었던 남자는 보험금 소송을 냈다. 대법원은 '보험금도 주라'고 선언했다. 사건의 무대, 사람만 바뀌었을 뿐 동일하다. 심지어 하급심 법원이 한 번은 유죄로 확신하고 무기징역을 선고했었다는 점도 같다. 그만큼 의심스러웠단 얘기일 것이다. 남자는 무기한의 차가운 감방살이 대신 대법원이 건네는 12억 원의 따뜻한 격려를 받았다. 선재도 익히 아는 안타까운 결말이었다. 이쯤 되면 대법원이 무얼 하는 곳인지 모를 지경이었다. 금오도 보험금 사건에서 모처럼 가슴을 뻥 뚫는 1심 판결이 나왔는데 한말씀으로 대번에 묻어버렸다.

캄보디아 여성 사망사건에서와 같은 의문이 떠올랐다.

이 사람이 살인죄로 형을 살지는 않는다 쳐도, 보험금을 받는 게 맞는 걸까? O. J. 심슨이 형사에서는 무죄를 받았지만 민사에서는 살인이 인정되고 배상 명령을 받았다던데, 우리는 왜 이렇지? 캄보디아 사건이건 금오도 사건이건 심슨 사건보다 증거가 더 많으면 많았지 덜하지 않은 거 같은데? 심지어 심슨 사건에선 미식축구 슈퍼스타를 파산시킬 만큼의 거액 배상을 지우는 재판이었는데도 살인을 인정했잖아. 반면에 우리 보험금 재판은 횡재를 하느냐 마느냐의 문제인데, 다시 말해 기각된대도 본전인 재판인데, 그렇다면 살인을 인정하는 허들도 더 낮아져야 하는 거 아니야? 이

지경인데도 아예 살인이 아니라고 해주면서까지 돈 보따리를 안겨주는 게 맞는 거야? '살인자일지도 모르는 사람'에게 돈을 주려면 조금은 더 신중해야 하지 않을까? 미국 법이 잘못되었고, 우리 법이 옳은 걸까? 우리나라 재판이 미국보다 나은 걸까? 우리가 다른 분야는 못 미치면서 유독 사법부만 훌륭해서 미국을 뛰어넘은 걸까?

선재는 그 물음들에 끝내 고개를 끄덕일 수 없었다. 이런 재판이 법률상 옳은지 어떤지 알 수 없었지만, 선재가 보기에 한국의 사법부는 하늘 위 이론의 세상에서 내려와 서민 곁으로 한 걸음 다가갈 기회를 스스로 차버린 것만 같았다. 속세에 잠깐 발을 담그고는 앗 뜨거, 이곳은 있을 데가 아니야, 하고는 다시 저 위로 날아가 버렸다. 그들만의 구름 속 제국으로.

금오도 사건은 또 한 번 사법에의 실망을 안겨주었지만, 탄식으로 해결되는 문제는 없었다. 선재의 눈은 현실의 사건 안에서 좁은 틈을 찾으려 애썼다. 가늘지만 가능성은 있다. 놓칠 수 없다. 금오도 사건에서 확인했다. 형사재판에서 무죄를 받았더라도 증거만 충분히 있다면 민사재판에서 독자적으로 살인을 인정할 준비가 된 판사는 이 나라에도 분명히 있었다. 서찬휘 변호사의 말대로다. 양길의 보험금 소송에서 그런 판사를 만나지 않는다고 단정할 수 없지 않은가. 만약 그렇게 된다면 이쪽의 준비 부족으로 기회를 놓치는 셈이 된다. 얼마나 통탄스러울까. 예상 밖의 결과가 나오는 게 재판이라면, 보험금 소송에서도 그러지 않으리란 보장이 없다. 운명이 서너 번 날 넘어뜨렸다면, 한 번 정도는 양길도 자빠트릴 수 있단 얘기 아니겠어? 보험사가 안 한다면 내가 하겠어. 형사재판 증거 기록을 손에 넣고, 파헤치고, 그걸 보험금 소송에 던져놓는 거야. 자, 이걸 보세요. 이래도 살인이 아닙니까?

선재는 희미하지만 희망을 보았다.

그리고 종내는 문병일 변호사 사무실 취업에 성공했다.

＊

다행히, 보험금 소송은 문병일 변호사가 담당하지 않고 있었다. 문병일은 형사사건을 주로 수행하는 변호사인 탓에 양길이 불안했는지 보험금 청구는 다른 법무법인에 맡겼다. 그 조그만 행운 덕분에 선재는 안심하고 이 사무실에 취직할 수 있었다. 형사재판이 끝난 양길은 여기에 들를 일이 없고, 마주칠 일도 없다.

'캐비닛에서 서류를 꺼내야 해.'

하지만 사건기록을 통째로 가져가면 절도가 되니 훗날 곤란해질 수도 있다. 선재는 기록을 복사하고 원본은 도로 넣어둘 작정이었다. 다만 업무 시간 내에는 곤란했다. 생뚱맞게 지난 사건기록을 캐비닛에서 꺼내 복사하고 있으면 당장 사람들의 눈에 띈다. 퇴근 시간이 지나고 사람들이 없을 때 몰래 실행해야 했다.

원래 선재의 계획은 문병일은 물론 조하영도 모르는 틈에 몰래 배양길 사건의 기록을 빼내서 복사하는 것이었다. 그러다 보니 조하영에게도 그 사건기록이 어딨는지 따로 묻지 않았다. 이상하게 여길까 봐서였다. 그녀도 어차피 이 사무실 직원이다. 선재가 기록에 관심이 있다는 걸 눈치채게 할 어떠한 빌미도 주고 싶지 않았다. 선재는 캐비닛이 열릴 때마다 눈에 불을 켜고서 기록을 찾아보았다. 하지만 희한하게도 배양길 사건기록만은 도무지 눈에 띄지 않았다.

초조해진 선재는 결국 조하영에게 넌지시 물었다.

"알고 봤더니 여기 변호사님이 유명한 사건 하셨던데요."

"몇 개 있죠. 어떤 사건 말하는 거예요?"

"그거 있잖아요, 왜. 필리핀에서 사람 죽은 거."

"아, 배양길 씨 사건요. 맞아요. 변호사님이 했죠."

이때만 해도 조하영은 조금은 신이 나 보였다. 사무실 선배로서의 경력을 과시할 기회다.

"그 사건기록도 이 사무실에 있겠네요."

"있죠."

조하영은 갑자기 시큰둥해졌다. 사건을 둘러싼 가십이라면 몰라도 기록 종이에는 조금의 관심도 없다. 선재가 뭐라 말하기 애매해 머뭇거렸더니, 조하영은 그래도 입이 근질거린 모양이었다.

"변호사님 방에 있을걸요. 지금 하는 사건이나 끝난 지 얼마 안 된 사건은 방에서 아직 안 나올 때가 있어요."

"아, 그럼 변호사님 방 캐비닛에……."

"그렇죠. 거기에 두셨을 거예요."

조하영은 흥미를 잃은 듯 모니터로 눈을 옮겼다. 더 캐물으면 괜한 의심을 살지 모른다는 생각에 선재도 그쯤에서 대화를 끊었다.

낭패스러웠다. 변호사 방 안의 캐비닛이라면 접근이 더 어렵다. 열쇠를 찾기도 번거로울 뿐 아니라 방 안에는 CCTV 카메라가 설치되어 있다. 기록을 꺼내는 모습이 찍히게 하고 싶지는 않았다.

그때부터 변호사가 방에서 인터폰으로 사람을 부를 때 선재는 일부러 조하영 대신 들어가곤 했다. 조하영은 귀찮은 일을 선재가 대신 가겠다고 나서니 좋아했다. 선재는 방 안 캐비닛이 열릴 때만을 노렸다. 캐비닛 열쇠의 위치를 알게 되기까지는 그리 오래 걸리지 않았다. 의외로 관리는 허술했다. 문병일은 열쇠를 그저 책상 위 문구 함에 넣어두고 있었다. 자주 쓰는 터라 그 정도로 해둔 것 같았다. 사무실 보안 문제도 그동안은 없었던 모양이다. 하긴, 돈도 안 되는 캐비닛 안 기록을 노리는 사람이 있었을 리 없다.

됐다. 생각보다 어렵지 않겠어.

이제 기다릴 이유는 없다. 선재는 그날 낮에 문구점에 들렀다. 마침 조하영이 "사무실용 물품을 사러 가야 하는데……." 하고 중얼거리는 걸 듣고 냉큼 "내가 갔다 올게요." 하고 나선 참이었다. 내심 그래주기를 바랐던 조하영은 사양 않고 고마워요, 하더니 사무실 공용 신용카드를 건네주었다.

선재는 우선 다이소에 들러 조하영이 적어준 물품들을 샀다. 이어 대로변 지하에 있는 문구 체인점에 들렀다. 선재는 '클린키'라는 브랜드의 복사용지를 두 박스 샀다.

"4만 6000원입니다."

카운터의 직원이 말했다. 선재는 조하영이 건네준 신용카드를 꺼내 건네다가 멈칫했다.

"아, 다른 카드로 결제할게요."

선재는 그 카드를 도로 지갑에 넣고 자신의 백에서 신용카드를 꺼내 계산했다.

"영수증 드릴까요?"

"네. 주세요."

선재는 영수증을 받아 챙겼다.

사무실에 돌아온 선재는 조하영에게 신용카드와 다이소 물품을 건네주었다. 이어 카트에 싣고 온 복사용지 두 박스를 선재가 낑낑거리면서 테이블 위에 올려놓자 조하영이 호들갑스럽게 말했다.

"언니. A4 용지도 샀어요?"

"네. 다 떨어져 가는 거 같아서요."

"아뇨. 저 탕비실 안쪽에 더 있어요. 살 필요 없었는데."

"그래요? 몰랐어요."

조하영의 입이 삐져나와 있었다.

"그리고, 언니. 우리 사무실은 세븐럭 제품을 써요. 클린키 것보다 더 두꺼워서 변호사님이 이걸 좋아한다고요."

"아, 그래요? 몰랐어요. 이게 싸길래."

조하영은 혼잣말처럼 덧붙였다.

"시키지 않은 거 할 거면 좀 잘 알고서 해야지."

선재는 불쾌했지만 아무런 대꾸도 하지 않았다. 조하영과 굳이 갈등을 만들 필요가 없다. 머지않아 안 보게 될 사이다.

어쨌든 복사할 종이도 넉넉히 준비되었다. 선재는 실행할 때를 노렸다.

틈은 며칠 만에 찾아왔다.

"근처에 저녁 약속이 있어서 조금 일찍 퇴근이야."

문병일 변호사가 30분 정도 일찍 사무실을 나섰다. 잘됐다. 변호사가 없으면 직원들도 왠지 느슨해진다.

"언니, 저 먼저 갈게요."

그때부터 다른 직원들도 주섬주섬 사무실을 나섰고, 맨 마지막으로 조하영이 5시 50분쯤 가방을 챙겼다.

"그래요. 사무실 문단속은 내가 할게요."

선재는 웃는 얼굴로 인사를 했다.

조하영이 나간 뒤, 선재는 사무실 전체의 전원을 내렸다. 전등이 일제히 꺼졌다. 이어 선재는 변호사 방의 문을 조금 열었다. 문간 아래 콘센트에 연결된 멀티탭의 스위치 하나를 껐다. 책장 위에 설치된 CCTV 카메라에 연결된 전선 쪽이었고, 낮에 봐두었다. 카메라는 전문 업체에서 시공한 물건이 아니라 사무실 내 개별 전원으로 작동하는 저가형이다. 고개를 들어 불빛을 확인했다. 늘 조그만 초록 등이 뱀눈처럼 켜져 있던 CCTV 카메라 아래쪽에 지금은 아무런 불빛도 어른거리지 않는다. 통신판매용 소형 CCTV는 그렇게 잠시 잠들었다.

선재는 책상 위 문구 함에서 캐비닛 열쇠를 꺼냈다. 캐비닛을 열고서 휴대전화 불빛에 의지해 기록을 뒤졌다. 배양길의 기록은 맨 오른쪽 칸 위에서 두 번째 선반에 있었다. 두근두근하는 가슴을 누르고 기록을 내렸다. 세 권의 기록이 끈으로 연결되어 있었는데, 검사가 제출한 증거 기록이 두 권, 재판 과정에서 만들어진 기록이 한 권이었다. 살인사건치고는 얇은 편 아닐까, 싶었다. 아무래도 타국에서 벌어진 사건이고 당초 병사로 마무리되었던 만큼 증거가 그다지 많지는 않았던 모양이다.

선재는 기록을 들고 방 밖으로 나왔다. 방 안 멀티탭 스위치를 다시 올려 CCTV 카메라를 켰고, 이어 사무실 전체 전원도 켰다. 천장 등에 불이 들어왔고, 잠시 꺼졌던 복합기도 윙윙 소리를 내며 깨어났다. 선재는 기록 더미를 옆 책상에 올려놓고서 묶인 끈을 풀었다. 그러고는 며칠 전 사두었던 복사용지 새것 묶음을 개봉해서 복합기 용지함에 넣었다.

사건기록을 위쪽부터 한 뭉치 두툼하게 집어서 복합기 트레이에 놓았다. 복사 버튼을 누르자 기계는 아래쪽에서 착실하게 복사물을 토해내기 시작했다.

위잉 위잉 위잉 위잉.

기록이 이렇게나 두꺼웠나. 기계는 끊임없이 용지를 배출했다.

인적 없는 사무실 안, 소리가 귀를 쿵쿵 울렸다. 기계음은 유독 컸다. 복합기는 입을 틀어막을 수 없는 짐승 같았고, 끊임없이 그르릉댔다. 이목을 끌 것만 같았다. 여기, 모이시오. 수상한 짓을 하고 있어요. 종이가 한 장씩 덜컥덜컥 나올 때마다 그렇게 말하는 것 같았다. 진땀이 흘렀다.

누군가 보면 어떡하지? 텅 빈 사무실에서 기록을 복사하고 있으면 아무래도 이상해 보이지 않을까. 복도를 지나던 누군가가 소음을 듣고 불쑥 들어와 퇴근 시간이 지났는데 뭐 하냐고 물으면 뭐라고 대답해야 할까.

변호사 사무실이 다닥다닥 붙은 건물이다 보니, 아무리 삭막한 도시라지만 같은 층 사무실의 변호사와 직원들은 서로 알고 지낸다. 문을 열고 들어와 사탕 하나씩 주고 갈 만큼의 친분은 있다. 퇴근하는 사람, 복도를 지나는 사람 누구나 들어올 가능성이 있다. 그렇다고 굳이 문을 잠그려니 그쪽이 더 이상하다. 만에 하나 누가 보더라도 일상대로 문을 잠그지 않은 채 작업하는 모습이 더 자연스럽고 둘러대기도 좋다. 하지만 언제든 열릴 수 있는 문 바로 앞에서 홀로 복합기를 돌리고 있으려니 괜히 찔리고 심장이 두근거렸다.

선재는 불빛이 새어 나가는 창문 너머 복도를 힐끔거렸다. 복도를 지나는 실루엣이 몇 있었다. 다행히 이쪽을 신경 쓰는 사람은 없었다. 하지만 가슴은 콩닥콩닥 뛰었다. 기계는 선재의 조급한 마음을 아랑곳하지 않고 일정한 속도로만 복사지를 뱉어냈다.

얼마의 시간이 지났을까.

복사가 거의 끝났다. 20여 장 남짓 남았다. 됐다! 이 정도라면…….

그때였다.

벌컥, 사무실 문이 열렸다.

선재는 소스라치게 놀랐다. 눈을 휘둥그레 뜨고 놀란 건 상대도 마찬가지였다. 하지만 상대방은 선재가 놀라니까 따라 놀란 것 같았다.

문을 열고 들어온 사람은 조금 전 퇴근했던 문병일 변호사였다. 아차, 싶었다. 차라리 태연했다면 문병일도 일상적인 업무 정도로 여기고 어떠한 의심을 품지 않았을지 모른다. 하지만 선재가 그를 보고 기겁을 했고, 본능적으로 몸을 틀어 복사된 종이 더미 앞을 막는 모습을 보이고 말았다.

"선재 씨. 뭐 하는 거야? 퇴근 안 해?"

문병일이 한 발짝 다가왔다.

"아, 네. 조금 뭐 복사할 게 있어서요."

"내가 복사시킨 게 있었나?"

문병일은 선재의 뒤편에 가득 쌓인 복사용지로 시선을 보내며 의심스럽다는 듯이 말했다. 그때 그의 뒤편에서 사람의 그림자가 또 등장했다. 문병일을 뒤따라 사무실로 들어온 모양이다.

선재는 얼어붙었다. 머리카락이 쭈뼛 서고 입술이 새파랗게 질렸다. 자신도 모르게 이를 악물었다.

이자가 왜 지금, 여기에?

문병일을 뒤따라 들어온 인물은 양길이었다. 그도 곧 선재를 알아보았다.

"어? 뭐야? 당신…… 한선재잖아!"

양길이 불쑥 앞으로 나섰다. 문병일이 뒤돌아보며 양길에게 물었다.

"아는 사입니까?"

양길은 즉시 대답을 하지 않고 선재를 지긋이 보고 있다가 말했다. 입술이 뒤틀려 올라갔다.

"송지훈 여친입니다."

"네? 그 세부에서 병사한?"

문병일이 놀란 얼굴로 선재를 보았다. 당혹스러움과 의아함이 뒤섞인 표정. 그는 이어 곧 미간을 찌푸리더니 다그치듯 말했다.

"…… 왜 우리 사무실에?"

선재가 대답을 하기도 전에 양길이 복합기 옆에 놓인 사건기록을 발견하고는 외쳤다.

'이거 내 사건이잖아! 이걸 복사했어! 이년이!"

욕설을 하면서 양길이 한 발짝 더 내딛으려는데 문병일이 팔을 들어 제지했다. 그러고는 선재를 향해 눈을 치켜떴다.

'뭡니까? 우리 사무실에 취업해서는 몰래 기록 빼 가려고 했어요?"

다 드러났다. 이제 발뺌할 여지는 없다. 돌이킬 길도 없다. 선재는 허리를 꼿꼿이 세우고 말했다.

'네. 사건기록 좀 복사하려고요. 피해자한텐 통 안 보여주 잖아요. 그래서 신세 좀 졌어요."

선재의 반응이 의외였던 모양이다. 어이없다는 듯 선재를 노려보던 문병일은 눈에 힘을 풀고 휴우, 하고 한숨을 쉬었 다. 어쩔 수 없다는 듯한 표정. 하긴 그는 피해자 측이 기록 을 보건 말건 이제 별 이해관계가 없다. 형사재판 변론은 이 미 끝난 일이다. 하지만 양길의 반응은 격렬했다.

"야, 이 시팔! 너 여기서 뭔 짓 꾸민 거야? 지훈이가 술 마 시다가 심장마비로 죽었다고, 어? 내가 몇 번을 말했어? 의 사도 그렇게 확인했는데, 어? 판사도 그렇게 판결했잖아! 근 데 뭐가 꼬여서 이런 짓까지 해? 날 엿 먹여 보려고? 와, 이 거, 돌아이네, 진짜!"

마치 위협을 느낀 동물의 본능적인 외침 같았다. 양길이 흥분한 만큼 선재는 냉정해졌다.

"욕설 그만해. 모욕죄가 될 수 있어. 네 덕분에 나도 법 공부 좀 했거든."

"…… 아하, 그래?"

선재가 차분하게 말하자 양길의 말투도 갑자기 찬물을 뒤집어쓴 듯 싸늘해졌다. 흥분이 불리한 처지를 만든다는 걸 깨달은 듯했다. 이렇게 태도가 급변하는 능력도 범죄자의 천성일까.

"아무튼, 천만다행이야. 오늘 보험금 재판에 필요해서 변호사님 잠깐 만났는데 그러길 정말 잘했네. 뭐 확인할 게 있어서 잠깐 사무실에 들렀더니만 이 꼴을 보네."

문병일 변호사가 보험금 소송을 맡은 건 아니었지만 사건 내용을 잘 아는 터라 협조가 필요했던 모양이다. 그 만남이 하필이면 오늘이라니. 양길이 계속 이죽거렸다.

"근데 이것만 봐도 하늘은 내 편인 거 같지 않아? 아니, 정의가 내 편인가?"

양길이 손을 뻗어 복사물에 손을 대려는 순간 선재는 재빠르게 몸으로 막아섰다. 그러면서 가져온 보스턴백 안에 복사한 기록을 쓸어 담아버렸다. 양길은 어이없다는 듯 선재를 쳐다보았다.

"내놔. 도둑질로 신고하기 전에. 아, 주거침입도 되나? 어때요, 변호사님?"

양길은 그러면서 문병일을 돌아보았다. 문병일은 그 시선을 받지 않고 선재에게 말했다.

"복사한 거 내려놓고 돌아가요. 이전 일은 묻지 않을 테니까."

"이제 남 일이고, 말려들기 싫으시단 거네요."

선재가 비꼬듯이 말했다.

"아무튼 내 사무실에서 기록을 훔쳐 가는 건 용납 못 합니다."

힘을 얻은 양길도 가세했다.

"그래, 이 정신 빠진 여자야. 복사한 거 놓고 어서 꺼져."

선재가 양길의 눈을 똑바로 보며 말했다.

"아니. 싫은데. 이 복사한 기록은 가져가야겠어."

"그거 도둑질이라니까."

양길이 말을 채 마치기도 전에 선재는 상의 호주머니 안에서 조그만 종잇조각을 꺼내 흔들었다.

"이게 뭐야?"

"영수증."

"영수증? 기록 놓고 꺼지라니까 갑자기 뭐야?"

"용지를 구입한 영수증이야."

"복사용지?"

"오늘 복사한 용지는 내가 산 거야. 엄연히 내 신용카드로.

헛갈릴까 봐 이 사무실에서 쓰는 용지와는 다른 제품으로 했어. 여기 포장지를 봐, 이 사무실에선 세븐럭 제품 쓰지? 하지만 난 일부러 클린키 회사의 복사용지로 샀어. 구분하려고. 그걸로 복사했으니까 이것도 내 거야."

"뭐라고?"

"원기록은 여기 그대로 둘 거야. 그러면 문제없지? 복사기 사용한 값은 변호사님이 달라고 그러시면 얼마든지 드리죠. 한 몇천 원은 되겠네요. 그래도 이 복사한 기록은 가져갈 거야. 이 종이는 엄연히 내 거니까. 만약 못 가져가게 하거나 힘으로 빼앗으면……."

"뺏으면 어쩔 건데?"

"넌 강도가 돼."

"뭐? 이년이!"

양길은 다시 평정을 잃고 욕설했다. 얼마 전까지 살인으로 형사재판을 받았던 트라우마가 강도라는 호칭에 격렬히 반응하게 한 듯하다.

"이제 겨우 살인 재판에서 해방됐는데, 다시 강도로 법정에 서고 싶진 않겠지? 자, 길을 비켜줘. 더 막고 있으면 내가 귀가를 못 하잖아."

선재는 복사한 기록이 가득 든 보스턴백을 어깨에 멨다.

"변호사님!"

양길이 문병일을 돌아보며 도와달라는 얼굴로 외쳤다. 하지만 문병일은 조용히 고개를 저었다.

'…… 비켜드리시죠. 여기서 기록을 억지로 빼앗다가 강도로 문제 삼으면 곤란해집니다. 저도 공범이 될 테고요. 이 시점에 괜한 트러블 일으키는 건 좋지 못합니다."

'그래도 저 기록은……."

양길의 몸에서 힘이 빠져나가는 듯했다.

'그렇다고 지금 당장 종이를 뺏을 순 없어요. 엄연히 저분 거니까요. 보내시죠. 어차피 다 끝난 사건입니다. 기록을 본다고 해도 달라질 건 없어요."

'그, 그래도, 주거침입인가, 뭐 그거 아닙니까?"

'복사하러 몰래 들어왔다면 주거침입이 됩니다. 하지만 선재 씨는 어쨌든 여기 직원이에요. 주거침입은 성립 안 됩니다."

문병일의 말이 쐐기를 박았다. 변호사가 아니라는데야 더 우길 방법이 없다. 양길은 고개를 돌려 외면했다. 문병일까지 발을 빼니 그도 어쩔 수가 없다. 항복의 표시다. 대신 한마디를 선재의 뒤통수에 던졌다.

"얼마든지 해봐. 검사가 그 증거 전부를 가지고도 날 어쩌지 못했는데 너 따위가?"

선재는 문병일과 양길의 사이를 비집어 걸음을 옮겼다. 그러다 문병일 앞에서 발길을 멈추었다.

"오늘이 마지막 근무가 되었네요. 급여는 안 주셔도 돼요."

문병일은 대답이 없었다.

"살인사건 재판…… 변호사님은 그저 업무였으니까 원망할 순 없겠죠. 하지만 배양길이 정말 살인자가 아니라고 확신하고 변호하셨나요?"

문병일은 여전히 말이 없었다.

선재는 대답을 기다리지 않고 뚜벅뚜벅 걸어 나갔다.

＊

선재는 바로 그날 밤 복사해 온 기록을 읽기 시작했다. 증거목록부터 시작해 증거물과 현장 사진, 사망진단서를 비롯해 필리핀 현지에서 작성된 문건, 한국 경찰이 양길과 주변인을 상대로 받아낸 조서, 국립과학수사연구원의 감식결과 보고서, 약물분석 보고서, 각종 의학 자료, 그리고 재판에 현출된 증언 녹취록, 변호인이 낸 의견서와 검사 의견서……. 수천 쪽에 달하는 그 기록을 꼼꼼하게 읽는 데에는 꼬박 이틀이 걸렸다.

양길의 무죄를 선언한 판결문을 옆에 두고 기록과 비교해 보았다. 혹시 중요한 증거를 판사가 간과하지는 않았을까.

유죄를 가리키는 분명한 논리를 못 보고 지나치지는 않았을까……. 하지만 주관적인 입장을 최대한 제쳐놓고 보더라도 중요한 증거는 판결문에 대부분 나열되어 있었다. 판사가 못 보고 넘어간, 놓친 증거는 피해자 유족의 눈에도 보이지 않았다. 오타를 수십 개 찾아냈을 정도로 샅샅이 기록과 증거를 훑어보았음에도 그랬다. 다만 한 가지 판사와 극명하게 달랐던 건, 사건기록을 읽은 선재는 양길이 살인했다고 더욱 확신했지만 판사는 그걸로는 유죄로 하기에 부족하다고 보았다는 점이었다.

며칠을 끙끙대며 보던 기록을 밀쳐놓고서 선재는 휴대전화를 들었다. 상대방은 양길이 소송을 건 보험사 측이었다.

자신이 누구인지를 밝히고 소송 사건을 담당하는 직원을 바꿔달라고 했다. 서너 차례 사람이 바뀐 후에야 겨우 해당 직원과 연결되었다. 법무팀의 누구라고 했는데, 이름은 잘 들리지 않았다.

'다름이 아니라요, 배양길의 형사재판 기록을 드리고 싶은데요. 보험금 소송에 도움이 되었으면 해서요.'

아무래도 법률 전문가가 아닌 선재가 기록을 보아서는 좀처럼 틈을 찾을 수 없단 걸 인정해야 했다. 전문가 집단에 자료를 제공해서 활용하게 하자. 그런 생각이었다.

"감사합니다만 안 주셔도 되겠습니다."

"네? 왜요?"

상대방은 분명 경계하고 있었다. 통화만으로는 선재의 신상을 확인할 수 없었을 것이다. 선재가 피해자 유족이란 사실을 확인한다 해도 마찬가지리라. 상대방은 직원에 불과하다. 이해관계가 없다. 검사는 차라리 자신의 업무이기라도 했지, 이 직원한테는 냉정하게 말해서 '회사 일'이다. 승소는 그의 관심사가 아니다. 법무법인에 소송을 맡겼으니 진행 상황을 체크해서 상사에게 보고만 하면 그만이다. 더 나설 필요도 없고 비전형적인 행동을 취해서 골치 아파질 이유도 없다. 이런 식으로 기록을 전달받고 어쩌고 하는 일 자체가 업무 외적인 부담이다.

"그래도 혹시 도움이 되지 않을까요?"

"마음은 감사합니다만 소송은 법무법인이 알아서 하겠지요. 정 필요하면 중요한 기록 부분은 검사 쪽에 송부촉탁해서 받아볼 수도 있고요."

'송부촉탁'은 법원이 다른 기관에 문서를 보내달라고 요청하는 절차를 말한다. 하지만 법원이 요청해도 검사는 문서의 일부만을 보내준다고 선재는 알고 있다. 보험사 또한 유족들이 받는 그 서류 정도 이상을 갖지 못할 수 있다.

"그래도 형사재판 기록 전부를 입수하시진 못할 텐데요. 제가 가지고 있는 기록은 사건 전부의……."

"죄송합니다만 아무리 피해자 유족이시라 해도, 이 사건은 우리 회사의 소송입니다. 더 관여 안 하셔도 되겠습니다."

직원의 목소리가 냉랭해졌다. 법무법인에 기록을 전달하려는데 중간에서 가로막혀 버리니 답답했다. 더는 안 되겠구나. 선재는 깨달았다.

"그럼, 사건번호만이라도 알려주실 수 없을까요?"

"사건번호는 왜요?"

"어떻게 진행되는지만이라도 지켜보고 싶어서요. 대법원 사건검색 사이트에 들어가면 알 수 있으니까요."

직원은 잠시 생각하더니 사건번호를 알려주었다. 그 정도로는 어떠한 개인정보 유출도 되지 않으리라 판단한 듯했다. 지분지분 들러붙는 이 유족을 이거라도 던져주어 떼어내자는 심산도 작용했을 것이다.

"고맙습니다."

선재는 끝까지 예의를 갖추어 말했다. 어쨌든 보험사 측은 적이 아니다. 오히려 적의 적이니 아군에 가깝다. 아니, 보험사의 승소를 간절히 바라고 있다.

네, 감사합니다, 하며 상대방 직원도 그제야 경계가 풀렸는지 친근하게 인사를 받았다.

민사재판 사건번호를 대법원 사이트에 입력하고 보험사명을 집어넣으니 재판 상황이 노출되었다. 언제 이쪽이 서면을 내고, 상대방 서면이 언제 제출되었는지 하는 내역. 그동안 꽤 많은 서면 공방이 오갔고, 증인신문도 있었다. 하지만 선재는 거기에는 관심이 없다. 재판의 내용이 중요하다. 어떤 주장을 하고 어떤 증거들이 오가는지, 그걸 알아야 했다. 그런 내용까지는 웹사이트에 나오지 않는다. 오직 당사자만이 알 수 있다.

선재는 다음 재판이 열리는 법정과 날짜를 받아 적었다. 서울중앙지방법원 제558호 법정. 변론 기일은 다음 달 2일 오전 10시 40분에 예정되어 있었다.

직접 가서 서류를 전달해야겠어.

법정에서 보험사 측 변호사를 만날 작정이었다.

다음 달 2일 오전 10시 40분이 조금 넘은 시간.

방청석에는 선재 혼자 덩그러니 앉아 있었다. 재판은 공개가 원칙이지만 이런 민사재판은 원고나 피고의 가족이거나 사건에 특별한 관계가 있는 사람이 아니면 거의 방청하러 오지 않는다.

판사 세 사람이 장승처럼 늘어선 법정에서 양측 변호사가 열변을 토하는 소리가 울리고 있었다.

"송지훈 씨는 내용을 이해하고 보험계약을 체결한 것이 아닙니다. 친구인 배양길 씨가 강하게 권유하니까 도와주는 셈 치고 어떤 계약인지 내용을 전혀 알지도 못한 채 도장을 찍은 겁니다. 그렇기 때문에 이 보험계약은 무효입니다."

보험사 측 변호사였다.

"계약서에 본인의 도장이 찍혔습니다. 이 경우 본인이 날인한 것으로 추정됩니다. 그리고 본인이 날인한 계약의 내용을 모르고 있었다는 것은 도무지 이치에 닿지 않습니다."

양길을 대리하는 변호사였다. 늙수그레한 중년으로, 보험사 측 변호사보다 나이가 스무 살은 많아 보였다.

"본인이 계약했는데, 계약 내용을 모르고 있었다는 건 어떤 뜻입니까?"

보험사 측 변호사를 향한 판사의 말이었다. 명백히 나무라는 말투였다.

'보험설계사도 지난번 증언했듯이, 보험설계사가 계약하려고 송지훈 씨를 만났을 때 서류 검토를 일절 하지 않았고 약관을 읽어보지도 않았습니다. 그저 동석했던 배양길 씨가 모든 계약을 주도했고, 송지훈 씨는 배양길 씨가 시키는 대로 도장만 찍어주었다고 말했습니다. 그렇다면 송지훈 씨에게는 계약 체결의 진정한 의사가 없었다고 보아야 합니다. 따라서 이 계약은 무효입니다."

양길의 변호사가 즉각 반박했다.

"그 자리에서 계약서를 읽지 않았다고 해서 내용을 몰랐다는 건 말이 안 됩니다. 송지훈 씨는 이전에 이미 계약 내용을 다 알고 있었습니다. 계약하는 자리에는 도장만 찍으러 온 것입니다. 그런 경우는 흔합니다."

보험사 측 변호사는 잠시 머뭇거리다가 말했다.

"그렇지 않다고 해도, 이 계약은 사회질서에 반하므로 민법 제103조에 따라 무효입니다."

양길 측 변호사의 입가에 희미한 비웃음이 떠올랐다.

"민법 제103조 위반 주장에는…… 굳이 답할 필요조차 느끼지 못합니다. 적절히 판단해 주십시오."

양길의 변호사는 보험사 측 주장이 말이 안 된다는 반론을 태도로 보여주려는 것 같았다.

"103조 위반 주장을 굳이 하셔야 합니까?"

판사가 보험사의 변호사를 향해 버럭 짜증을 냈다. 그동안 판사 세 사람은 마치 액자 그림처럼 앉아 있었기에 존재를 거의 의식하지 못했었다. 그런데 그중 한 명이 돌연 소리를 지르며 나오니 선재는 깜짝 놀랐다. 이어 의아한 생각이 들었다. 그 주장이 법적으로 무리한지 어떤지는 모르겠지만 법정은 자유롭게 할 말을 하는 곳 아니었나? 어떤 주장을 할지 말지까지 판사가 좌지우지해선 안 되지 않나. 공도 못 차게 해놓고 노골 판정을 하려는 건가. 이 사람은 자신을 판사가 아니라 사또라고 생각하는 걸까.

판사의 태도가 좋아 보이진 않았지만 그만큼 보험사 측 주장이 터무니없는 건가 싶기도 했다.

"아, 예, 뭐, 일단은 유지하겠습니다."

보험사의 변호사가 더듬거렸다. 판사의 심기를 상하게 했다는 생각에 평정을 잃은 모습이었다.

답답함이 커져갔다. 변론을 끝까지 지켜보았지만 기다리던 이야기는 끝내 나오지 않았기 때문이다. 양길이 살인했는지, 그래서 보험금 지급을 거부할 수 있는지를 두고 싸울 줄 알았다. 그런데 양측 변호사들은 지훈이 보험계약을 체결할 때 계약 내용을 제대로 알고 있었는지를 두고 다투고 있었다. 판사는 한술 더 떴다. 마치 이야기가 다른 쪽으로 새지 않도록 단속하는 것 같았다. 자신이 그린 구도 밖의 이야기가 나오면 아예 짜증을 냈다.

선재는 이해할 수 없었다.

왜? 왜 '배양길의 살인'은 이 테이블에 올라와 있지 않은가.

재판은 예상과 다른 방향으로 달리고 있었다. 무어라 말할 수 없이 마음이 답답했다. 예송논쟁이라고 했던가. 마치 왕이 죽자 3년 상으로 할지 1년 상으로 할지 죽어라 싸웠던 조선시대 말싸움을 보는 듯했다. 그게 '예'의 본질과 무슨 상관이 있을까. 마찬가지로, 양길의 살인을 제쳐두고 오가는 이 논의가 무슨 의미가 있을까. 정작 이런 동떨어진 공방이 오가고 있는 줄도 모르고 양길의 살인을 입증해 보려 온갖 노력을 했다고 생각하니 허무하기까지 했다. 선재는 뒤늦게나마 양길의 살인이 확인될지도 모른다고 기대했다. 하지만 정작 재판을 지켜보니 실망만 드리울 뿐이었다. 이 재판이 마치 어항 속 물고기 같다는 생각을 했다. 자유롭게 어디든 헤엄친다고 여기겠지만 실은 좁은 어항 안을 영원히 뱅뱅 돌 뿐이다.

아무튼 중요한 건 재판의 결론이다. 요점이 빗나간 논쟁이 오가든 말든, 그건 됐다. 마지막에 이기면 된다. 이겨야 한다. 오늘의 문제는 그렇지 못할 것 같은 실제적인 위기감이 있다는 데에 있다. 보험사 변호사의 말은 법을 모르는 선재가 듣기에도 억지 같았다. 양길 측 변호사의 조롱, 판사의 짜증도 보았다. 보험사의 변호사는 상대방 변호사, 아니 판사가 짜놓은 틀에 갇혀버린 게 아닐까 싶었다. 법정에 모인 모든 이들이 헛된 곳에 힘을 쓰고 있었는데, 보험사 측 변호사가 가장 그랬다. 지훈이 계약서에 도장을 찍었다는 움직일 수 없는 사실을 두고 이리저리 애써봤자 꿈쩍할 리가 없다. 절대적으로 보험사 쪽의 손해다. 그 틀 안에서 현상을 타파해 보려고 해봤자 이런 식으로밖에 안 되지 않을까? 이래서야 이길 수 있을까. 아닐 것 같았다. 사고가 아니라 살인이라는 핵심을 도외시하고서는 어떤 법 이론을 들이대든 변죽만을 울릴 것 같았다.

선재의 낙담에 아랑곳하지 않고 변론은 허망하게 끝이 났다. 다음 기일은 약 한 달 후로 잡혔다.

주섬주섬 서류를 챙겨 법정 밖으로 나오는 보험사 변호사 옆에 선재가 따라붙었다. 인사를 건넸지만 변호사는 대꾸 없이 걸음만을 재촉했다.

"저는 피살당한 송지훈 씨 약혼녀예요."

변호사는 걸음을 멈추고 그제야 선재를 향해 몸을 돌렸다.

'네. 그러시군요."

"배양길 씨의 보험금 청구가 너무 부당하다고 생각해서 법정에 나와봤어요. 그래서 재판도 지켜보았고요."

"네에……."

변호사는 애매한 표정을 하고 엉거주춤 서 있었다. 어떻게 반응해야 할지 모를 법하다. 가까이서 보니 앳된 기운이 있을 만큼 젊은 변호사다. 로펌은 이렇게 큰 금액이 걸린 사건에 왜 이렇게 경력이 짧은 변호사를 내보냈을까. 의문도 잠시, 선재는 다짜고짜 물었다.

"배양길이 죽었다고 믿지 않으세요?"

"그야…… 대법원에서 무죄 받았지만, 누가 봐도 의심스럽죠."

변호사는 조심스럽게 말을 고르는 모습이었다. 피해자의 약혼녀라지만 처음 본 처지다. 당장 깊은 이야기를 나눌 순 없을 것이다. 하지만 그도 확신하고 있으리라. 양길의 정확히 반대편에 서 있으니까.

"근데 왜 재판에서는 배양길이 살인했다는 주장을 안 하신 거죠? 송지훈 씨가 보험계약 내용을 잘 모르고 도장을 찍었다, 그런 식으로만 주장하신 것 같던데요."

변호사의 미간이 순식간에 일그러졌다. 선을 넘는 참견이라고 느꼈던 듯하다.

"살인 주장도 물론 던져는 놓았죠."

변호사는 퉁명스럽게 말했다.

"오늘 그런 이야기는 없던데요?"

"지난번 기일에 했었어요."

"그런데요?"

"판사가 별 반응이 없었어요."

"왜 그랬을까요?"

"아무래도 이미 무죄판결을 받았으니 힘이 없는 거죠. 아예 대놓고 판사가 그러더라고요. 대법원에서 이미 무죄 받은 건 아시죠? 하고요. 판사가 그쪽 이야기는 덮어두고 가자는 눈치니 더 강하게 주장할 수도 없었어요. 오늘 보셨죠? 판사 성질 더러운 거. 아니, 아무튼요, 법적으로 그런 쪽 주장은 어렵게 됐어요."

선재는 변호사가 말하는 동안 보스턴백을 법정 복도 의자에 놓고 안에서 두툼한 기록을 꺼냈다.

"이거 배양길의 형사사건 기록이에요."

"그래서요?"

"이걸 재판에 활용해 주셨으면 해서요."

"형사사건 기록이라면 우리도 갖고 있어요. 지난 기일에 송부촉탁해서 받아 온 게 있거든요."

"그건 극히 일부 아닌가요? 이건 기록 전부예요."

변호사는 의자 위에 놓인 기록 더미를 뒤적뒤적하더니 놀라 말했다.

"우리가 받지 못했던 서류가 전부 있네요. 어디서 이걸……."

"재판에 좀 쓸모가 있을까요?"

"물론입니다. 확정된 형사재판 기록은 검사가 보관하는데, 복사에 깐깐하거든요. 법원이 형사재판 문서를 보내달라고 해도 결국 검사가 거부하면 당장 방법이 없는 겁니다. 이의해도 길어지고요. 이번에도 담당 검사가 인색하게 굴어서 웬만한 증거들은 개인정보니 사생활이니 하면서 복사를 안 해줬어요. 그런데, 이 수사 기록 전부를 확보한다면…… 이

재판에 크게 도움 될 겁니다."

변호사는 꽤 놀라고 반가워하는 눈치였다. 역시 재판이 잘 안 풀리고 있었나 보다. 아니면 성공 보수가 꽤 크게 걸려 있든가.

변호사는 "어떻게 이 기록을 입수하신⋯⋯."이라고 말하다가 뒷말을 생략하고 입을 다물었다. 대답을 선재로부터 듣게 되었을 때, 만약 불법적인 어떤 절차로 얻은 거라면 넘겨받은 변호사도 어떤 책임을 지게 될 수 있다. 변호사는 어디까지나 사정을 알지 못하고 기록을 받아야 하는 것이다. 선재도 이제 그 정도 눈치는 있다.

"제 건 따로 있고 이건 제 서류를 복사한 거예요. 잘 활용해서 이겨주세요."

알겠습니다, 하며 젊은 변호사는 주먹을 불끈 쥐어 보였다. 선재가 건넨 서류를 한 아름 안고 발길을 서둘러 멀어져 갔다.

선재는 인터넷으로 사건 진행 상황을 가끔 체크하고 있었다. 어느 날 한 줄 새로운 기재가 떴다.

'피고 대리인 서증 제출'

날짜는 선재가 법정 밖 복도에서 보험사 변호사에게 형사 사건 기록을 건넨 지 바로 3일 후였다. 그걸 증거로 제출한 게 틀림없었다.

살인의 증거가 전부 제출되었으니, 이제 보험금 재판은 어떻게 흘러갈 것인가. 손을 떠난 사건이었지만, 궁금증을 참지 못하고 선재는 결국 다음 변론 기일에도 법정에 나가보고 말았다.

갈까 말까 고민하다가 조금 늦고 말았다. 다행히 재판은 막 시작한 모양이었다. 방청석에 앉으려 할 때 판사가 보험사 측 변호사에게 말하고 있었다.

"이건 형사사건 기록입니까?"

"네. 모두 증거로 제출합니다."

"입증취지는요?"

"보험수익자인 원고가 보험계약자인 송지훈 씨를 살해했다는 사실을 입증하려는 겁니다. 그게 인정되면 보험금은 지급할 수 없으니까요."

말이 끝나자마자 양길의 변호사가 다급한 어조로 말했다.

"재판장님. 이번 피고가 제출한 증거의 적법성에 의문이 있습니다."

"뭔가요?"

판사가 심드렁하게 말했다.

"그 증거 기록은 불법적으로 유출된 겁니다."

지켜보던 선재는 가슴이 덜컹했다. 혹시.

"무슨 말이죠?"

"송지훈의 연인이었던 여성이 형사사건 변호사의 사무소에 위장취업해서 기록을 불법적으로 복사해 간 일이 있었습니다. 지금 보험사 측이 제출한 기록은 불법 복사한 그 기록이 분명합니다."

이런. 저 변호사는 눈치가 너무 빠른 것 같다. 아니, 변호사가 아니라 양길의 눈치리라. 그날 선재가 기록을 복사해 가는 장면을 양길이 목격했다. 그 얼마 후, 이전까지는 전혀 등장하지 않았던 형사사건 기록이 완전한 형태로 이 법정에 제출되었다. 선재가 복사한 기록을 보험사 측에 제공했다고 눈치챘던 모양이다. 그렇다고 설마 법정에서 정면으로 이의하고 나올 줄은 예상하지 못했다. 낭패스러웠다.

"그래서요?"

판사가 귀찮다는 듯이 물었다.

"네? 네……."

양길의 변호사가 갑자기 말문이 막혀 버벅거렸다.

"그런 일이 있었다고 한들, 그게 불법이며, 증거능력이 없게 되는 것인가요?"

"네……. 저, 절차상…… 아무래도 불법적으로 얻은 증거는…… 이를테면 불법 녹음한 파일이 증거로 안 되듯이……."

변호사는 마구 더듬거렸다. 판사가 그렇게 역습하리라고는 예상치 못했고, 준비도 안 되었던 모양이다. 선재는 속으로 쾌재를 불렀다. 재판을 시작한 이래 처음으로 판사란 사람이 좋아지는 순간이었다. 판사가 다시 말했다.

"불법 녹음하고 이것하고 같습니까? 판례가 있습니까?"

"판례는 아직……. 찾아보겠습니……."

"아니, 그럼 그 전에."

판사는 양길 측 변호사의 말을 끊더니 보험사 측 변호사에게 말했다.

"사실부터 확인해 보죠. 원고 대리인의 말이 맞습니까? 송지훈의 연인이었던 분이 어디 사무실에서 불법적으로, 아니 어떤 방식으로든지 기록을 복사했다는 게 사실입니까?"

보험사 측 변호사가 말했다.

"전혀 아닙니다. 아니, 저는 모르는 일입니다."

틀린 말은 아니었다. 선재가 변호사에게 기록을 전달해 주었지만 어떻게 입수했는지는 말하지 않았고, 그도 묻지 않았다. 모르는 일이라는 그의 말은 전혀 거짓이 아닌 셈이다. 하지만, 기록을 어디서 입수했나, 를 물으면 조금 곤란해지는 게 아닐까. 아니, 판사도 조금 전에 말했다. 그렇다고 해서 그게 불법이냐고. 드러난다고 해도 문제는 없어. 선재가 이리저리 생각을 굴리는 사이 판사는 이제 됐다는 듯 가

245

볍게 고개를 끄덕였다. 그러고는 더 이상 아무런 말도 없었다. 다행이야. 그냥 넘어갔어. 고민할 필요도 없었네.

양길의 변호사가 불만스레 말했다.

"재판장님. 기록을 어떻게 입수했는지 피고 대리인에게 석명을 명하여 주십시오."

'석명'이란 건 판사가 재판 당사자에게 이러저러한 내용을 밝히라고 요구하는 것을 말한다. 선재는 법 용어를 알아듣는 자신이 갑자기 서글퍼졌다. 지훈의 죽음 이래 재판을 열심히 공부하다가 얻은 지식이었다.

"그게 뭐가 중요합니까?"

"증거의 출처가 확인되면 적법성의 문제가 있을 수……"

"그만하시죠!"

판사가 버럭 짜증을 냈다. 양길 측 변호사의 입은 움찔한 조개처럼 닫혔다. 선재는 은근히 통쾌했다. 지난번 기일에는 판사가 성질을 부린다고 속으로 욕했지만, 그 성질머리가 이번에는 우리 편에 유리하게 작용했어.

변론이 거의 끝나갈 때쯤 선재는 먼저 일어서서 법정을 나왔다. 복도 대기 의자에 드문드문 앉은 사람들을 지나치며 생각했다.

해볼 만해.

아니 우리 측에 유리해.

선재의 생각은 근소하게나마 낙관 쪽으로 옮겨갔다. 근거는 무엇보다 판사의 태도였다.

보험사 측에는 그저 무심할 뿐이었어. 하지만, 분명히 양길 쪽엔 신경질적이었지. 그쪽 주장은 아예 무시했어.

선재의 경험으로, 판사의 말투, 몸짓, 안색으로 재판의 결과를 예측하는 쪽이 법리나 증거보다 적중률이 높았다. 형사재판 때는 증거가 있냐며 까칠하게 굴던 판사의 태도를 중립으로 잘못 해석했었다. 하지만 패착이었다. 판사가 보여준 표정 그대로였다. 보이는 대로 보는 게 맞았다. 판사는 배우도 아니고 감독도 아니다. 고난도 연기를 하거나 복잡한 시나리오하에서 재판을 연출하지도 않는다. 판사가 트레이닝을 받은 건 법률이지 포커페이스를 짓는 방법 같은 게 아니다. 결론이 태도에서 다 보였다. 일방적 신경질은 물론, '이 부분은 입증이 된 건가요?' 같은 말, 쓴웃음, 한쪽으로 쏠리는 시선 같은 것들. 판사가 당사자의 말을 자르거나, 그의 말이 끝나기를 기다렸다는 듯 딴짓한다면 패배는 예정되었다 절에 가서 고깃국을 달라고 하지 않을 정도의 눈치만 있다면 판사의 생각은 얼마든지 포착할 수 있다. 태도가 대답이었다.

선재가 여러 번의 재판을 겪은 끝에 얻은 결론은, 판결이 꼭 법에 따르지는 않는다는 거였다. 판사는 AI나 법률 자동 판매기가 아니었다. 인간이었다. 개성이 있고, 세계관이 있고, 저마다의 확증편향이 있었다. '누가 해도 같은 결론'은 아니었다. 사람이 하는 일이고, 법정 또한 그 말이 에누리 없이 통하는 곳이었다. 판사마다 다른 절차, 다른 재판이 만들어졌고, 다른 결론이 나왔다. 그 판사가 이번 재판에선 우리 편이다…….

가늘지만 희망의 끈은 살아 있어.

민사재판에서나마 양길의 살인을 인정받는다면.

최소한의 위안은 받을 것 같았다.

할 수 있는 만큼 다 했어. 그런 생각이 들자 선재의 마음이 놀랍도록 차분해졌다. '더 할 수 있었는데' 하는 미련을 남겨두고는 끝낼 수 없지만, 오늘로서 그 미련까지 없앴다. 선재가 더 할 일은 없다. 장롱 속 묵은 옷까지 뒤졌는데도 신용카드가 나오지 않는다면 그제야 진정으로 포기하고 분실신고를 하는 법이다. 이 일도 마찬가지다.

하나의 마디를 짓는 기분이 들었다.

지켜보며 마음 졸이는 건 오늘까지로 됐어.

더는 법정 같은 곳에 오지 않을 거야.

선재는 눈을 질끈 감았다가 떴다.

뒤돌아보지 않고 복도를 뚜벅뚜벅 걸어 나갔다.

＊

선고를 일주일 앞둔 날, 선재는 서찬휘 변호사에게 문자
를 보냈다.

— 한선재예요. 지난번에 상담했던.

서찬휘는 바로 기억해 냈다. 선재의 방문이 그에게도 인
상적이었던 듯하다. 선재는 자신이 할 수 있는 건 다 했으며,
민사사건 결과를 기다리고 있다고 했다. 자랑하려는 건 아
니었고, 그저 선재가 노력하도록 어떤 암시를 주었던 그의
반응을 보고 싶어서였다.

— 어찌어찌해서 배양길 형사사건 기록까지 구했어요.

— 와, 그걸 어떻게 구하셨습니까.

— 뭐, 대충요.

— 네에.

서찬휘는 깊게 묻지 않았다.

— 보험금 소송을 하는 변호사님한테 기록 복사해서 넘겨주었
어요.

— 잘하셨습니다.

— 그때 변호사님이 그러셨잖아요. 금오도 사건에서처럼 판사
를 잘 만나면 살인을 인정받고 보험금 청구가 기각될 수도 있다
고요.

— 그랬었죠…….

서찬휴는 뒤를 흐렸다.

— 할 수 있는 건 다 했어요. 진인사대천명이라고, 이제 결과를 기다려봐야죠. 변호사님한테는 조언 감사했다고 인사드리려고 연락했어요.

그 대답은 조금 시간이 지난 후에 도착했다.

— 너무 기대는 걸지 마세요. 실망하실 수 있으니까요.

의외의 말이었다. 희망을 불어넣은 건 서찬휴 변호사 본인 아니었나?

— 그래도 판사님 좋은 분 만나면 기대할 만하다면서요.

— 그렇긴 합니다.

그것을 끝으로 서찬휴는 더 이상 문자가 없었다.

괜히 연락했나.

이 사람은 무조건 어깃장을 놓는 삐딱한 기질이 있는 것 같아.

선재는 휴대전화를 쥐고 찝찝한 기분에 휩싸였다.

한양성곽 언덕 위 조그만 도서관에 들렀다. 국립극장과 신라호텔 사잇길 어디쯤의 고즈넉한 위치, 서가와 바깥 정원의 구분이 없는 개방된 구조가 길을 걷던 선재의 마음을 끌어당겼다. 반원형의 서가를 따라 한가로이 발걸음을 옮기던 중에 한 권의 책에 눈길이 갔다. 선재는 책을 가지고 밖으로 나와 따뜻한 볕 아래 펼쳤다.

판결을 여러 가지 관점에서 뜯어본 책이었는데, 선재의 관심을 끈 지점은 '민사와 형사의 차이'를 말하는 대목이었다.

훈민정음 해례본 사건.

사건의 개요는 이랬다.

훈민정음의 창제 원리를 설명한 『훈민정음해례본』은 국보로 지정된 문화유산이다. 그런데, 2008년 경상북도 상주에 하나 더 등장했다. 보관자 배 모 씨는 훈민정음 해례본을 세상에 공개했고, 방송도 탔다. 그런데 방송을 본 골동품상 조 모 씨가 배 씨를 절도죄로 고소했다. 자신의 골동품 가게에서 배 씨가 고서를 30만 원어치 구입하면서 궤짝 위에 두었던 해례본을 슬쩍해 갔다는 거였다. 조 씨는 배 씨를 상대로 해례본을 돌려달라는 민사소송도 제기했다.

일단 민사소송에서는 1, 2, 3심 일사천리로 조 씨가 이겼다. 즉, 해례본은 조 씨의 물건이며, 배 씨가 훔쳤다고 인정했다. 법원은 배 씨에게 해례본을 조 씨에게 반환하도록 명했지만 배 씨는 억울하다며 해례본을 꽁꽁 숨겨놓고서 응하지 않았다.

이후 배 씨에 대한 형사재판도 진행되었다. 조 씨의 절도 고소는 원래 '혐의 없음'으로 일단락되었었는데, 조 씨가 이처럼 민사소송에서 이기는 바람에 배 씨가 결국 기소되어 형사재판도 받게 된 거였다. 재판 중에 약간의 변수가 생겼다. 문화재 도굴꾼 서 모 씨가 새로 등장했다. 그는 법정에 출석해서 1999년에 해례본을 안동 광흥사 불상 안에서 훔쳐 조 씨에게 500만 원을 받고 팔았다고 증언했다. 이 말이 맞는다면 해례본은 장물이 되고 조 씨에게도 소유권은 없다. 그 증언이 있은 지 얼마 후, 조 씨는 돌연 해례본을 국가에 기증하겠다는 뜻을 밝혔고(해례본을 수중에 가지고 있지 않은데도), 문화재청은 성대하게 기증식까지 열었다. 물건도 없는데 자기들끼리 넘겨받는 이상한 행사가 거행된 셈이다.

복잡한 사정을 생략하고 결론으로 건너뛰자면, 형사재판 1심은 배 씨의 절도를 인정했다. 민사재판과 같은 결론이다. 조 씨 측 주장에 부합하는 고미술상 세 사람의 법정 증언이 큰 역할을 했다. 재판부는 징역 10년을 선고했다. 절도죄치고 이례적으로 높은 형량의 배경에는 재판부가 해례본을 내놓으면 선처해 주겠다고 했지만 배 씨가 해례본을 꽁꽁 숨겨놓고 응하지 않았다는 사정이 있었다. 그런데, 2심에서 반전이 일어난다. 법원이 1심의 결론을 뒤집고 절도 무죄를 선고한 것이다. 도굴꾼 서 씨의 말을 믿기 힘들다고 봤고, 조 씨 측 주장에 부합하는 고미술상 세 명의 진술도 믿을 수 없다고 했다. 배 씨의 말 역시 믿기 힘들다고 했지만, 결과적으로 소유관계 및 절도의 입증이 부족하다고 보았다. 이 결론은 3심에서도 유지되었고, 1년 동안 구금되었던 배 씨는 최종 석방되었다. 결국 배 씨는 민사재판에서는 절도를 했다고 인정되었지만, 형사재판에서는 절도를 하지 않았다고 인정된 것이었다.

비록 관념상의 행위이긴 하지만 골동품상 조 씨가 해례본을 문화재청에 기증했기에 아무튼 현재는 국가가 소유권을 가진 형국이다. 하지만 이 형식적인 소유관계는 형사재판의 결론과는 배치된다. 조 씨가 소유권을 가지고 있다는 전제가 형사에서는 부정되었기 때문이다. 그 판결을 백그라운드에 가진 배 씨가 순순히 해례본을 내놓을 마음이 생길 리 없다. 도둑으로 몰려 1년 가까이 옥살이도 한 터다. 배 씨는 보상을 요구하며 아직도 해례본을 세상에 내놓지 않고 있는 형편이다.

저자는 해례본의 확보가 어려워지고 말았다는 안타까움으로 결론을 맺고 있었지만, 선재의 관심은 다른 데에 있었다.

한국에도 있었어.

민사재판과 형사재판의 결론이 완전히 달랐던 사건이.

서찬휘 변호사도 말했던 이론대로의 사례였다. 민사재판에서는 배 씨가 훔쳤다고 주장하는 조 씨 측의 증거가 조금 더 우월했다. 그래서 배 씨가 훔쳤다고 인정되었다. 하지만 형사재판은 달랐다. 배 씨가 절도를 했다고 확신할 만큼의 증거까지는 못 되었다. 그래서 배 씨가 훔치지 않았다고 인정했다.

지훈의 사건을 대입해 보면 명확했다. 허다한 증거에도 불구하고 양길이 지훈을 죽였다는 확신까지는 안 든다는 이유로 무죄가 선고되었다. 하지만 민사재판, 즉 보험금 소송에서는 양길이 살인했다고 주장하는 보험사 측 증거가 최소한 양길의 것보다는 많다. 만약 선재가 너무나 겸손하고 비관적인 사람이어서 에누리하고 또 에누리해서 본다고 해도, 이 '해례본 사건에서의 배 씨가 훔쳤다는 증거'보다 '지훈 사건에서의 양길이 죽였다는 증거'가 질적으로나 양적으로나 압도적으로 높다. 그렇다면, 해례본 사건의 예가 적용된다면, 이번 보험금 소송에서는 양길이 져야 한다.

이렇게 판결할 수 있는 곳이었어. 한국의 법원도.

이게 내가 아는, 법에 충실한 판결이지.

캄보디아 사건이나 금오도 사건의 민사재판에서는 납득할 수 없는 결론이 나왔지만, 어쩌면 판사를 잘못 만나 엉뚱한 판결이 나오게 된 건지도 몰라.

심장이 두근거렸다.

너무 기대하지 말라던 서찬휴의 시큰둥한 반응에 왠지 낙담했었다. 하지만 오늘 책을 읽은 선재의 마음은 다시 고무되었다.

역시, 이번 재판은 희망이 있어. 판사가 보여준 태도도 그렇고…….

책을 덮고 언덕 아래 도시의 정경으로 시선을 보냈다.

다닥다닥 붙은 집이 호를 그리듯 늘어서 있다. 먼 산등성이는 그림을 끼운 듯했다.

바람이 강했다. 구름이 모습을 바꾸며 커다란 하늘 위를 서서히 흘러갔다.

*

양길의 보험금 소송 패소를 간절히 바라게 만든 또 다른 사건이 있었다.

지훈 모친의 다급한 음성이 휴대전화를 건너왔다.

"아이구, 선재야. 머 이상한 서류가 날아왔는데, 내사 마 당체 가슴이 쿵덕거리싸서 몬 보겠다."

'제가 지금 갈게요.'

"바쁠 긴데 미안하다, 어디 물어볼 데가 있어야제……."

노인은 차마 선재에게 와달라는 말은 하지 않았지만 선재가 한걸음에 달려갔다.

집에 들어가자 노인은 벌써 선재가 보기 좋도록 거실 나지막한 탁자 위에 서류를 펼쳐놓았다. 서류를 집어 들고 소파에 앉은 선재는 길게 한숨을 쉬었다. 이러리라 예상은 했지만 정작 눈앞에 두고 보니 다시 답답해지는 마음을 어쩔 수 없었다.

법원에서 날아온 벌금 50만 원의 약식명령이었다. 일전에 배양길이 노인을 명예훼손으로 고소한 건에 대한 결과물이었다. '피고인 전희자'라고 단단히 박힌 글자가 노인의 가슴에도 못질을 한 듯했다.

"이거 우째야 되노? 설마 감옥 가는 기가?"

서류에는 '벌금을 납입하지 아니하는 경우 피고인을 노역장에 유치한다'는 내용이 기재되어 있었다. 노인이 겁을 먹을 만하다.

"잠깐만 기다리세요, 어머님. 좀 자세히 찾아보고 말씀드릴게요."

선재도 약식명령이란 건 시민의 상식선에서 어렴풋하게만 알 뿐 자세한 내용을 알지 못한다. 선재는 휴대전화를 꺼내 검색했다. 10여 분 후 입을 열었다.

"아녜요, 어머님. 벌금 50만 원만 내면 끝나는 거예요."

"50만 원이라꼬…… 그거, 경찰서 그거 땜에?"

노인도 이제는 안다. 난생처음 경찰서란 곳에 피의자로 출두해 가슴 떨며 진술했던 기억을 잊을 리 없다.

"네. 그 건이에요."

"내는 전과자 되나?"

"이대로 확정이 되면요."

"아이고…… 원, 별……."

살인자를 살인자라고 불렀다는 이유로 전과자가 될 판이다. 억울했겠지만, 한평생 '나랏일'과 '법'을 신성시하며 살아온 노인은 판사의 서명이 있는 재판서에 대고 쉽사리 욕하지 못했다.

"제 생각엔요."

"어, 그래."

선재가 말머리를 꺼내자 노인은 선생님의 말을 듣는 학생처럼 긴장했다. 선재에게 온전히 기대고 있다.

"이의도 한번 생각해 보셔야 할 거 같아요."

"이의라꼬? 그라믄 어떻게 되는 긴데."

"이건 약식명령이라고, 말하자면 간단한 사건을 처리하는 간이 절차예요. 사건도 작고 피고인도 다 인정하고 그러면 이렇게 벌금 내라는 약식명령이 나오고, 그거 납부하면 사건이 다 끝나거든요. 근데 억울하면 우리가 여기에 이의할 수도 있어요. 그러면 정식으로 재판으로 가게 되는 거죠. 우리가 아는 그 재판 말이에요. 거기서 무죄 받으면 전과자가 안 되는 거고요."

"…… 차라리 벌금 냇뿌고 끝내는 게 좋지 않나? 내는 심장이 떨리가 재판정엔 몬 가겠다."

"그러시면 그냥 벌금 내시고 잊어버려도 되는데. 어머님이 결정하세요."

"하긴 전과자 된다꼬 생각하믄 너무 억울한데……."

선재는 한쪽의 선택을 강하게 권하지 못했다. 이대로 벌금을 내고 전과자가 되는 건 가슴에 한이 남을 일이지만, 그렇다고 이의해서 정식 재판으로 가봤자 무죄가 선고된다는 보장이 없다. 아니 이의가 무산될 것이 거의 확정적이다. 바양길의 무죄판결은 확정되었고, 누구도 더 이상 그를 살인자로 불러서는 안 되니까. 법이 달리 판단할 리가 없다. 그렇다면 벌벌 떠는 노인을 굳이 법정에 세울 필요는 없다.

"우야노……."

노인이 갈팡질팡하고 있는데, 현관 벨이 울렸다.

선재가 나가보니 우편배달부였다.

"전희자 님 앞으로 등기요."

노인이 사인했고, 우편배달부가 무심하게 돌아갔다.

우편물을 건네받아 겉봉을 본 선재는 의아함에 고개를

갸웃했다.

'법원에서 온 거네요. 이상하다. 약식명령이 이미 왔는데……'

'또 법원에서 머 왔다꼬?'

노인이 화들짝 놀라 다가왔다. 선재는 노인의 등을 감싸고 다시 거실로 가 나란히 소파에 앉았다. 선재가 봉투를 뜯었다. 노인이 옆에 고개를 들이밀었다. 두 번 접힌 두툼한 종이 뭉치가 나왔다.

'세상에, 뭐 이런……'

종이를 펼쳐본 선재는 말문이 막혔다.

'뭐꼬, 뭐꼬.'

노인이 선재의 동그란 눈을 쳐다보며 연신 물었다. 선재가 조심스럽게 말했다.

'배양길이 어머님 상대로 민사소송을 냈어요……. 이건 법원에서 보내온 소장 사본이에요.'

'소송을 냈다꼬? 머선?'

이번에는 노인의 눈이 동그래졌다. 선재는 서류를 탁자 위에 펼쳐놓았다. '소장'이란 제목 아래 '원고 배양길', 그리고 'ㅍ고 전희자'라고 쓰여 있었다. 내용은, 자세히 읽어볼 가치도 없었다.

'고소 건하고 같은 거죠. 자기를 살인자라고 불렀다. 그러니 정신적 손해배상을 해라, 그런 내용이에요."

"말또 안 된다……."

멍해 있던 노인이 물었다.

"얼마 달라는 긴데?"

"청구 금액은 1억 원이에요."

"1억 원?"

노인의 턱이 거의 떨어질 것처럼 벌어졌다. 선재가 황급히 수습했다.

"그건 지 혼자 정한 금액이고요. 아무 의미가 없어요."

"그래도……."

노인이 정신을 차리고서 물었다.

"고소당해서 벌금까지 내는데, 또 무슨 소송이고? 설마 안 되겠제? 이게 말이 되나?"

"죄송하지만…… 금액이 문제지, 이 건도 우리가 질 거예요."

"왜?"

선재는 탁자 위 약식명령을 툭 짚었다.

"법원에서 이게 날아왔잖아요. 약식명령도 판결이나 마찬가지거든요. 명예훼손을 유죄로 인정하고 벌금을 매겼죠. 이 결론을 민사소송에서도 그대로 받아들이는 거예요. 그러니, 어머님이 명예훼손을 한 걸로 인정이 될 수밖에 없고,

그러면 손해배상도 나오는 거죠. 다만 금액은 뭐 배양길이가 말하는 1억 원은 턱도 없는 소리고요. 적게 나올 겁니다."

'무슨 소리고, 이기 말이 되나……. 그 말 했다꼬 전과자 되는 판에 또 돈까지 물어줘야 한다는 기가……."

노인은 안색이 흙빛으로 변해서 길게 한숨을 내쉬었다.

'그라고 이걸로 법정에 서야 된다 카이, 내사 마 벌써 가슴이 벌렁벌렁한다……."

노인은 가슴을 부여잡고 말했다.

'너무 걱정 안 하셔도 돼요.'

선재의 막연한 위로는 노인에게 가닿지 않았다.

'재판은 아무도 모른다매. 우리 지훈이 재판 보니까 정말 그렇더라. 이번에도 판사가 헤까닥해서 1억 다 주라 그라믄 어떡하노……."

노인은 몸을 미세하게 떨었다. '피고인이자 피고' 전희자는 한꺼번에 닥친 감당하기 벅찬 '합법 공격'에 와르르 무너지고 있었다. 아들 재판의 결말에 노인은 큰 트라우마를 입었다. 콩 심으면 콩이 나고, 땀 흘리면 수확을 거두는 땅의 이치가 법정이란 곳에서는 전혀 통하지 않는다는 경험이 노인의 믿음을 무너뜨렸다. 어떤 말로도 노인을 진정시킬 수 없을 것 같았고, '어떤 말'이 떠오르지도 않았다. 사법 시스템을 최대한 악용하는 양길을 향한 울분이 선재의 말문도 막아버리고 말았다.

"지훈이를 죽여놓고 내한테 소송을 한다꼬……, 1억이
라꼬……."

노인이 넋이 빠져 연신 중얼거렸다.

아무래도 이건 보복이었다. 선재는 양길의 형사 기록을
복사해 갔고, 그걸 보험사와의 소송에 변호사를 시켜서 내
게끔 했다. 양길의 인생을 가를 보험금 소송인데, 방해받고
위험해졌다는 생각에 격분했을 것이다. 천성이 비열한 양
길은 가만있지 않았다. 원래 지훈 모친에 대해서라면 명예
훼손 고소로 끝낼 일이었다. 더 이상 살인자로 비난하지 못
하도록 입을 막겠다는 의도였으니 그걸로 충분했다. 그런데
이 되지도 않는 민사소송까지 낸 건 분명 선재의 행동에 보
란 듯이 응징 내지 보복을 한 것이다. 오로지 선재를 괴롭
히고 분통 터지게 만들 의도로 소장을 냈다. 청구 금액에는
1억 원이라는 말도 안 되는 숫자를 썼다. 백지수표에 기분
내며 사인하듯이.

터무니없는 소송이지만, 금액을 불문하고 양길이 이기고
노인이 지도록 예정되었다. 형사 법원에서 '양길은 살인자가
아닌데도, 노인이 살인자라고 외침으로써 양길의 명예를 훼
손했다'는 '사실'이 인정되어 버렸기 때문이다. 민사소송에서
는 기본적으로 그 '사실'을 전제로 재판해야 한다. 그 '사실'

은 범죄고, 불법이다. 손해배상이 자동으로 따라붙는다. 노인이 이길 수 있을 리가 없다. 형사재판과 민사재판의 일치. 법리인지 관행인지 모르겠지만, 그것이 다시금 선재와 노인을 궁지로 몰아넣었고, 양길은 또 이득을 취할 판이다.

소송 자체는 겁날 것이 없었다. 아마 양길이 이긴다 하더라도 많아야 2, 300만 원 정도이지 않을까. 1억 원이라는 금액은 터무니없다. 양길도 알 것이다. 누가 보더라도 말이 되냐며 코웃음 칠 숫자다. 하지만 법을 알지 못하는 순진한 노인은 1억이라는 숫자만으로도 놀라 가슴이 철렁해 넋이 나가 있다. 1억 원을 청구했으니 그 금액으로 판결 나올 수도 있다고 믿는다. 이미 재판에 골이 깊은 불신이 생긴 터다. 하물며 아들을 살해한 자가 적반하장으로 돈을 내놓으라는 소송이다. 그 울분을 품고 길고 긴 재판의 시간을 견뎌낼 수 있을까. 노인을 괴롭히기 위해서라면 참으로 효과적인 선택이었다. 노인 앞에서 내색을 하지 않았지만 물에 푼 물감처럼 선재의 마음속에 화가 번져갔다.

"아무래도 약식명령에 이의를 하시는 게 좋을 거 같아요."

생각 끝에 선재가 말했다.

"왜."

노인의 묻는 말 끝에 힘이 없었다.

"이번에 배양길이가 하는 보험금 소송 있잖아요."

"그래. 있제. 그 말도 안 되는."

"거기서 배양길이 지훈 오빠를 살해했다고 인정될 수도 있어요."

"그럴 수도 있나?"

"예. 긴 이야기지만 결론만 말하면, 거기선 형사재판하고는 다르게 될 수도 있단 거예요."

"어."

"그렇게만 되면, 배양길이 어머님 상대로 낸 소송에서 졸대적으로 유리해질 수도 있어요. 어쨌든 민사 쪽 법원에서는 배양길이 살인자라고 인정한 거니까, 어머님이 그렇게 말했다고 해도 손해배상이 안 나갈 수도 있을 거거든요. 형사 쪽으로도 유리해요. 배양길이 지훈 오빠를 살해했다고 어머님이 말한 것도 죄가 안 되거나 처벌이 아주 낮아질 수 있어요."

"그렇드나. 뭔 소린지 잘은 모르겠지만, 니가 그렇다면 그래야제."

"보험금 소송에서 배양길이 패소하면 돼요. 그러면 어머님에 대한 이딴 고소나 소송도 다 흐지부지될 수 있어요."

선재가 다시 한번 정리하듯 말했다.

불과 2년 전까지만 해도 문외한이었던 선재였지만 오랜 재판을 거치고 공부하면서 지금의 법률 상황을 냉정하게 분석해 낼 만큼 리걸 마인드를 갖추게 되었다. 하지만 바라지 않던 지식이었다.

보험금 소송에서 양길이 꼭 패소해야 할 또 한 가지의 이유가 생겼다.

선재는 고개를 들어 어딘지 알 수 없는 허공을 지그시 노려보았다.

*

배양길의 보험금 소송 선고일.

민사재판의 선고일에는 대개 아무도 나오지 않는다. 원고든 피고든 당사자는 출석하지 않고 변호사 사무실 직원이 법정에 나와 선고를 받아 적고 전달해 주곤 한다.

선재는 제삼자이니 더더욱 나갈 이유가 없다. 하지만 현장에서 선고를 들어야 했다. 과연 살인자가 보험금을 가져갈 것인가. 이미 한이 맺힌 선재의 마음에 다시 대못을 박을 일이 일어날 것인가. 그렇지 않다는 것을 실시간으로 현장에서 확인받고 싶었다. 결과는 이미 나왔는데도, 나중에 누군가 혹은 어떤 매체로부터 전해 듣기까지 조마조마하게 기다릴 자신이 없었다.

보험사의 변호사에게 형사사건 기록을 넘겨주고 딱 한

번 변론에 나가본 뒤로 법정에는 일부러 가보지 않았다. 선재가 할 수 있는 것은 거기까지라고 생각했다. 변호사가 자료를 어떻게 활용할지는 그의 선택과 역량이다. 법 전문가가 아닌 선재가 끼어들 틈은 없었다. 할 수 있는 만큼 했다는 후련함과 허탈감이 뒤섞인 상태였다. 더는 재판의 공방을 마음 졸이고 상처를 받아가며 지켜볼 자신이 없다는 이유도 있었다. 신이 나서 기록을 안고 돌아가던 변호사의 뒷모습, 양길의 변호사에게 짜증을 내던 판사의 모습이 단편적으로 남았고, 희미하게 기대감을 안겼다. 던질 수 있는 공은 다 던졌어. 삼진아웃일지 볼일지, 남은 건 판사의 판정뿐.

서찬휘 변호사에게 문자를 보냈다가 자신 없어 하는 태도에 심란했다. 마음을 추스르며 걷다가 우연히 들른 도서관에서는 희망을 건네는 책을 읽었다. 지훈 모친이 양길로부터 소송을 당한 건은 다시 불안을 부채질했다. 선재는 차라리 외면하기로 했다. 일상에서 잊고 지내려 애썼다. 할 만큼 했으니 담담하게 기다릴 뿐. 주사위를 던졌고, 이제 어떤 숫자가 나올지는 손댈 수 없는 운명이니까. 스스로 그렇다고 믿었다. 하지만 더 깊은 곳의 '솔직한 선재'는 알고 있었다. 재판의 결론에 따라 자신이 얼마나 좌절하게 될지를. 덤덤한 척 허세를 떨어도 그 마음의 안달을 지울 수 없을 것임을. 재판이라는 자석이 온몸의 철분을 끌어당기는 것만 같았다. 결국 이 법정에 다시 오고야 말았다.

방청석에 양길은 없었다. 당연히 법정에 나오지 않으리라고는 생각했지만 그래도 조금 안심했다. 뒤쪽에 젊은 여자 몇 명이 조그만 수첩 같은 것을 들고서 앉아 있었다. 오늘 선고되는 사건들의 결과를 받아 적으러 온 변호사 사무실 직원들이었다. 이 안에는 아마 양길 측 법무법인 직원도 있으리라. 선재는 그들 사이에 자리를 잡았다.

관사 세 사람이 들어와 자리에 앉았다. 가운데에 앉은 판사가 "선고하겠습니다." 하며 입을 열었다.

여러 개의 사건번호가 지나갔다. 순번이 앞선 사건들 선고를 들으며 선재는 판결을 낭독하는 형식을 알 것 같았다. 원고 청구가 인용될 때는 '피고가 원고에게 얼마를 지급하고 언제부터 이자 계산해서 지급하라'는 식으로 말했고, 청구를 기각할 때는 '원고의 청구를 기각한다'로 간단하게 끝냈다. '피고는 원고에게 얼마 얼마……' 판사의 말이 길게 나오면 양길이 이긴 것이고, 짧게 '기각한다'는 말이 들리면 양길이 진 것이다. 짧은 말, '기각'이라는 그 짧은 말이 먼저 들려야 한다.

양길이 돈다발을 메고 유유히 사라지는 모습은 상상만 해도 몸서리가 쳐졌다. 비록 재판 제도의 한계 때문에 그가 살인으로 처벌되지는 않는다 하더라도 지훈의 목숨값만은 못 가져가기를, 바라고 또 바랐다.

이윽고 익숙한 사건번호가 불렸다. "원고 배양길"이라는 말도 들렸다.

선재는 귀를 쫑긋 세웠다.

제발, 말해. '청구를 기각한다.' 그 한마디를.

판사의 입이 열렸다.

시간이 느리게 흘렀다. 까슬까슬하게 튼 판사의 입술에서 어떤 말소리가 흘러나오기까지의 짧은 시간이 아찔하게 느껴졌다.

"피고는 원고에게 금 19억 원 및⋯⋯."

아⋯⋯. 선재의 입에서 자신도 모르게 조그마한 탄식이 흘러나왔다. 법정에서는 흔한 소음인지 아무도 탓을 하지는 않았다.

피고는 보험사고 원고는 양길이다. 19억 원⋯⋯. 그 뒤는 듣는 둥 마는 둥 했다. 돈을 언제까지 지급하고, 그러지 않으면 이자를 붙인다는 판사의 말이 얼핏 들렸지만 그저 비둘기가 구구, 하는 소리로 들렸을 뿐 귀에 제대로 닿지 않았다. 19억 원의 보험에 들었다고 했으니 양길이 전액 이겼다.

살인자의 최종 목적은 이루어졌다.

법정을 나설 때까지 애써 유지했던 꼿꼿한 발걸음은 복

도로 나오자 무너졌다. 비틀거리는 몸을 가누며 밖으로 나왔다. 주차장 쪽으로 가다가 빈 벤치를 발견하고 털썩 주저앉았다. 이마를 손으로 짚었다. 어지럼증이 덮쳤다.

끝이었다. 양길이 벌받게 하지도 못했고, 보험금을 가로채는 것도 막지 못했다. 선재가 할 수 있는 건 다 했다. 하지만 아무것도 어떻게 하지 못했다. 형사재판은 대법원에서 확정이 되었으니 영원히 바꿀 수 없다. 보험금 소송은 이제 1심 결론이 났을 뿐이지만 양길의 형사재판 기록을 다 제출하고도 졌다면 2심, 3심은 희망이 없다. 한때 강철이라도 녹일 듯 벌겋게 타올랐던 의지의 불꽃이 순식간에 하얀 재가 되어 허공으로 흩어지고 있었다.

지난번 변론 기일에 판사의 태도를 오해했다는 걸 깨달았다. 판사는 형사사건 기록 제출에 이의하는 양길 측 변호사의 말을 막고 짜증을 냈다. 그땐 판사가 반대의 견해를 갖고 있는 줄로만 알았다. 오해였고, 착각이었다. 판사가 보험사의 편이어서가 아니었다. '양길의 살인'이라는 쟁점을 깊이 고려할 생각조차 없었다. 그렇기에 살인을 입증하겠다며 제출한 형사사건 기록부터가 의미 없었던 거였다. 기록이 불법이니, 입수 절차가 문제니 하는 양길 측 변호사의 주장도 굳이 따질 이유가 없었다. 그래서 그걸 물고 늘어지는 변호사에게 짜증을 부렸다. '그딴 걸 굳이 거론하냐.' 딱 그 정도 의미, 그뿐이었다.

지훈 모친이 양길의 소송에서 벗어날 가능성도 사라졌다. 그나마 보험금 재판에서 양길의 살인이 인정되었다면 엿볼 수 있었을 희망의 틈이 완전히 메워져 버렸다. 노인은 이제 하릴없이 법정에 불려 다니며 가슴을 치겠지. 큰 금액의 배상 판결이 나오지 않는다 하더라도 피해자가 살인자에게 돈을 물어주는 진풍경의 주인공이 되기엔 노인의 정신력이 너무 취약하다.

범죄의 피해자에게 대단한 권리라도 있을 줄 알았다. 실상은 허울뿐이었다. 그들의 목소리는 철없는 아이의 칭얼거림으로 치부되었다. 우리가 알아서 해, 당신은 가만히 있어. 뭘 안다고 나서. 그게 법의 정서였다. 주제넘은 참견 취급을 당했고, 대답은 돌아오지 않았다. 답변이 없었던 건, 우리가 정말 뭘 몰라서 엉뚱한 소리를 한 탓이 아니라, 그들의 답변에 우리의 논리를 때려눕힐 만한 무언가가 없기 때문은 아니었을까? 그래서 슬그머니 '권위'로 덮어버린 것은 아닐까?

분명 정의를 찾아준다는 게 재판 아니었나. 어려운 걸 바라지 않았다. 그저 나쁜 인간이 처벌받기를 바랐다. 하다못해 살인의 대가로 돈을 버는 것만이라도 막고 싶었다. 그런데 그조차 할 수 없었다. 온 힘을 다하고도 범죄의 비탈길을 굴러 내려가는 거대한 바위의 궤적을 조금도 어쩌지 못했다. 옳고 그름에 조금이라도 관심이 있다면 이런 재판이 나올 수 있을까? 알 수 없는 어떤 규칙에 따라 툭 하고 튀어나온 결과물일 뿐이었다. 자동판매기나 럭키박스 같은 무엇. 지훈의 죽음과 살인 재판, 보험금 소송……. 모든 절차는 어떤 규칙에 따라 진행되었고, 끝이 났다. 지켜진 건 규칙뿐, 정의는 아니었다.

이제는 아무도 그 사건을 두고 왈가왈부할 수 없다. 재판은 악인을 단죄하지 못했지만 모두의 입을 다물게 하는 데에는 성공했다. 선재와 지훈의 가족 몇몇을 빼면 사회는 그 일이 없었던 것처럼 다시 흘러가고 모두가 안심한 듯 보인다. 법은, 재판은 결국 이런 걸 원한 게 아니었을까? 분쟁의 종식, 시끄러워지는 걸 막는 것……. 어렴풋하게나마 알 것 같았다. 법이 정작 관심 있는 건 '지킨다'는 것에 있었다. '규칙'을. '질서'를. 그들의 '체면'을.

문득 햇살을 느끼고서 올려다보았다. 하늘이 달궈진 쇠처럼 일렁거리고 있었다. 이상하다. 맑은 날인데. 눈을 질끈 감았다가 떴지만 여전히 시야가 흐리멍덩했다. 초점이 맞지 않았고, 현실이 조금 사라진 느낌이었다. 왜 이러지. 눈병이 재발했나.

사람의 그림자가 어른거렸다. 이건 실재인 것 같다. 귀에

익은 음성이 날아들었다.

"실망했어?"

조롱하는 기운이 서려 있었다. 남자가 앞을 가로막듯 섰다. 양길이었다. 등을 반쯤 나무 그늘에 묻은 채 입을 승냥이처럼 벌리고 있었는데, 그것이 승리의 웃음이라는 것만은 알아보았다.

선재는 놀라지 않았다. 그럴지도 모른다고 생각했었다. 법정에 나타날 인간은 아니었지만, 법원 앞마당까지 나와 있는 걸 보니 그도 안달 나기는 했던 모양이다. 하긴, 재판은 결과를 보기 전까진 끝까지 모르는 거니까. 무죄를 받은 여수 금오도 사건에서는 보험금 소송 1심에서 살인을 인정하고 청구를 기각하기도 했었으니까. 초조했겠지. 법정 밖에서 결과를 기다리고 있다가 변호사 측으로부터 연락을 받았던가 보다. 전면 승소. 지금은 입이 귀에 걸려 있다. 먹이를 제대로 포획한 야생 맹수의 환호다. 제길. 그래도 조금은 운이 없어. 하필이면 이자와 마주치다니. 얼마나 비웃으며 승리를 만끽하려 들 것인가. 선재는 눈을 감았다가 떴다.

"판사는 속여도 난 못 속여. 넌 지훈 오빠를 죽였어."

목소리가 갈라져 나왔다. 양길은 이죽거리는 웃음을 머금고 선재를 빤히 내려다보다가 말했다.

"그게 내 잘못이냐?"

"뭐?"

선재는 양길을 올려다보았다.

"내 인생은 개판이었어. 하는 일 족족 안 풀리더만. 근데, 금수저 물고 난 새끼들은 저 멀리 달아나 있더라고. 일찍 난 깨달았어. 이대로는 시궁창 신세란 거. 발버둥 쳐봤자 페라리는 평생 못 몰아본다는 거. 그렇게 못 살 바에야, 이 모양으로 꾸물꾸물 사는 게 무슨 의미가 있냐 이거지."

선재는 점점 듣기 힘들어졌다.

"오늘 귀를 씻어야겠다. 내가 왜 너의 더러운 소릴 들어야 하지?"

"왜냐하면 너같이 악랄한 년은……."

"악랄? 네가 설마 악을 말하는 거야?"

선재는 기가 막힌 나머지 양길의 말을 끊었다. 양길이 피식 웃으며 말했다.

"넌 그게 순전히 내 탓이라고 생각하냐, 이 등신아?"

"뭐?"

"내가 살인으로 재판받을 때도 넌 꼬박꼬박 법정에 나왔더군. 그거 꽤나 신경 쓰이던데. 검사한테도 나 유죄 받아내라고 닦달한 거 알고 있어. 게다가 재판도 다 끝난 판에 뭘더 해 처먹으려는지 변호사 사무실에 위장취업해서 내 기록까지 복사 떠 갔고."

선재는 양길을 노려보았다. 이자는 무슨 말을 하려는 걸까. 양길이 계속 말했다.

"내가 보험금 받는 게 넌 배 아팠나 보더군. 그렇게나 못 받게 하고 싶었어? 근데, 나로선 이루 말할 수 없이 개씸했거든."

선재를 최대치로 화나게 만들고 싶어 하는 의도가 보였다. 비록 애써 만든 빈정거리는 표정 밑으로 숨겼지만, 양길도 악에 받쳤던 모양이다. 덩굴처럼 뒤틀려 올라가는 양길의 입술을 보는 건 힘들었다. 선재는 짐짓 도발했다.

"그래서? 여기서 주먹이라도 쓸 거야? 얼마든지 해봐."

양길은 킁 하고 코웃음을 쳤다.

"이제 와서 그딴 짓 왜 해? 난 목적했던 걸 다 얻었는데. 다만 널 조금 힘들게 만들고 싶어졌어. 그래서 특별히 너에게만 진실을 말해주려고."

"진실?"

"어, 진실."

양길은 고개를 끄덕이다가 무심하게 말했다.

"네가 맞아."

"맞다니, 뭐가."

"내가 지훈이를 죽였어."

눈앞이 아찔했다. 자신도 모르게 주먹이 불끈 쥐어졌다.

알고 있지만 감히 본인의 입으로 말하다니. 이자는 도대체 어디까지 뻔뻔한 걸까. 양길의 말은 끝나지 않았다.

"애당초 보험금을 노리고 다 계획했던 것도 맞아."

"이런 짐승 같은 새끼!"

"근데 어쩌나. 일사부재리 정도는 고등학교에서 배웠겠지? 아 중학교 땐가? 아무튼 난 무죄판결을 받았고, 대법원까지 결재 도장 쾅, 깨끗하다고 보증한 몸이야. 다시는 이 사건으로 재판받을 일이 없어. 설사 내가 너한테 살인을 고백했다고 해도 말이야. 아니, 그 정도가 아니지. 혹시 나한테 살인자라고 부르는 놈 있으면 허위사실 명예훼손으로 걸 수 있는 자격까지 생겼어. 지훈이 모친처럼 말이야."

선재의 불끈 쥔 주먹이 부르르 떨렸다. 양길도 그걸 알고 있었다. 그리고 즐기고 있었다. 그러려고 이 말을 하는 것이었다. 선재가 고통 속에 빠지길 바라면서. 양길은 신이 나 보였다.

"날 나무라진 마. 내 탓은 아니니까."

"…… 살인자가 남 탓하는 거야?"

"내가 지훈이를 죽였다고……."

양길이 중얼거리듯 말했다. 선재는 움찔했다. 양길이 비릿한 웃음을 흘리며 나지막이 말을 이었다.

"해도, 당한 놈이 등신 아니야?"

선재는 멍해졌다. 밀가루가 터져 흩어진 듯 머릿속이 뿌예졌다. 양길을 올려다보았다. 뭐 이런 개자식이. 자신도 모르게 욕설이 튀어나왔다.

"이 뻔뻔한 새끼!"

"늘 차분하고 이성적이던 선재 씨가 이렇게 흥분하면 되나."

양길은 킁 하고 콧소리를 냈다.

"너도 알 거야. 캄보디아 여자 하나가 교통사고로 죽고 그 차를 운전했던 남편이 95억 보험금 타 간 거."

선재는 자신도 모르게 입을 떡 벌렸다. 양길의 입에서 선재가 몇 날 며칠 찾아서 읽고 또 읽었던 그 사건이 튀어나올 줄은 몰랐다. 이건 무슨 맥락일까? 이자는 도대체 무슨 말을 하려는 거야?

"와, 정말."

양길은 짐짓 어깨를 으쓱하며 큰 몸짓을 해 보였다.

"그 뉴스 기사 보니까 한 줄기 빛이더라. 그 남편 놈, 범인일 게 뻔하잖아? 근데 판사들 무죄 때리더라. 그것까진 그런가 보다 했는데, 보험금 95억 원까지 주라고 할 줄이야, 캬하. 이거야, 정말 놀랐거든. 그때 머리를 시원하게 하는 한 줄기 빛, 서광이 내린 거야. 어, 이거 봐라, 베팅 한번 해볼 수 있겠는데? 어차피 더 잃을 것도 없는 막장 인생, 평생 거지

같은 월세방에서 뒹굴며 이 모양 이 꼴을 못 면할 텐데. 한 번 도박해 봐? 더 고민할 것도 없었지. 고등학교 때부터 어수룩하게 나한테 홀딱 넘어와서 꼬붕 노릇 하던 송지훈이가 먼저 생각났어. 얼마든지 구워삶을 수 있는 놈이었거든. 어디 동남아 가서 적당히 죽어버리면 한국 경찰이 조사하기도 어려울 거고, 웬만하면 무죄 나올 거 아냐? 거기다 무죄 받으면 이유 불문하고 보험금도 주라고 판결했으니까, 돈도 문제없이 받아낸다. 바로 이거지. 너무 쉬웠어. 아, 물론 약간의 위험도 있긴 했어. 불확실한 부분은 그거였어. 지훈이를 죽인 직후에 필리핀 병원에 갈 테고, 그때 의사를 잘 속여 넘겨 병사 진단을 받아낼 수 있을 것인가. 그것만 되면 살인을 입증할 길은 없는데 말이야. 다행히 잘 넘어갔어. 어차피 귀찮은 외국 관광객 사건, 의사도 깊이 신경 쓰지 않은 거겠지. 나머진 너도 알다시피 일사천리. 한국 판사들 주물탕 놓는 건 일도 아니었지, 뭐. 역시 예상대로 무죄에다 보험금까지 얹어주더라. 한국의 등신 같은 법. 어때? 이 정도 베팅했으면 보험금 19억 원 정도는 가질 자격 있는 거 아냐?"

"이 개새……."

"워워. 아까 말했잖아. 내 탓이 아니라고. 원망하려면 이 나라 사법부를 욕해. 사람 죽인 놈한테 보험금 주라고 판결 내린 판사들 말이야. 법이 하라고 한 건데? 난 뉴스를 보고 시키는 대로 했을 뿐이니까. 아니, 막말로, 어차피 인생 바닥 기는 놈이라면 안 하는 놈이 바보 아냐? 너 같으면 안 하겠냐?"

눈앞이 아득했다. 양길이라는 삼류 건달은 애당초 살인 따위는 꿈도 꾸지 못했었다. 이 범죄예비군을 다름 아닌 법이 각성시켰다. 되는대로 산 막장 인생, 여기서 더 나빠질 거 뭐 있냐, 잠깐 법정에서 고생하면 큰돈을 거머쥐는데. 사채업자 돈 꿀꺽하는 것보다도 덜 살 떨리는 일이야. 법이 보장해 준다고, 자그마치 법이! 판결이 범죄를 격려했다. 잠자던 양길을 각성시켰고, 그로 하여금 마지막 걸음을 내딛게 했다. 성공하면 무죄에다 돈까지 얹어줄게. 살인마의 등을 두드리며 괜찮아, 해보는 거야, 용기를 주었다.

사법부가 이 사회에 커다란 죄를 지었어. 법원은 앞서거니 뒤서거니 협력하면서 살인의 하이웨이를 탄탄하게 닦아놓은 거야…….

선재를 절망하게 만드는 것이 양길의 목적이었다면 실로 제대로 먹혀들었다. 침침하던 선재의 눈앞이 아예 번개 치는 밤처럼 검붉게 깜박였다. 절망의 끝에 다다르자 분노가 치밀어 올랐다. 하지만 분노가 목구멍을 막아버린 탓에 목소리가 컥컥 막혀 제대로 나오지 않았고, 양길에게 조롱할 기회만 하염없이 주고 있었다. 어쩌면 그는 자신의 범죄를 자랑하고 싶었는지 모른다. 그동안 입이 근질거렸을지도 모른다. 완전히 안전해진 지금 양길은 자신의 성취를 방해하고 위협했던 선재에게 진실을 알리는 방법으로 최후의 보복을 행하고 있었다.

비웃음을 흘리는 양길의 뒤편에 회색 법원 건물이 성채처럼 든든하게 버티고 서 있었다.

*

형식이 필리핀으로 돌아가기 전날이었다. 그는 꽤 오랜만에 한국에 들어왔는데, 재판 때문은 아니었고 사업상의 볼일이었다. 일정을 마친 그는 한국에서 마지막으로 곰탕 한 그릇 먹고 싶다고 했다. 선재는 그를 두툼한 양지고기로 유명한 마포의 곰탕집으로 데려갔다.

"와아, 역시. 외국에서는 이 깊은 맛이 안 난단 말이죠."

국물을 한 숟갈 입으로 가져간 형식은 흰 이를 드러내며 만족스럽게 웃었다.

"현지에서는 못 드실 거 같은 집을 골랐어요."

"최곱니다. 예전에 재판을 피해 해외를 떠돌던 김우중 회장도 설렁탕 먹고 싶다며 한국에 들어왔죠. 그 심정을 알 거 같아요."

"그러려면 회장님부터 되셔야죠."

선재가 웃으며 말했다. 오랜만에 농담을 했다. 형식을 만나면 마음이 편해진다. 그의 단순함이 전염되어서일까.

얼마 후, 숟가락을 열심히 입으로 가져가던 형식의 표정이 변했다. 눈은 벽면의 TV를 향해 있었다. 종업원 중 누군가가 TV 채널을 바꾼 모양이었다. 선재도 고개를 돌려 화면을 보았다. 시사 프로그램이 방영되고 있었다. '세부 병사사건의 피고인 보험금 소송 승소'라는 타이틀이 아래 자막으로 흐르고 있었고, 변호사와 시사평론가가 대담을 나누고 있었다.

사건에 대해서라면 선재가 그들 누구보다도 잘 알고 있다. 그리고 진실도 안다. 선재는 화면에서 고개를 돌렸다. 보고 싶지 않았다. 하지만 보지 않으려 해도 음성이 들렸다. 재판부는 원고, 즉 양길이 살해했다는 보험사의 주장을 인정하지 않았고, 보험계약이 무효라는 주장도 받아들이지 않았다고 했다. 그러고는 살인사건 재판에서 피고인이 무죄를 받았기 때문에 보험금 소송에서도 그쪽이 승소하는 것이 기존 판례에 비추어 당연하다는 식으로 해설을 이어갔다.

뉴스에서건 방송에서건 SNS에서건 댓글에서건 지훈의 사건을 접하면 이성을 온전히 유지하기 어려웠다. 그래서 선재는 의식적으로 피해왔다. 그런데 하필 밥 먹으러 들른 식당 안 머리 위에 매달린 TV에서 지훈의 소식을 내리꽂고 있다. 숟가락을 놓고 나갈 수도 없는 노릇이다. 피할 도리가 없다. 듣지 않으려 해도 들리는 이야기들.

화가 치밀었다. 왜 저 변호사는 판결을 해설만 하는 걸까? 어째서 비판을 하지 않는 걸까. 혹시 못 하는 걸까. 법정에 출입하는 '을'이라서? 아니면 설마 그 판결들 전부가 정답이라고 믿어서? 설마.

보험금 소송에서 양길이 이길 수밖에 없었다는 변호사의 발언 하나하나가 작살처럼 선재의 마음을 찔렀다. 반박하고 싶었다. 그래, 좋아. 당신은 진실을 모르니까 그렇게 말할 수 있어. 그리고 양길이 무죄라는 형사판결까지도 죽을힘을 다하면 이해해 볼 수 있어. 억울한 사람을 만들지 모른다는 초조함이 무엇보다 앞선다니까. 그 때문에 1퍼센트의 증거 부족으로 무죄가 나오기도 한다니까. 그래서 지훈의 사건에서도 양길이 무죄를 받고 말았지만. 그래, 그것까지는 알겠어. 하지만, 보험은 다른 이야기잖아. 그건 억울하고 어쩌고의 문제가 아니라 사람을 죽인 대가로 횡재하느냐 마느냐의 문제잖아? 왜 같은 기준으로 판단해? 정말 위험한 건 무죄판결보다 보험금을 안겨준 판결이잖아? 그런 판결이 양길 같은 범죄자들을 북돋웠다는 사실을 알고나 하는 소리일까? 법이 대체 무슨 짓을 한 걸까? 우리는 시한폭탄 같은 범죄자들에게 찍히는 불운이 찾아오지 않기만을 빌면서 이 대로 쭉 가야 하는 걸까?

선재는 마음속으로 반론을 퍼부었다. 형식 또한 그 방송이 마음에 들지 않았던 모양이다. 선재와 달랐던 건 입 밖으로 거친 말을 던졌다는 점이다. 화난 음성이 TV에 등을 돌린 채 조용히 밥을 먹던 선재를 깜짝 놀라게 했다.

"젠장!"

옆 테이블에서 밥을 먹던 손님들이 놀라 형식을 쳐다보았다. 그들은 선재까지 힐끔거리더니 고개를 돌렸다.

"왜 갑자기 소릴 지르고 그래요?"

선재는 질겁해서 나무랐다. 하지만 형식은 대꾸하지 않고서 화면을 노려보며 말했다.

"남은 건 한 가지밖에 없어!"

여전히 음성이 높다.

"뭐가요."

"저거, 법으로는 안 된다면서요."

"그렇다고 하네요. 판결이 저렇게 났으니."

"확 잡아다가!"

"잡긴 뭘 잡아요."

선재는 형식의 과격한 발언을 덮으려 했다.

"눈에는 눈, 이에는 이 아닙니까?"

선재는 황급히 주변을 돌아보았다. 형식의 과격한 발언이 들릴까 봐서였다. 다행히 이제 이쪽을 신경 쓰는 사람은 없어 보였다. 하지만 이대로 형식이 폭주하는 건 낯부끄럽다. 손님들은 그저 못 들은 체하고 있을 뿐인지도 모른다. 그만두라는 눈짓을 보냈다. 얄궂은 성질머리지만 선재의 말은 잘 듣는 형식이었다. 그는 눈을 움찔거리더니 입을 다물었다.

곰탕집을 나온 후 길을 걸으며 형식은 기어이 입을 열었다. 이제 들을 사람은 없다.

"저 새끼가 죽었잖아요."

"그렇죠. 우리만 알지만."

"예전에도 내가 말했지만, 운이 대빵 좋은 놈이에요. 아니, 운이 아니죠. 타국 땅이란 걸 이용해서 살인을 덮은 거지, 뭐. 멍청한 판사들은 거기에 넘어갔고. 어차피 기대도 안 했어요. 우리나라 재판이 그렇지 뭐."

선재는 묵묵히 발걸음을 맞출 뿐이었다. 같은 생각이지만 과격한 표현까지 동조하기는 어려웠다. 그런데 다음 순간 형식의 말은 선재를 깜짝 놀라게 했다.

"똑같이 해줘야죠."

"네?"

"타국에서 사람을 써서 해치우는 겁니다."

"…… 그런 말 마세요. 누가 듣겠어요."

"법으론 안 되잖아요. 보셨다시피."

"무슨 말씀을. 아무리 그래도……."

"아무리가 어딨습니까? 그런 놈한테."

"그것도 범죄예요."

"잡히지 않으면 범죄가 아니에요. 반대로 멀쩡한 사람도 판사가 찍으면 범죄가 되듯이요."

억울하게 범죄자로 몰렸다는 형식의 마음에 남은 한이 엿보였다.

"농담이라도 그런 말씀 마세요."

"농담 아닙니다."

이번에는 나지막하고 강한 목소리였다. 선재는 발길을 멈추고 형식을 보았다. 그도 똑바로 마주 보았다. 허언이 아님을 내보이려는 듯이. 움찔 떨리는 형식의 눈동자에 무언가가 타오르고 있었다. 그것은 분노라는 장작불이었다.

아니. 헛말은 아닐지 몰라도 이건 그냥 감정이야.

선재는 다시 발길을 옮겼다.

"관둬요. 그러다간 괜히 우리만 곤란해져요."

"왜요? 그놈 한 짓이 덮였는데 이쪽이라고 못 덮을 건 없잖습니까? 어차피 외국인데. 못 잡아요. 필리핀은 총도 구하기 쉽고요."

형식은 '총'을 언급하면서 시선이 얼핏 선재의 손으로 가더니 멈칫했다. 전직 사격선수인 그녀 앞에서 총 이야기를 꺼낸 게 실례라고 느꼈을까.

"아무래도 곰탕 국물에 소주가 부작용을 일으켰나 보네요."

선재는 적당히 농담으로 넘겼다. 형식은 지훈을 친동생처럼 여겼으니 이런 결과에 격분할 만도 하겠지. 어처구니없는 말이지만 그래도 마음만은 고마웠다.

두 사람은 얼마간 대화 없이 길을 걸었다. 블록이 알맞게 깔린 보도였지만 진창을 걷는 기분이었다. 형식을 나무라면서도 선재의 생각이 엉클어졌다.

어이없는 판결이 있었고, 무미건조하게 해설하는 방송이 가슴에 못을 박아댔다. 양길이 눈앞에서 야비한 이빨을 드러낸 지는 며칠 지나지도 않았다. 선재의 가슴속에 건드리면 터질 것 같은 불발탄이 시퍼렇게 살아 있다. 이틀, 사흘, 나흘. 하얗게 지새운 밤이 있었다. 살인자 양길로부터 모욕을 당한 일이 벌써 두 번째던가. 지난번 경찰서 주차장에서는 설움 같은 것이 가슴을 움켜쥐었다면 며칠 전 법원 벤치에서 당한 후로는 돌진을 앞둔 황소처럼 숨을 그렁거리는 분노가 시시각각 일어 선재를 잠들지 못하게 했다. 불길은 꺼지지 않고 거세게 타오르다가 종내에는 숨통을 움켜쥐었다. 선재는 어쩌면 그날 단순한 모욕을 넘어 인간이라는 근원을 부정당한 건지도 몰랐다. 그래서야 남은 생이 아무것도 아니었다.

겉으로는 평온한 일상을 보냈다. 오늘처럼 농담도 할 수 있었다. 하지만 몰래 울컥울컥 치밀어 오르는 울분에 저항하기란 너무나 힘들었다. 우연히 불행을 만난 것뿐이라면 스스로 위로해 볼 수도 있겠지만, 전부를 빼앗을 때까지 내달린 양길의 악의는 인내만으로 감당하기 불가능했다. 표현의 차이일 뿐, 형식과 마음은 다르지 않았다.

형식의 외침이 귓전에 뱅글뱅글 돌았다.

'똑같이 해줘야죠.'

어쩌면 마구잡이로 뱉은 형식의 말이 정의에 더 가까운 것인지도 몰라. 그 이상한 '법'이란 것보다.

같은 방법.

양길이 죗값을 받는 길이 그것밖에 없는 건 분명했다. 일사부재리의 은총으로 영구히 면책되었다고 하니까.

양길은 똑같이 당해야 한다. 그렇게 믿는다.

하지만 법이란 틀을 통해 보면 또 다른 범죄일 뿐이다.

그래도.

양길을 이대로 두어도 되는 걸까.

그러고도 나는 잘 살아갈 수 있을까.

선재의 또 다른 마음은 대답하지 않았다. 그 마음은 연인이자 은인인 지훈의 죽음에 분노하고, 양길로부터 처절하게 모욕을 당한 그것이었다.

형식은 언제 그런 말을 했냐는 듯 조금 앞에서 털레털레 걸어가고 있었다.

하긴.

형식은 3초 지나면 잊을 말을 자주 던지곤 했다.

다혈질의 형식이 그저 해본 말일지 모른다.

하지만 정작 선재의 머릿속에는 그 말이 남아 울리고 있었다.

*

마음의 상처에 소금을 뿌리는 사건은 한 번 더 있었다. 아니, 사건이란 말은 적절하지 못하다. 어떤 악의에 의해 철저히 의도된 상처였으니까.

선재는 친구 윤소이를 상수동에서 만났다. 선재가 소식이 뜸하니 또 윤소이가 불러낸 거였다.

"지난번엔 장인규인지 머시기가 나와서 분위기 망쳤잖아. 오늘은 우리 둘만 보자."

그래서 선재도 가벼운 마음으로 나갔다.

윤소이는 재판 이야기는 한마디도 꺼내지 않았는데, 선재가 먼저 말을 하면 모를까, 함부로 상처를 떠올리게 하지 않으려는 배려 같았다. 그게 보여 선재는 고마웠다.

딱 한 번, 어렴풋하게 사건을 연상시키는 말은 했다. 윤소이는 강변을 따라 뻗은 길을 자박자박 걸으며 마치 딴청을 피우듯 말했다.

"강물 반짝이는 거 봐."

"보고 있어."

"너, 그 말 알지?"

윤소이가 선재를 힐끔 보며 말했다.

"뭐?"

"중국 옛말이라는데, 그거 있잖아. '복수하려 들지 마라. 강가에 고요히 앉아 있노라면 머지않아 원수의 썩은 시체가 둥둥 떠내려올 것이다.'라고."

선재는 강물에 잠깐 눈길을 주었다. 아무것도 떠 있지 않았다. 빛을 받아 부서지는 잔물결은 시체를 싣기엔 너무 예뻤다. 선재는 혼잣말처럼 중얼거렸다.

"…… 정말 그럴까?"

윤소이는 강하게 고개를 끄덕였다.

"응, 난 믿어. 세상엔 천벌이란 게 있으니깐."

그렇다면 좋으련만.

하늘의 벌이란 게 있다고 믿을 수만 있어도 좋으련만.

선재는 무어라 대꾸하기 어려워 대답을 그만두었다.

인스타그램으로 메시지가 날아온 건 윤소이와 들른 상수동의 한 빵집에서였다.

소금빵과 바닐라라테를 앞에 두고 휴대전화를 누르던 선재의 눈에 한순간 핏발이 섰다. 메시지 요청이 한 개 떠 있었고, 무심코 누르자 나타난 프로필은 그자, 양길의 것이었기 때문이다.

동그란 사진은 작았지만 그 얼굴, 실루엣은 잊을 수 없다. 심지어 'Yang_Gil'이라고 해놓았다. 대놓고 자신임을 알리고 있다.

그가 보낸 게시물이 결코 기분 좋을 수 없다. 좋은 의도일 리도 없다. 하지만, 선재는 누르고 말았다.

어딘가로 이어질지 모르지만, '끝'을 보고 싶었던 마음이었을까.

사진이 나왔다. 침침한 술집이었다. 체인에 매달려 길게 늘어뜨려진 푸르스름한 조명 아래 양길이 와인 잔을 턱 앞으로 내밀며 능글맞게 웃고 있었다. 마치 영화 「위대한 개츠비」에서 디카프리오가 와인 잔을 치켜들고 여유롭게 웃던 장면을 흉내 낸 것 같았다. 배경의 벽에 붉은 네온으로 'Heaven's Door'라는 글자가 잘려져 보였다.

헤븐스 도어? 어디서 들어봤는데……. 아. 설마, 그날 밤 둘이 있었던 호텔의 그 바. 이 개자식이.

벌써 선재는 휴대전화를 쥔 손을 와들와들 떨고 있었다.

사진 아래로 글이 두어 줄 있었다.

—세부 샹텐부르 호텔. 추억이 깃든 바에서 한잔. 고맙다, 친구야. 기억할게. 산다는 건 좋은 거 ㅋㅋ

어제 날짜의 사진이었다. 분명 선재가 보라고 올린 사진, 글이다. 범죄 현장에서 되새기는 추억이라니. 악한 자들 특유의 카르텔인지, 벌써 '좋아요'와 댓글도 상당수 붙어 있었다.

—언냐들은 없냐.
—나도 한잔 빨고 싶네.
—두 번째 대박 구상 중? ㅋㅋㅋ

차마 눈 뜨고 봐줄 수 없는 글들이었다. 심지어 '두 번째 대박' 운운하다니. 이게 농지거리를 할 일인가.

선재의 눈 끝이 잠자리 날개처럼 파르르 떨려왔다.

어떻게 하면 선재가 가장 분노를 터뜨릴지 연구한 끝에 연출해 낸 사진이리라. 필리핀까지 날아가는 수고를 감수하면서. 선재의 SNS에 보내놓고는 괴로워할 모습을 상상하며 키득댔겠지. '널 조금 힘들게 만들고 싶어졌어' 뱀처럼 웃으며 뱉던 양길의 말이 기억 속에서 울렸다. 배양길. 넌 인간이 아니다.

"괜찮아? 갑자기 얼굴이 너무 안 좋아."

윤소이가 걱정스럽게 선재의 얼굴을 들여다보았다.

'아, 아무것도 아니야. 그냥."

선재는 손을 내저었다. 윤소이는 분명 선재가 이상하다는 걸 알 테지만 더 묻지도, 말을 시키지도 않았다. 선재가 말조차 꺼내기 버거울 정도로 힘들어한다는 걸 감지한 것 같았다.

선재는 휴대전화를 백에 집어넣고 바닐라라테 컵을 들었다. 알코올을 어제 끊은 술꾼처럼 손의 떨림이 멈추지 않았다. 이 도발에 침이 꼴깍꼴깍 연신 넘어가고 숨이 가빠질 만큼 분노하는 거야말로 정확히 양길이 노리는 대로란 걸 알지만 그러지 않을 수 없었다. 아무래도 오늘 친구 앞에서 평온을 가장하는 일은 틀렸다. 선재는 마음속으로 친구에게 말을 건넸다.

소이야.

아무래도 하늘의 벌은 없는 모양이야.

원수의 시체는 기다린다고 오지 않을 것 같아.

＊

지훈의 사건이 서찬휴 변호사에게도 깊은 흔적을 남긴 모양이다. 갈기갈기 찢긴 마음으로 인터넷과 SNS를 행선지 없이 떠돌던 선재는 서찬휴의 페이스북에서 새 글을 발견했다.

분명 지훈의 사건이 그에게 이런 글을 쓰게 했을 것 같았다. 선재가 직접 혹은 방송이나 지면상으로 만난 몇 안 되는 법조인 중에서 가장 냉소적인 서찬휴가 지훈의 사건에서처럼 황당한 결말을 만났을 때 쓸 법한 글이었다.

사람들의 큰 착각. 왜 법이 정의를 찾아줄 거라고 기대하는가. 법은 정의를 위해 있지 않다. 이 사회의 유지에 더 관심이 많다. 주먹이 아니라 신호등에 가깝다고나 할까. 법은 위기에 빠진 선량한 시민을 위해 정의의 주먹을 휘두르는 일보다는 돈과 사람, 거래라는 교통이 잘 오가도록 교통정리를 하는 일에 더 관심이 있다. 생각해 보면 당연한 일이다. 법이 애당초 정의를 위해 타

거났을까.

오래된 법이라고 하면 대개 먼저 떠올리는 게 '함무라비 법전'이다. 눈에는 눈, 이에는 이라고 하는 원칙. 거의 4000년 전의 이 법은 사람을 죽인 자는 사형에 처하고, 사람의 팔을 부러뜨린 자는 팔을 부러뜨리게 했다. 이 법전의 동해보복(同害報復)에 우리는 통쾌함을 느끼지만 실은 '똑같이 갚아주라'는 의미보다는 '너무 과한 처벌의 금지'에 방점이 있다. '너의 팔을 부러뜨렸으면 똑같이 그자의 팔을 부러뜨리는 데에 만족하라, 죽이거나 식물인간으로 만들기까지는 하지 마라'는 뜻이다. 그리고 이 법전에는 가족관계나 상속, 토지경작권, 군법, 상거래, 이자 같은 사항에 관한 규율도 있다. 이것은 과연 시민의 정의를 세우기 위해 만들어졌을까, 아니면 막 유목 생활을 끝내고 정착 생활을 시작한 바빌로니아의 왕 함무라비가 공동체의 질서를 세우고 나아가 자신의 왕권을 탄탄하게 하고자 만든 것일까. 그래도 인간의 선의를 믿는다, 사회의 정의를 위해 이 법전을 만들었다고 믿는 사람에게는 유발 하라리 『사피엔스』의 한 대목을 권하고 싶다. 호모사피엔스가 수천, 수만 명 나아가 수억 명을 지배하는 대제국을 건설할 수 있었던 비결은 '허구'에 있다는 부분 말이다. 허구의 초기 형태에는 종교, 국가적 신화, 고향 같은 것과 더불어 법도 포함된다.

현대의 언어로 다시 표현해 보자면, 법은 사회의 '인프라'다.

도로, 다리, 철도, 항만, 통신시설, 역, 공항 같은 것과 본질상 같다. 다른 점이 있다면 보이지 않는다는 것뿐이다. 보이지 않는 사회의 인프라. 이것이 법의 정체에 가깝다. 법이 잘 갖추어진 사회는 분명 매끄럽게 돌아간다. 반면에 법이 잘 갖추어졌다고 해서 더 정의로운 사회라는 보장은 없다. 법보다 배트맨이 많은 사회가 더 정의롭다. 뒷골목에서 시민을 패는 건달은 법망을 대부분 빠져나가지만 배트맨은 즉각 응징해 주니까. 법에 정의를 기대하는 마음은 이해하지만, 애당초 출발과 맨얼굴이 그렇지 못하니 자꾸만 기대를 배반하게 된다. 법은 정의의 실현보다는 사회의 유지, 즉 질서에 더 관심이 있다. 정의를 추구하는 것처럼 보이는 때에도, 시니컬하게 말하자면, 그래야만 사회가 유지되기 때문에 그러할 뿐이다.

여기서 조금 더 냉소적으로 들어가 보자. 대단히 의심스러운 사건들에서 무죄가 내려져 시민들을 경악시키는 때가 많다. 물론 정말 무고한 사람들도 있을 것이나, 실제로는 범인인데 증거가 부족해 무죄방면 되는 이들도 없다고는 못 할 것이다. 왜 이렇게 상식에 반하는 판결들이 시민의 불만에도 불구하고 끝없이 생산되는가. 무죄를 내린 판결들은 한결같이 '합리적 의심 없는 증명'을 내세운다. '확신'이 필요한데, '아주 약간' 증거가 부족하다. 그러니 법 원칙상 무죄로 할 수밖에 없다는 거다. 법리상으로는 틀리지 않다. 다만 그 합리적 의심이라는 기준이 상식에 비추어 너무나 높고 폭이 좁다는 느낌이 들 때가 있다. 어쩌면 이 사회를 유지하는 데에는 '살인자의 빠짐없는 처벌'까지는 필요 없고, 살인을 저지르면 처벌받을 '가능성'이 있다는 인식만으로 충분하기에 그런 것은 아닐까. 그 가능성과 위험만으로도 대부분의 사람들은 살인을 포기하고, 사회는 대체로 안전하니까. '정의 실현'이 아니라 '질서 유지'가 목적이라면 그 정도로 족하니까. 굳이 범죄자를 빠짐없이 단죄할 필요가 없다. 살인자의 예외 없는 처벌은 피해자의 필요이고 피해자의 정의이다. 하지만, 법의 관심사는 조금 다르다. 그러다 아주 간혹 무고한 자를 처벌할 위험이 있으니 무리해서 그런 걸 감수하기보다는 완전 입증이 된 사건만 처벌하기로 한다. 그 정도만 해도 사람들 겁주기엔 충분하고 마구잡이의 살인으로 사회가 혼란스러워지는 건 막을 수 있다. 그 결과 범인을 간혹 놓치더라도 그걸로 만족한다. 억울하게 살인자로 처벌받는 사람이 생기지 않았고, 이 사회의 질서도 손상되지 않았으니까. 그런 것이다. 법은.

하지만 만약 그가 진범이라면 살인자가 풀려난다는 결말인데, 그 불의는? 피해자의 억울함은?

…… 밥 딜런이 말했다. 오, 내 친구야. 묻지를 마라. 바람만이 아는 대답을.

글이 어지간히 도발적이었던지, 댓글이 많이 달렸다. 주로 비판 혹은 비난하는 내용이었다. 법률가들이 많았다. 그럴 수밖에 없다. 자신들의 콧잔등에 걸친 명예의 안경을 날려 버렸으니까.

판사인 어떤 이가 이런 댓글을 썼다.

─억측에 근거한 글이자 법관들에 대한 모독에 가까운 글이 군요. 물론 나태한 이들이 없다곤 못 하겠지만 대부분의 법관은 어떤 결론이 정의일까 진지하게 고민하며 재판에 임한다고 믿습니다. 스스로 신호등 정도의 역할이라고 자처하는 법관이 있을 까요?

판사의 글에 불쾌해하는 기색이 역력했건만 눈치 없는 서 찬휴는 물러서지 않고 답글을 달았다.

─물론 법관들이 이런 생각을 표면적으로 하면서 판결을 하 는 건 아닙니다. 질서 지향이라는 법의 속성은 법률가들을 넘어 설 수 없습니다. 법률가의 한계는 법의 한계이고, 법률가의 천성 은 법의 천성 안에 있습니다.

반론이 부족하다고 느꼈는지, 서찬휴는 한 번 더 답글을 달았다.

—가정을 한번 해볼까요. 만약 '완전 입증이 안 되어 무죄를 내리는 판결들'이 단지 '가끔 진범을 놓치는 결과'를 만드는 일을 넘어서, 어떠한 가상의 인과관계로 인해 '사회의 질서를 뒤흔드는 결과'를 초래한다고 해보죠. 이를테면 어떤 판결이 '계약을 안 지켜도 된다'라고 했을 때 초래할 혼란, 무질서와 비슷한 결과 말입니다(다시 말하지만 현실의 인과관계가 아니라 어디까지나 사고실험을 위한 가상의 인과관계입니다). 이렇게 된다면 판사들이 그런 무죄판결을 내릴까요? 전혀 아닐 겁니다. 그건 법의 존재 의미를 부수는 거니까요. 이런 무죄판결은 질서의 붕괴를 가져오지 않기 때문에 내려질 수 있는 겁니다. 가끔 진범이 풀려난다고 해봤자 소식을 들은 사람들을 잠깐 분노하게 할 뿐 '계약의 미이행 사태'처럼 사회의 근본을 무너뜨리지는 않습니다. 또, 무죄를 받아버리면 그 사람이 진범이더라도 어차피 알 수 없죠. 여기에 피해자의 응보는 설 자리가 거의 없어요.

낯선 내용이었지만 선재는 서찬휴의 글에 반대하고 싶지 않았다. 지훈의 죽음 이후 2년간 재판에 깊숙이 개입해 울고 화내고 읽고 생각하고 말싸움한 끝에 선재가 품었던 느낌을 글로 정리해 준 것만 같았다.

서찬휴는 사실은 정의를 좋아하는 사람이 아닐까. 현실이 그렇지 못하니 그 아쉬움에 역설적으로 이런 글을 쓴 게 아닐까.

선재는 서찬휴에게 전화를 걸었다. 페이스북의 글 잘 읽었다고 말머리를 꺼내고는 곧바로 물었다.

"배양길이 승소한 거 아시죠?"

"네. 뉴스 봤어요."

힘없는 대답. 그도 결과가 마땅찮은 모양이다.

"선고 전 문자 드렸을 때 변호사님이 어쩐지 자신 없어 하셨잖아요. 이렇게 될 줄 아셨던 거죠?"

서찬휴는 난감한 듯이 네, 하고 대답하고는 말을 이었다.

"저도 안타까운 마음에, 판결이 바뀌길 바라는 마음에 지난번 상담 오셨을 때 선재 씨한테 기각될 가능성이 있다고 말했지만, 그 뒤에 후회했어요. 법원이 살인을 인정하고서 보험금을 기각한 건 여수 금오도 사건 딱 한 건이었죠. 괜한 희망을 심어드렸나 싶어서요."

"그래도 그런 판결이 나오기도 했었는데, 그렇게 희망이 없었나요?"

"금오도 사건의 그 판결은 캄보디아 여성 교통사고 사건에서 보험금을 인정한 대법원 판결이 나오기 전이었죠. 그런데 대법원이 그렇게 판결해 버렸습니다. 판사들이 항거할 엄두를 내지 못하는 그 대법원이 말입니다. 대법원 판결이 바뀌지 않는 한 희망이 없습니다. 판사의 개별적 용기에 기댈 순 없는 거거든요. 그래서 나중에는 괜한 기대를 하게 해드렸나, 생각했던 겁니다. 가망 없는 일에 기록 구하시느라 애쓰시고……."

"그래도 헛된 노력은 아니었다고 생각해요."

"그렇다면 다행이고요."

"하나 알게 되었거든요."

"뭐죠?"

"재판은 정의에 관심 없다. 어때요, 맞죠?"

잠깐의 침묵이 흐른 후 서찬휘가 말했다.

'페이스북엔 좀 비관적으로 글을 썼지만, 그래도 옳은 결론을 향한 인간의 오랜 노력으로, 법이 대체로는 정의와 일치하게 되었다고 믿습니다."

"그럴까요?"

"사람들은 법이 문제라고들 하는데, 아니라고 생각해요. 법은 잘못이 없습니다. 인간이 문제죠. 오랜 세월 실무가로 살아온 제 경험입니다. '법대로만' 해도 대개의 경우 정의라는 결과에 도달하게 됩니다. 인간이, 법률가가 그 법대로조차 하지 않아서 문제인 겁니다……."

20년을 판사 노릇 한 사람의 입에서 흘러나오기엔 참으로 쓸쓸한 말이었다.

"보험금을 주라는 판결이 법대로 하지 않은 판결이라는

말씀이네요."

"……"

서찬휴는 선뜻 대답하지 않았다. 선재가 다시 말했다.

"복수는 불법이지만 정의고요."

"……"

서찬휴의 입이 닫힌 것 같다. 이윽고 어떤 일에 생각이 미친 듯 서찬휴가 입을 열었다.

"개인적인 복수를 해서는 안 됩니다."

"법에 어긋나서요?"

"피해를 입으신 분께 그런 말로는 설득력이 없겠죠. 다만, 복수는…… 자신에게 손해입니다. 언제나."

차라리 이해타산을 이야기하는 서찬휴의 말이 솔직하게 들렸다. 그리고 약간의 설득력도 있었다.

선재는 어떤 생각을 곱씹듯이 잠시 침묵하다가 불쑥 말했다.

"…… 그동안 감사했습니다."

진심이었다. 희미한 가능성에 불과했다지만 서찬휴 덕분에 잠시 희망을 가졌다. 할 수 있는 데까진 다 해봤다. 그 생각은 어쨌든 위로가 되었다.

선재는 전화를 끊었다.

*

   선재가 마닐라 근교에 있는 형식의 렌터카 사무실에 들른 것도 벌써 두 번째다. 지난번에는 형사재판 1심이 진행될 때 의사 레온 토레스를 어떻게 증언대에 세울지를 의논하러 왔고 라파엘을 만났었다. 이번에는 용건이 달랐고, 만난 이도 달랐다. 선재가 찾아가겠다고 연락했을 때, 형식은 깜짝 놀라며 반가워했지만 용건을 듣더니 더없이 심각해졌다. 그는 곧장 이날의 만남을 알선했다.

   갈색 인조가죽 소파에 필리핀인 한 명이 몸을 곧추세우고 앉아 있었다. 렌터카 고객은 아니었다. 작지만 다부진 몸은 만만하지 않은 기운이 있었다. 주름에 파묻혀 매서운 눈매가 번득였고, 머리카락 사이로 이마를 가로지른 흉터가 불거져 있었다. 그의 맞은편에 선재가 앉아 있었다. 형식은 마치 어떤 거래를 보증하기라도 하듯이 두 사람을 바라보는 위치에서 낡은 회전의자에 몸을 묻은 채 의자를 빙글빙글 돌리고 있었다.

   "스탠리. 이야기는 다 들었지?"

   스탠리라고 불린 현지인과 형식은 잘 아는 사이 같았다. 스탠리가 입을 열었다.

   "놀랐어. 미스터 송이 이런 일로 연락할 줄은 몰랐는

데……."

스탠리가 말하다가 끝을 줄였다. 미간에 깊은 주름이 파였다.

"내가 뭘. 난 그만한 깜냥이 없어. 다 이분 요청이야."

형식은 선재를 눈으로 가리켰다. 칭찬인지 책임 전가인지 모를 말을 형식이 남겼지만 선재는 신경 쓰지 않았다. 대꾸하는 대신 옆 소파에 놓아둔 보스턴백을 들어 테이블 위에 놓았다. 가방 위치를 조금 움직이는 데에도 선재는 약간 기우뚱했다. 그만큼 묵직했다.

"원래 종이가 좀 무겁죠."

형식이 빙그레 웃으며 말했다.

"가져가세요."

선재가 손으로 가방을 가리켰다.

"흠."

스탠리는 가방을 앞에 두고 턱을 쓸어내렸다. 조금 생각하는 듯하더니 가방으로 팔을 뻗었다.

"알겠습니다."

선재는 그 모습을 물끄러미 지켜보다가 말했다.

"잘 부탁드립니다."

선재는 자신이 말해놓고서도 잘 부탁한다는 말이 여기서 어울리는 말일까, 하는 생각을 했다.

스탠리는 자신 앞으로 끌고 온 가방을 슬쩍 열어보더니 곧 닫았다. 그의 얼굴에 치아를 드러낸 로트와일러 같은 미소가 잠시 떠올랐다가 사라졌다. 노다지를 발견한 이의 탐욕일까.

"이건…… 나로서도 큰 건입니다."

"……네."

스탠리는 더 말하지 않았다. 가방을 한 손에 쥐고 형식에게 가벼운 인사만 건네고는 어느새 덤덤하게 표정을 되돌린 채 사무실을 나갔다.

*

양길은 필리핀 마닐라 공항 입국장을 막 빠져나오고 있었다.

'야, 이거, 또 오게 되네.'

양길은 흰 시멘트를 드러낸 기둥을 괜히 툭 쳤다. 장식 없고 소박한 공항 시설을 양길은 얕보고 있다. 후끈한 공기는 습기를 머금어 축축했고, 동남아 특유의 향이 났다.

얼마 전에도 필리핀에 왔지만, 양길은 이 나라에 올 때마다 약간의 감회에 젖었다. 벌써 2년이 훌쩍 넘었다. 송지훈의 목에 보험금을 걸어놓고 살인 계획을 품고 두근거리며 입국하던 그때와는 모든 것이 달라졌다. 신분부터 변했다. 거지에서 부자로. 그땐 처음 시도하는 살인에 긴장해 물에 젖은 쥐새끼처럼 눈치를 보았다. 지금은 더 이상 홀가분할 수 없다. 모든 장애를 뛰어넘고 완벽한 무죄의 방탄을 몸에 둘렀다. 금의환향. 개선장군이 이런 기분일까. 영구적인 면책과 막대한 돈을 건 단판걸이의 인생 베팅. 그 무대가 이곳이었다.

얼마 전엔 달랑 2박 하면서 한선재에게 보낼 인스타그램용 사진 한 장 찍고는 끝이어서 아쉬웠다. 이번에는 좀 길게 즐기다 갈까. 여긴 행운의 땅이잖아.

이번에 필리핀에 온 용건은 따로 있었다. 세부 현지 영사협력원의 측근이라는 인물이 연락해 왔다. 영사 업무를 도와주기 위해 현지에서 산 지 오래된 교민들을 영사협력원으로 위촉하는데, 전화를 걸어온 이는 세부 현지의 영사협력원과 잘 아는 사이라고 했다.

"그래서요?"

양길은 마치 시비를 걸듯 거칠게 말을 받았다. 그도 그럴 것이 양길은 그 전화를 받기 직전 스마트폰 화면을 들여다보며 얼굴이 잔뜩 붉어져 있었다.

그가 보고 있던 화면은 가상화폐 거래소인 업비트 화면 창.

양길은 며칠 전 이름도 낯선 어떤 마이너 코인이 폭등하는 것을 보고는 허겁지겁 2억 원의 돈을 집어넣었다. 하지만 대박의 꿈도 잠시, 그가 들어간 직후부터 가격은 시름시름, 약 먹은 병아리처럼 힘이 없더니 급기야 이날 시세 그래프가 머리를 숙이다 못해 수직으로 꼬라박고 있었다. 어, 어하다가 손쓸 새도 없었다. 이미 손실은 7000만 원을 넘어 있었다.

제길! 제네시스 한 대 날렸잖아!

손실은 그 돈으로 살 수 있었던 세단이라는 구체적인 형태로 바뀌어 시야에 맴돌았다. 화가 머리끝까지 났지만 터뜨릴 대상이 없었다. 그 가상화폐의 매수 버튼을 누른 건 자신의 손가락이었으니까.

젠장, 젠장, 젠장!

붉으락푸르락하던 차에 전화를 받았으니 말이 곱게 나가지 않았다. 게다가 지훈 사건은 어차피 다 끝났다. 귀찮은 전화일 게 분명하다.

"뭔지 몰라도 나하곤 관계없어요."

양길이 전화를 끊으려는데, 상대가 다급히 말했다.

"송지훈 씨가 필리핀 현지에서 회수하지 못한 재산이 있습니다."

"네? 뭐요?"

솔깃했다.

"송지훈 씨 명의로 부동산을 매입한 계약서하고 현지 채권 같은 게 발견되었어요."

양길의 뇌 안에서 반짝, 하고 생각이 스쳤다. 지훈이 그래서 필리핀으로 가끔 여행을 갔었던가.

"그래서요?"

재촉하듯 물었다. 아까와는 어조가 사뭇 다른 '그래서요?' 였다.

"본인이 없으니까 재산 이전을 할 수도 없고……. 그래서 그냥 두었는데, 벌써 2년 넘게 지나지 않았습니까? 이대로 두는 것도 뭣하고, 정리를 해야겠다 싶어서요. 아는 연락처가 선생님밖에 없어서 일단 이쪽으로 연락드립니다."

지훈이 사망했을 때 양길만이 옆에 있었고, 장례도 그가 치렀다. 필리핀 현지에서는 양길의 연락처밖에 알지 못할 것이다. 물론 그가 살인 혐의로 재판을 받는 동안에는 연락을 꺼렸으리라. 하지만 무죄를 받았다. 이제는 그에게 전화할 도리밖에 없다. 물론 재산 확보 과정에서 상대방도 떡고물을 요구할 심산이겠지. 유족을 데리고 오라는 말이 없지 않은가. 둘이 처리하자는 얘기. 이것은 응해야 하는 거래다. 그 짧은 시간 동안에 양길은 판단을 마쳤다.

지난번 범행으로 단번에 19억이라는 거금을 챙겼지만 받고 보니 아쉬웠다. 차를 바꾸고, 명품 옷과 구두를 사고, 파텍 필립을 팔목에 두르고 룸살롱에서 살다시피 하다 보니 돈은 급속도로 줄어갔다. 홀덤 펍에서도 많은 돈을 날렸다. 다시 한탕을 꿈꾸며 가상화폐 투자에 뛰어들었지만 기막히게도 단 한 번을 따지 못했고, 이날처럼 며칠 만에 거액의 손실을 보기도 했다. 이럴 줄 알았으면 보험금을 더 걸 것을 후회도 되었다. 돈은 늘 모자라고 늘 더 갖고 싶었다.

"일단 현지에 와서 현황을 좀 확인해 주시죠. 그다음 차차 재산 이전 방안을 논의해 보시고요. 배양길 선생님이 송지훈 씨의 측근이니까 뭔가 수가 있지 않을까요? 뭐 현지의 브로커랄까 뭐랄까 저도 좀 연줄이 있습니다. 제가 얼마든지 도와드릴 수도 있고요."

역시 남자의 의중은 분명했다. 나눠 먹자는 뜻. 하긴 그러더라도 손해 볼 것은 없다. 방법도 분명히 있다. 어차피 필리핀은 한국의 서류를 모른다. 송지훈의 가족관계 서류를 위조하고 그걸로 영문 공증을 받아 현지에서 장난쳐 볼 수 있다. 여의치 못해 실패한다 하더라도 하다못해 필리핀 유흥이라도 즐기고 올 수 있겠지. 게다가 필리핀은 그에게 선물 같은 행운을 안겨준 기회의 땅 아닌가.

곧바로 항공권을 끊어야겠는걸.

통화를 끝낸 양길은 의자에 몸을 묻으며 히죽 웃었다.

잘하면 요번에 잃은 거, 만회할 수 있겠어. 지훈이 녀석은 끝까지 쓸모 있구먼. 마침 돈이 궁한 판에 또 떠먹여 주잖아. 역시 진정한 우정이라니까.

"말투 봐라, 싸가지 없는 새끼."

형식이 휴대전화를 놓으며 툴툴거렸다.

"걸려든 것 같죠?"

통화가 끝난 걸 몇 번이나 확인한 후 선재가 물었다.

"그럼요. 이 정도 했으면 이런 자식은 무조건 합니다."

형식은 휴대전화기를 툭 치며 키득키득 웃었다.

마닐라 변두리에 있는 형식의 렌터카 업체 사무실 안. 두 사람 외에 있는 거라곤 낑낑대는 에어컨 소음뿐이다. 창 바깥으로 필리핀인 직원이 한 번씩 지나갔지만 어차피 이쪽 대화는 들리지 않는다. 들린다 해도 한국말을 제대로 알아듣는 이는 없다.

선재는 창 너머 어딘가로 시선을 보내며 말했다.

"그래요. 이곳. 필리핀으로 오기만 하면."

이어 입술을 지그시 깨물었다. 무언가를 결심한 사람 같았다. 형식이 오른 주먹으로 왼 손바닥을 탁 치며 말을 받았다.

"아무튼 놈을 여기까지만 꾀어내면 된다 이거죠?"

"네. 확실하게요."

선재는 양길이 올 거라고 확신했다. 돈. 그것은 양길의 마음을 정확히 찌르는 빈틈이니까.

'우리 똑똑한 제수씨가 다 알아서 하겠죠. 지난번에 그 일로 여기서 보자고 했을 땐 저도 좀 놀랐습니다. 스탠리 쪽은 지금 잘 진행되고 있는 거 같던데요. 암튼 전 제수씨 무조건 믿습니다. 더 필요한 일 있으면 말만 하세요."

형식의 얼굴은 놀이공원 앞에 선 어린아이처럼 상기되어 있었다.

"이 나라로 불러내기만 하세요. 그거면 충분해요."

선재가 조용히 말했다.

공항 건물 밖으로 나온 양길은 잠시 캐리어를 세우고 심호흡을 했다. 아열대 특유의 후텁지근한 공기에 매캐한 매연 냄새가 뒤섞여 있었다. 하지만 마치 자유의 공기를 한껏 들이마신 것처럼 기분이 좋았다. 아니면 환락의 공기이거나.

양길은 같은 항공기를 탄 이들보다 일찌감치 입국장을 나오며 묘한 승리감을 맛보았다. 비즈니스석 승객은 먼저 내릴 뿐 아니라 짐도 먼저 나온다. 환전도 하지 않았고, 휴대전화 유심도 사지 않았다. 호텔에 가서 돈을 주고 해결할 작정이다. 컨베이어벨트 옆에서 짐 찾느라 북새통을 이룬 여행객들을 지나치며 양길은 우쭐한 기분이 들었다. 역시 돈이야. 비행 중 내내 들이켠 위스키에 한껏 알딸딸해진 머리로 그런 생각을 했고, 공항에서 그 생각은 더욱 굳어졌다.

양길은 입국장 면세점에서 구입한 조니워커 블루를 떠올리며 입맛을 다셨다. 오늘은 어디 안 가고 호텔방에서 이거나 깔까. 2년 전엔 짐빔을 마셨는데. 돈 쓰기. 상승한 계급을 만끽하는 양길의 유일한 방법이었다.

주변을 두리번거리다 택시 부스를 발견했다. 마닐라 공항 바깥은 한산했다. 택시 부스 쪽에도 사람이 거의 없었다.

그쪽으로 막 발걸음을 떼는 찰나 무언가 주변 공기가 변했다. 분명한 이질감.

언뜻 정신을 차려보니 남자 두 명이 옆에 와 붙었다. 양길은 곁눈질했다. 키는 작지만 단단한 몸에 험상궂은 얼굴들이다. 우연히 옆에 선 건 분명 아니었다.

미간이 찌푸려졌다. 뭐지?

다음 순간, 어떤 구체적인 생각을 떠올리기도 전에 남자들이 양길의 팔을 향해 손을 쭉 뻗었다. 양길은 움찔하며 몸을 뒤로 물렀다.

알코올 기운이 순식간에 날아갔다. 뒷골목에서 굴렀던 양길의 본능이 위험을 경고했다.

노리고 온 놈들이다.

공항을 나서는 '아무나'를 상대로 온 자들이 아니다.

내가 목표다. 정보가 샜나. 어떤 냄새를 맡은 건가. 아니면 테러? 현지 갱인가?

순식간에 많은 생각이 지나갔다. 어느 것도 좋은 쪽은 아니었다. 이들의 정체가 무엇이든, 아무튼 좋지 않다. 악한 인간 특유의 감각으로 상황이 잘못 돌아가고 있음을 곧바로 알아챘다. 벗어나야 한다.

양길은 몸을 홱 돌렸다. 캐리어는 안중에 없었다.

"그놈이에요!"

멀리서 여자의 외치는 소리가 들렸다.

한국어?

그 말이 신호가 된 듯, 남자들이 양옆에서 일제히 양길의 팔을 향해 손을 뻗었다. 뿌리칠 새도 없었다. 남자들은 나무 뿌리가 돌을 부여잡듯 양길의 양팔을 단단히 잡아버렸다. 벽에 끼인 느낌이었다. 완력에 자신 있는 양길도 당장 빠져나갈 순 없었다.

익숙한 얼굴이 다가왔다. 아까 소리친 여자인 모양이었다.

"생각보다 너무 빨리 공항을 나왔네. 하마터면 놓칠 뻔했어."

여자가 여유만만하게 말했다.

"너, 너는!"

양길은 입을 떡 벌렸다. 선재였다.

양길은 재빨리 상황 판단을 했다.

함정이다! 이 여자가 함정을 팠어. 필리핀 현지로 유인하고 사람을 시켜 날 어찌하려고. 판결이고 소송이고 도저히 한국에서 어떻게 안 되니까 실력 행사로 나온 거야. 젠장. 한국도 아니고 필리핀에서 이 짓을 벌인다면 위험하다!

"이거 놔!"

양길은 소리를 치며 팔을 거세게 뿌리치려 했다. 하지만 뜻대로 되지 않았다. 남자들은 양길의 팔을 붙든 채로 그를 끌고 가려 했다. 그들이 힘을 쓰는 방향에 검은 승합차 한 대가 정차해 있는 것이 보였다. 눈앞이 아득했다. 끌려 들어가면 끝이다.

양길도 주먹이라면 나름 자신 있다. 상대는 두 명이지만 몸집이 작다. 해볼 만하다. 욱, 하는 기운이 올라왔다. 양길은 오른팔을 돌연 비틀었다. 남자는 양길이 순순히 끌려온다고 생각하고 조금 힘을 풀었던 모양이다. 오른편 남자가 휘청했고, 팔이 떨어졌다. 양길은 풀려난 오른 주먹으로 허리를 틀며 왼편 남자의 얼굴에 훅을 꽂아 넣었다. 억, 소리와 함께 남자가 얼굴을 움켜쥐었다. 양길이 이렇게 나오리라고는 예상하지 못한 듯했다.

찰나적으로 풀려난 틈을 타 양길은 내달렸다. 승합차 반대쪽이었다. 돌연한 반격에 잠시 양길을 놓쳤던 남자들은 곧바로 그를 쫓았다.

도주는 오래가지 못했다. 뒷덜미가 붙들렸다. 남자 한 명의 달리기가 워낙 빨랐다. 게다가 양길은 비즈니스석에 제공되는 위스키를 너무 마신 탓에 평형 기능을 잃고 있었다. 뒤이어 다른 남자도 따라붙었다. 두 남자는 양길의 팔을 재차 붙잡았고, 그 기세로 양길의 얼굴을 벽에 짓눌렀다.

'아, 이 새끼들 진짜⋯⋯. 끝까지 이러면 가만 안 둬! 좆도⋯⋯.'

벽에 뺨을 댄 양길의 이지러진 입술에서 흘러나오던 욕설이 멈췄다. 얼굴 바로 앞에 조그맣고 시커먼 물체가 다가왔다. 헉. 양길은 숨을 들이켰다. 베레타 권총이었다.

미친놈들이다! 공항에서 권총을 꺼내다니!

하지만 생각뿐, 말이 되어 나오지 못했다. 짓눌린 얼굴은 떴지만, 베레타의 위협이 양길의 혀를 마비시켰다.

남자들은 양길의 팔을 옭아맨 채 돌려세웠다. 소동이 사람들의 눈길을 끌었던 모양이다. 두 명의 남자가 무슨 일인가 싶어 이쪽으로 다가오고 있었다.

됐다! 사람들 눈에 띄었다. 여기는 공항이야!

하지만 기대는 곧 깨졌다.

남자 한 명이 그들 쪽으로 다가가 무언가를 보여주며 짧게 말했다. 그러자 이쪽으로 다가오던 남자 두 사람은 무서워하는 빛을 얼굴에 띠더니 돌아서서 가버리고 말았다.

젠장, 젠장!

어떻게 말 한마디에 돌아갈 수 있지?

총으로 위협했나? 이 지역 알 만한 갱인가?

양길은 머리를 팽이처럼 굴리고 또 굴렸다.

갱이라면 차라리 다행이지 않을까. 만약 이자들이 선재의 수하라고 한다면 상황을 뒤집기 쉽지 않겠지만, 저 여자가 낯선 필리핀에 그런 인맥을 갖고 있을 리 없다. 갱일 수밖에 없다. 혹은 청부업자. 어느 쪽이든 돈을 받고 일할 뿐이다. 이쪽에서 더 주면 된다. 구슬리려면 훨씬 많이 얹어줘야겠지만. 돈에 매수되지 않는 놈은 없다. 양길이 믿는 세상 이치였다. 하물며 갱은 말해 무엇하랴.

양길 앞으로 선재가 천천히 걸어오고 있었다.

불끈, 화가 치밀었다. 바로 얼마 전까지만 해도 내 앞에서 팻기 없는 인형처럼 말도 못 하던 여자였다. 감히 이딴 짓을? 더구나 공항에서? 악에 받쳐서 이성을 잃었나? 대낮에 사람을 납치해? 복수만 하면 어떻게 되어도 좋단 건가? 이래놓고도 뒤탈이 없을 거라고 생각해?

"이 여자가 돌았나?"

양길은 양팔을 붙들린 채 굳이 크게 소리를 질렀다. 주변 사람들이 들으라는 듯이.

"돌다니? 내가 뭘?"

"아무리 필리핀이라도, 이런 데서 납치해도 괜찮을 줄 알아?"

양길은 거듭 외치며 두리번거렸다. 사람들이 다시 와주지 않을까? 아니, 그것보다 경찰? 필리핀 경찰은 없는 건가?

"납치라니."

선재가 싸늘하게 말했다.

"CCTV 다 찍혔어! 네 얼굴, 이 갱들까지 전부!"

양길이 외쳤지만 선재는 비웃음을 흘렸다.

"갱은 또 무슨 소리야."

양길은 멍한 얼굴로 선재를 보았다. 반응이 예상과 달라 위화감을 느낀 탓이었다. 선재가 말했다.

"실례잖아. 경찰분들한테."

"경찰……. 경찰?"

양길은 화들짝 놀랐다. 경찰이라니.

"무슨 헛소리야. 경찰이 왜!"

양길은 자신의 양팔을 말뚝처럼 붙들고 있는 남자들의 얼굴을 번갈아 쳐다보았다. 경찰이라는 한국어를 알아듣지는 못한 것 같았지만 그들의 표정에 납치하려는 자의 초조함은 한 조각도 떠올라 있지 않았다. 경찰이 맞는다는 건가? 이자들은?

양길은 한 번 더 양팔을 거세게 흔들었지만 소용없었다. 오른편 형사가 품에서 경찰 배지와 영어로 된 서류를 꺼내 보였다. 체포영장인 모양이다. 형사는 영어로 뭐라 뭐라 읊기 시작했다.

양길이 소리를 빽 질러 그의 말을 막았다.

"필리핀 경찰? 야이, 개같은!"

형사들은 어이없다는 표정으로 양길을 바라보았다. 말을 알아듣지는 못해도 양길의 반응이 불량하다고는 느꼈으리라. 영장으로 체포되는 자가 이렇게 당당한 경우는 필리핀에서도 드물 것이다. 양길의 외침이 이어졌다.

"뭘로 체포해! 내가 마약이라도 들고 왔어?"

쯧쯧. 선재가 혀를 차며 검지를 양길의 눈앞에서 흔들었다.

"너 아직 상황 파악이 안 되는구나."

"뭐라고?"

"마약 따위가 아니지."

"그럼 뭐냐고!"

"뭐긴 뭐야. 살인이지."

"살인?"

양길은 눈알을 굴리다가 소리를 높였다.

"설마 지훈이 건?"

"물론이지."

선재가 턱을 굳게 끄덕였다.

양길이 다시 눈알을 뒤룩뒤룩 굴리다가 형사들을 번갈아 보며 소리쳤다.

'야, 이, 무식한 새끼들아!"

양길이 자신들을 향해 소리를 지르자 형사들이 무어라 서로 말을 주고받았다.

"니들 다 뒈졌어! 당장 풀어줘!"

양길은 갑자기 기세등등해져 소리를 높였다. 교통순경에게 잡힌 경찰청장쯤 되는 태도였다. 양길은 급기야 눈알을 부라리며 형사들을 향해 고래고래 소리를 질렀다.

"나 무죄 받았어! 등신 새끼들! 일사부재리도 몰라?"

양길이 벗어나려 몸을 마구 흔들어댔다. 하지만 형사들은 요지부동이었다. 한국말을 알아들을 리 없다. 양길이 발악한다고만 여긴 듯했다.

"난 처벌 못 해! 뭐, 체포? 하! 다 불법이야!"

양길의 고함이 홀로 이어졌다.

"이 짓거리 다 책임져야 해! 변호사 불러!"

쯧쯧, 선재가 다시 혀를 찼다.

"뭐, 뭐야? 그 태도는?"

"법 공부를 더 해야겠구나."

"뭐라고?"

"사람 죽이고 보험금 타는 데에 필요한 딱 그만큼만 공부했으니까 그 모양이지."

"무슨 개소리야!"

양길은 얼굴이 새파래질 만큼 소리를 질렀다. 선재는 조금의 동요도 없었다.

"일사부재리는 그 나라에서 한번 무죄 받았으면 다시 재판받지 않는다는 원칙이야."

"그러니까 일사부재리라고! 난 무죄야!"

"그러니까 나라가 달라지면 다시 재판받을 수 있겠지?"

"어? 뭐?"

양길의 눈알이 튀어나올 듯 희번덕거렸다.

"네가 무죄를 받은 건 한국에서야. 필리핀에서는 그 잘난 일사부재리가 안 먹힌단 거지. 얼마든지 재판이고 처벌이고 또 할 수 있어. 한국인이 피살당했어도 엄연히 필리핀 자국 안에서 벌어진 범죄야. 여기서 재판하는 건 당연해. 아니, 자기 나라를 우습게 보고 살인의 무대로 사용했다고 감정이 더 안 좋을걸."

"이, 이게 말이 돼?"

양길이 더듬거리기 시작했다.

"공부 좀 더 하라니깐. 너도 생각해 봐. 역지사지해 보라고. 거꾸로, 남의 나라 판결이 우리나라에서 무슨 의미가 있겠어? 없겠지? 우리나라가 중국 법원의 판결이나 필리핀 법원의 판결을 그대로 따르니? 남의 나란데? 마찬가지야. 필리핀은 주권 국가야. 한국 법원의 판결에 복종할 이유가 전혀 없어."

"그, 그래도! 어떻게 날 체포해! 무슨 근거로!"

"이번에 내가 필리핀 경찰에 제보했거든."

"뭐? 제보한다고 다 잡아넣어? 경찰이 동네 양아치야?"

"내가 네 사건기록 복사했잖아. 그날 일 기억하지? 거기에 살인사건의 모든 증거가 다 들어 있거든. 그걸 지인을 통해 이곳 경찰한테 전달했어. 깜짝 놀라면서도 좋아하더라. 살인사건은 큰 실적이 되나 봐. 뭐, 복사한 서류니까 최종 증거는 못 된다고 하더라도 그것만으로도 살인 혐의는 충분하지. 증거물 실물이나 조서 원본이 필요하면 나중에 한국 검사한테 협조 요청하면 그만이고. 한국 판사님은 필리핀 의사의 증언도 남의 나라 의사라고 안 믿었지만 이젠 다를걸. 여기선 자기 나라 전문가니까 말이야.

한국에서 3심 재판을 받았는데, 그걸로 끝내긴 아쉬워서 말이지. 한 번 더 해 봐. 여기 법원은 우리나라보단 더 상식적인 모양이야. 증거가 이 정도 있으면 한국의 그 소심병 걸린 판사님들하곤 다르게 거의 유죄판결 나온다고 하니까 기대해. 아, 형량도 아마 세게 나올걸."

터질 듯 부풀어 올랐던 양길의 분노가 어느 지점에서 푹 꺼져버리고 말았다. 이 여자의 말은 틀리지 않는다. 본능적으로 깨달았다. 그것은 눈앞의 이 필리핀 형사들이 말해주고 있었다. 한국 법원의 판결은 이 이국땅에선 통하지 않는다. 그러니까 이들이 여기 있겠지.

양길의 목구멍에서 더 이상의 외침은 나오지 않았다. 대신 입술이 벌벌 떨리고 있었다. 언젠가 선재가 그랬던 것처럼.

팔목에 은색 수갑이 채워졌다. 형사들이 뭐라고 말하기 시작했는데, 양길의 귀에는 가닿지 않았다.

선재는 유유히 발길을 돌렸다. 그녀의 등 뒤로 고개를 푹 숙인 채 경찰 승합차에 힘없이 오르는 양길의 긴 그림자가 졌다.

선재는 기억을 떠올렸다.

첫 상담을 마치고 서찬휘 변호사 사무실을 떠나기 전, 선재가 한탄하듯 말했었다.

"배양길은 무죄…… 일사부재리니까 이제 어딜 가든 어깨 펴고 살겠네요……."

서찬휴는 위로할 말을 찾으려는 듯 눈을 껌뻑껌뻑하다가 말했다.

"굳이 말씀드리면 어디를 가든 면죄는 아닙니다. 일사부재리는 국내용이거든요. 그러니 한국에서 무죄를 받았어도 다른 나라에선 다시 재판을 받아 유죄를 받을 수도 있습니다……."

그땐 위로 같지도 않은 위로를 한다고만 치부했었지.

하지만 꽤 괜찮은 위로였어.

＊

7개월 후.

선재는 편의점에서 신문을 사서 밖으로 나왔다. 어떤 기사를 스크랩하기 위해서였다.

길가에 서서 사회면을 펼쳤다. 하단에 조그만 제목이 눈에 들어왔다.

— 세부 살인 무죄 석방된 배 모 씨, 필리핀 법원에서 무기징역 선고

기사 본문에서 '자국 의사의 증언이 결정적이었고……'

하는 글귀가 얼핏 보였다.

　신문을 접어 백에 넣고 고개를 들어 하늘을 보았다.

　어스름한 하늘에 은빛 눈발이 휘날리고 있었다.

　오랜 세월 마음을 할퀴고 태웠던 불길이 점차 사그라지고 있음을 느꼈다.

　선재는 무심하게 다시 발길을 옮겼다.

　<끝>

작가의 말

※스포일러가 있을 수 있습니다.

한때 세간을 떠들썩하게 했던 '캄보디아 아내 교통사고 사망사건'을 아시는지요. 저는 시사 프로그램 「그것이 알고 싶다」에서 처음 접했습니다. 그 뒤 나온 판결을 보고 당혹스러웠습니다. 그 느낌은 무죄판결이 내려진 때보다 민사재판에서 그 남성에게 보험금을 주라고 했을 때 더 컸습니다. 법원이 이런 걸 사회에 던져놓으면 대체 어떡하자는 거지?

당혹감은 이어졌습니다. 보험금 판결에 '법리적인' 비판이 대대적으로 있을 줄 알았습니다. 하지만 없었습니다. 언론은 '그런 판결이 있었다'며 무미건조한 보도만을 내보냈고, 약간의 성난 댓글은 덧없이 지나갔습니다. 판결은 뙤약볕 아래 찰흙처럼 굳어갔고, 우리 사회의 '기준'이 되었습니다. 무서워졌습니다. 사법부의 판결이 만들어낸 이 '살인 하이웨이'가.

저는 정파, 사파에는 관심이 적고, 그저 맛있는 점심을 먹고 별 탈 없이 하루를 보내면 만족하는 무명소졸입니다. 제가 몸담은 법조의 일에서도 마찬가지입니다. 판결이 정의감에 반한다 하더라도 섣불리 비판할 생각은 없습니다. 정의 말고도 법치, 질서, 속사정 같은 가치도 있으니까요. 하지만 이 판결을 두고는 이렇게 되어도 정말 괜찮은 걸까……. 의문이 떠나지 않았습니다. 그것을 말하고, 독자와 나누고 싶어졌습니다. 그래서 이 작품을 쓰게 됐습니다.

다만, 저는 창작자이고, 그중에서도 평생 재밌는 글을 쓸 것을 맹세한 소설가입니다. '말하고 싶은 것'에 묻혀 소설적 구성과 흥미를 놓치지 않도록 유의했습니다. 소림사는 불공이 2순위이고 무술이 1순위라고 합니다. 그렇듯이, 제게도 어디까지나 주제는 2순위이고, 재미가 1순위입니다. 이번 작품에서도 부디 그걸 빠트리지 않았으면 하고 바랄 뿐입니다.

원래 제목은 '살인 하이웨이'였습니다. 이보다 더 적절

할 수 없다고 생각했지만, 타이틀로만 보면 80년대 느와르 같은 느낌이었습니다. 안 그래도 '아재' 소리를 듣고 있는 데……. 고심 끝에 현재의 제목으로 바꾸었습니다.

초고는 1년 전에 썼었는데, 그사이 검찰청 폐지가 확정되었습니다. 그래도 시행일이 2026년 9월이라 출간일 기준으로는 모순이 없습니다. '검찰' 표현도 뺐으니 시행일 이후로도 오류는 없지 않을까 싶습니다. 선재가 분노했던 피해자의 기록 복사 문제는 2025년 9월 이후 법이 바뀌어 개선되었습니다. 향후 어떻게 운용될지는 더 두고 봐야 할 것 같습니다.

단편집『법의 체면』후기에서도 썼지만, 이 소설도 자료로서 뉴스와 판결문을 참고한 부분이 있습니다. 핵심이 되는 사건은 실제 사건 몇 개를 참고해 섞었습니다. 물론 주제나 전개, 서사는 전혀 다릅니다. 소설이라는 건물을 지을 벽돌로 쓴 것뿐입니다. 당연한 얘기지만, 현실의 결론과 다른 사실관계 주장을 하는 것이 아님을 밝혀둡니다.

4의 재판

1판 1쇄 펴냄 2026년 1월 2일
1판 2쇄 펴냄 2026년 2월 2일

지은이 | 도진기
발행인 | 박근섭
편집인 | 김준혁
펴낸곳 | 황금가지

출판등록 | 2009. 10. 8 (제2009-000273호)
주소 | 06027 서울 강남구 도산대로 1길 62 강남출판문화센터 5층
전화 | 영업부 515-2000 편집부 3446-8774 **팩시밀리** 515-2007
홈페이지 | www.goldenbough.co.kr

도서 파본 등의 이유로 반송이 필요할 경우에는 구매처에서 교환하시고
출판사 교환이 필요할 경우에는 아래 주소로 반송 사유를 적어 도서와 함께 보내주세요.
06027 서울 강남구 도산대로 1길 62 강남출판문화센터 6층 민음인 마케팅부

㈜민음인은 민음사 출판 그룹의 자회사입니다.
황금가지는 ㈜민음인의 픽션 전문 출간 브랜드입니다.